사임당

우리가 알지 못했던
신사임당의 모든것

사임당
우리가 알지 못했던 신사임당의 모든 것

초판 1쇄 발행 | 2016. 9. 1
초판 2쇄 발행 | 2017. 2. 1

지은이 | 이영호
펴낸이 | 윤세민
펴낸곳 | 씽크뱅크

주소 | 121-887 서울특별시 마포구 월드컵로 47 (합정동), 2F
전화 | (02)3143-2660 팩스 | (02)3143-2667
E-mail | thinkbankb@naver.com
출판등록 | 2006년 11월 7일 제396-2006-79호

ISBN 978-89-92969-51-2 03810

이영호 지음

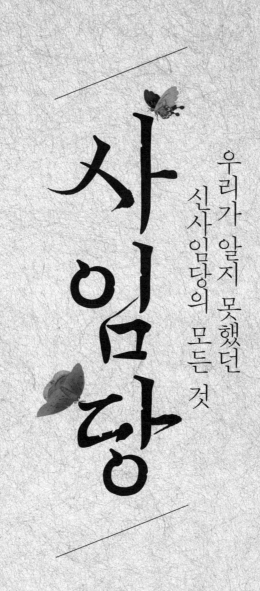

사임당

우리가 알지 못했던
신사임당의 모든 것

씽크뱅크

[일러두기]

본 도서는 역사적 사료를 바탕으로 사임당에 대해 새로운 시각에서 조명해보고자 하는 입문서입니다. 사임당에 대한 각종 사료와 정보 자료를 취합하면서 출처가 확인된 자료는 저자와 출판사, 연도, 도서명을 기재하여 인용(저작권법 제28조)하였고, 인터넷 웹페이지 정보자료인 경우 해당 자료의 웹페이지 주소를 표기하여 인용(저작권법 제28조)하였습니다. 다만, 출처 및 저작자 표시가 없거나, 사실이 불분명한 내용은 배제하였으며, 출처를 확인하지 못한 일부 내용은 위키피디아(https://ko.wikipedia.org/), 나무위키(https://namu.wiki/w/위키백과), 구글(www.google.co.kr) 또는 개인소유 자료에서 인용(저작권법 제28조)하였음을 사전 고지합니다. 본 도서 내용에 대해 추후 출처 및 내용상 오류수정 요청이 있을 경우에는 확인작업을 거쳐 결과에 따라 내용에 반영하겠습니다.

글 들어가며
사임당, 우리가 알지 못했던
그녀의 모든 것

申
師
任
堂

바야흐로 사임당의 시대다.

한류 톱스타가 사임당 신씨 역으로 출연한 드라마가 중국과 일본, 중동 지역 등에 선판매 되어 아시아 및 세계에 사임당의 이야기를 전했기 때문이다. 수백 년 전의 역사적 인물 사임당이 드디어 한류의 간판 상품으로까지 대두되고 있다.

그러나 불과 몇 년 전까지만 하더라도 사임당에 대한 이야기는 천편일률적이었다. 책들마다 얼추 비슷한 내용들로서 여류 화가, 현모양처, 리더십, 자녀교육 등에만 치중되어 있었다. 간략한 역사적 사실들을 늘리고 각색하여 스토리를 짜 맞춘 게 고작이었다. 사임당 '그녀'의 이야기가 아니라 익히 듣고 배운 현모양처 이미지가 전부였던 것이다.

사임당 관련 도서들은 '사골'이 아닌가 의심될 정도였다. 자꾸 우려내기만 했으니 말이다.

그러다가 최근 들어 사임당을 새로이 재조명하는 책들이 하나 둘씩 나오기 시작했다. 하지만 사임당에 대한 역사적 현장 고증을 바탕으로 한 심도 깊은 평가, 예술 작품에 대한 정당한 평가, 아내이자 어머니로서 동시대 여성들과 어떤 비교평가를 받았는지에 대한 철저한 고찰이 있는지 눈여겨봐야 한다. 이제는 21세기의 조명 아래 사임당을 다각도로 살펴보아야 할 시점이기 때문이다.

그래서 이 책 『사임당, 우리가 알지 못했던 신사임당의 모든 것』은 남다른 시도를 해보았다.

사임당과 관련된 역사적 사실들을 뼈대로 하되 이율곡, 이사온, 신명화, 용인 이씨, 주나라 문왕, 성리학, 송시열, 조선의 당파싸움 등, 사임당의 생애 전후로 벌어진 조선의 역사를 조망하면서 사임당의 모든 것을 담아내고자 최선을 다했다.

특히 서울과 강릉, 파주와 평창 현지를 낱낱이 답사하며 사임당의 발자취를 기록하고, 사임당과 이율곡이 남편이자 아버지 이원수를 만나러 왕래한 길을 뒤따르며 사임당이 친정어머니에 대해 지녔던 애절한 연민과 효성, 아버지 신명화를 극진히 기리던 마음, 남편과 아내의 지조를 이야기하던 배경을 담았다.

사임당이라는 호를 지은 이유와 주나라의 역사적 배경, 사임당 시절에 친영례와 가례의 혼용으로 벌어진 문화적 변혁, 이율곡이 직접 기록한 사임당의 행적, 유교를 숭상하던 조선 시대에 이율곡이 금강산의 절에 잠시 들어가게 되었던 배경과 다시 나온 이유를 설명했다. 이율곡과 송시열의 관계, 그리고 당시의 정치상황 등에 초점을 맞춰 사임당의 자녀 훈육과 혼인생활에 대한 이야기도 다루었다.

무엇보다도 이 책은 대화체로 풀어나가기에 쉽고 재미있다.

나아가, 사임당의 모든 것을 담아냈다고 자부할 만한 입문서이다. 또한 저자의 가이드를 받으며 사임당의 발자취를 따라 떠나는, 현장 기록이 풍부한 답사여행서이기도 하고, 오늘의 사임당이 되기까지 당시 알려지지 않았던 사임당의 고뇌와 사랑, 가치관을 재조명해볼 수 있는 역사서이기도 하다.

현모양처였나? 아니면 조선 시대의 개혁을 바라본 야망가였나?
사임당을 새로이 조명하는 이야기가 흥미진진하게 펼쳐진다.

이영호

목차

제4부

사임당을 기록하다

사임당 작품선

사임당의 그림

사임당의 글씨

제1부

사임당이 되다

사임당은 주 문왕의 어머니 '태임'을 본받겠다고 한 거죠. 그녀는 유명한 서화가나 현모양처로만 알려지기를 원했다기보다는, 제 생각이지만, 조선의 다음 국가를 세울 왕을 낳은, 그게 아니면 왕의 아버지를 낳은 어머니가 되고 싶었던 건 아닌가 하는 의문이 들기도 해요.

내 이름은 '신인선'
사임당의 가족에 대한 새로운 이야기들

申
師
任
堂

"여보세요?"

"고서점입니다."

"혹시 율곡전서栗谷全書 들어왔나요?"

"아직요. 책 들어오면 바로 연락드릴게요."

"꼭 좀 부탁드립니다. 전체가 아니더라도 선비행장先妣行狀, 시장諡狀, 신도비명神道碑銘 부분이 포함된 일부만이라도 들어오면 그것도 괜찮습니다."

"네. 네? 신도비명? 그건 뭔가요?"

"아, 네. 임금이나 높은 관직에 있던 사람의 업적을 기록해서 그 사람의 묘 남동쪽에 세우는 비가 신도비神道碑인데요, 거기에 들어가는 글귀입니다."

"네네. 그리고 아까 또 뭐라 그러셨더라…… 아, 시장요. 그건 또 뭔가요? 저희는 책 이름으로 알아야 하는데 시장이란 제목은 들어본 적이 없어서요."

"네. 조선 시대에 특별한 업적을 이룩한 인물이거나 정2품 이상의 지위를 지낸 사람에 대한 기록을 말하는데요. 순서대로 말하자면 행장, 신도비명, 시장 순이고요. 시장諡狀이란 그 인물의 업적을 국가가 공식적으로 인정하여 왕이 시호를 내리는 권위를 갖게 되는데, 이렇게 시호를 내릴 때 사용한 행장을 시장이라고 합니다."

"아이고, 복잡혀라."

"아무래도 좀 그러시죠? 어쨌든 잘 부탁드립니다. 헷갈리거나 궁금한 점 있으면 언제든지 전화 주세요."

고서점 주인에게 이런저런 설명을 붙인 이유는 내게 『율곡전서』가 꼭 필요하다는 간절함이 조금이라도 전달될까 싶어서였다.

율곡전서는 44권 38책에 이르는 방대한 기록이다. 1742년에 이재李縡・이진오李鎭五가 편찬한 이율곡 전집을 말하는데, 영조 25년(1749)에 간행된 저작물이다.

마침 사임당에 대한 자료를 모으던 중 율곡전서 원본이 필요하여 고서점 곳곳을 수소문하는 중이었다.

참고로, 율곡전서를 만든 이재李縡는 1680년에 태어나 1746년 10월 28일에 생을 마감한 영조 시대의 문신이고, 이진오李鎭五는 율곡의 5대손으로 이재와 함께 율곡전서를 편찬한 사람이다.

율곡전서　　　　　　　　　　　　　　　　오죽헌시립박물관 소장

강원도 강릉시에 소재한 오죽헌시립박물관 내에 전시 중인 율곡전서. 1611년(광해군 3년) 목판본으로 시집 1권, 문집 9권을 발간했고, 1682년(숙종 8년) 박세채(朴世采)가 앞서 목 판본에서 빠진 것들을 모아 속집 4권, 별집 4권, 외집 2권을 편집하여 간행했으며, 1742년 (영조 18년) 이재(李縡)가 시집·문집·속집·외집·별집을 합하고 '성학집요' '격몽요결'을 더 해 1749년 『율곡전서』 활자본으로 총23권 38책으로 간행했고, 1814년(순조 14년)에 습 유(拾遺) 6권과 부록의 속집이 더해져서 44권 38책에 이르는 현재의 『율곡전서』가 완성되 었다.

'율곡전서 구하기가 참 어렵네. 분명 어디엔가 보존된 게 있을 텐 데…….'

그로부터 며칠 후.

서울 지하철 6호선 상수역 주변 커피점.

"사임당이 어떤 사람이었는지 알아?"

"음… 아들에겐 글씨를 쓰라고 하고 불 꺼놓고 떡을 썬 어머니?"

"……."

그건 한석봉 이야기다.

우리가 기억하는 석봉은 호이고, 본명은 한호韓濩, 1543~1605로서 조선의 문신이자 서예가이다. 하루는 공부를 하던 중 어머니가 너무 보고 싶어서 기별도 없이 집에 오자, 그의 어머니가 불을 끈 상태에서 떡을 썰고 한호에게는 글씨를 쓰게 하였는데, 떡은 크기와 두께가 일정한 반면 한호의 글씨는 비뚤비뚤 엉망이었기에 어머니에게 호된 꾸지람을 듣고 한호가 다시 공부를 하러 갔다는 일화로 유명하다.

"아닌가⋯⋯? 아, 알았다! 아들을 위해서 이사를 세 번 다닌 어머니. 맞지?"

자식을 위해 이사를 세 번 다녔다는 맹모삼천지교孟母三遷之敎는 중국의 맹자와 그의 어머니에 얽힌 고사다.

맹자孟子, BC 372~BC 289가 어릴 때 살던 집 주위에 공동묘지가 있었는데 어린 맹자가 무덤 파는 일꾼들 흉내를 내는 걸 보게 된 맹자의 어머니가 안 되겠다 싶어 이사를 간 곳이 시장 부근이었고, 여기서 또 맹자가 시장 상인들 흉내를 내면서 놀기에, 맹자 어머니가 다시 이사를 간 곳이 글을 가르치는 서당 주변이었다고 했다. 그러자 맹자가 공부를 열심히 하기 시작했다는 고사로서, 이 또한 우리들에게 잘 알려진 이야기다.

"왜에? 그게 사임당 얘기 아니야? 아니면 뭔데? 말을 해줘야 알지."

시내로 나오는 길에 만나 점심을 먹고 커피점을 찾았다.

올해 대학 4학년에 재학 중인 이소연(가명)은 커다란 눈으로 나를 바라보며 이번엔 확실하다는 표정이었다. 하지만 자세히 보면 자기 의견이 확실하다는 표정은 아니었고, 자신의 생각이 맞길 바란다는 간절함이 묻어나올 뿐이었다. 커다란 눈동자를 보면 그렇다. 그리고 이소연의 눈이 처음부터 큰 건 아니었다. 집에 있을 때는 상관없지만 외출할 경우에만 착용한다는 써클렌즈 덕분이다.

"사임당에 대해 어느 정도는 잘 안다고 생각했는데, 음… 5만 원 권 지폐 인물이잖아? 그분 맞지? 그런데 왜 뚜렷하게 떠오르는 게 없지? 사임당을 익히 안다고 생각했는데? 아하, 그래서 드라마로 나오는 거구나? 드라마 보고 공부 좀 해야겠네. 알았어. 내가 드라마 보고 나중에 사임당에 대해 자세히 알려줄게."

그러면서도 이소연은 고개를 갸웃거렸다.

아담한 테이블 위에 놓인 아이스 아메리카노 커피컵 두 개가 눈에 들어왔다.

무더위가 기승을 부리는 어느 여름날. 상수역 근처 커피점에서 한 남자와 한 여자가 사임당에 대한 이야기를 나누려 하고 있었다.

"사임당에 대해 제대로 알려면 우선 그에 대한 연구서들을 한번 훑어봐야겠지. 그런데 사임당의 가족관계와 삶 이야기, 그림과 글씨, 학문 등에 대해 살펴보는 것도 중요하지만, 조선 시대의 역사적 변화와 중국과의 관계, 그리고 사임당의 입장에서 생각해보는 것도 많은 도움이 될 거야."

이소연이 핸드백에서 다이어리와 볼펜을 꺼내 들더니 테이블 위에 놓는다.

내 이야기를 기록하겠다는 무언의 표시였다. 그리고는 방금 들은 이야기를 다이어리에 적기 시작했다.

"천천히 다시 말해봐. 생애와 예술. 역사적 변화. 사임당의 입장에서?"

"그렇지. 그리고 참고할 만한 역사 자료도 많은데, 예를 들자면 송시열의 『송자대전』[1]에는 사임당과 아들 '이우'에 대해 이야기하는 이원수李元秀의 묘표인 '감찰 증좌찬성 이공 묘표監察贈左贊成李公墓表' 내용도 실려 있어. 묘표라는 건 어느 사람의 묘에 그 사람의 행적에 대해 적어 두는 비문 내용 같은 건데, 송시열에 의해서 이원수랑 사임당의 묘표가 만들어졌거든. 이처럼 서적자료뿐만 아니라 기타 여러 가지 다른 자료들을 살펴보는 것도 중요해. 그래야만 객관적으로 생각할 수 있거든."

"그런데 아들 이름이 이우? 율곡 이이가 아니고?"

이소연은 내게 질문을 던지면서 커피 한 모금을 홀짝 마셨다. 흰색 빨대를 타고 커피가 컵에서 올라가더니 이소연의 입 안으로 사라지는 게 보였다.

"사임당은 남편 이원수와의 사이에 4남 3녀를 뒀어. 그 중에 이우는 막내아들이고, 첫째는 이선, 둘째는 이번, 셋째가 이이야. 그리고 장녀는 이매창이고, 둘째 딸은 이매화, 셋째 딸은 이매실이야. 사임당의 딸들에 관해서는 이매창에 대한 기록만 전해질 뿐, 다른 두 딸에 대해서는 전해지는 기록이 없기 때문에 대부분의 자료들에선 이름을 알 수 없다고 하지만 그건 아니거든. 사임당에 대해 제대로 알려면 후손들을 찾아서 물어보거나 여러 관계자들을 만나서 인터뷰도 하고 그래야 하는데, 그런 노력을 하지 않고 글을 쓴 작가들이 많아서겠지? 나는 파주

1   송시열의 시문집으로서 1787년(정조 11년) 9월, 유문(遺文)과 구본(舊本)을 합하여 간행. 본집 215권·부록 19권·목록 2권·권수(卷首) 1권 모두 231권 102책 (한국민족문화대백과사전)
    참고: 『우암선생문집』(국립중앙도서관), 「송자대전의 편간과 그 전기자료적 가치」(신승운, 『서지학연구』13, 1997)

율곡선생유적지에서 이종산 소장을 인터뷰하면서 알게 되었어. 율곡 선생 후손들에게 전해 들은 정보라서 신빙성이 높아. 사임당의 세 딸들 이름이 어렸을 때의 호칭이라고 해도 그래. 커서도 이름으로 부르는 경우도 있었으니까."

"아, 진짜? 아하! 근데 묘표라고 했지? 감찰 증좌찬성 이공 묘표? 이름도 진짜 길고 되게 어렵네. 그건 뭔데?"

"그건 사임당의 남편 이원수의 묘를 가리키는 묘표인데, 묘표라는 게 무덤 앞에 세우는 표지석을 말하거든. 묘표에는 돌아가신 분의 이름이나 생몰일자, 행적 등을 새겨놓는 거야."

이소연이 고개를 끄덕였다.

"그리고 '감찰'이란 건 조선 시대 때 사헌부에 속한 벼슬로 관리들의 부조리를 감시하는 직책인데, 정6품에 해당되는 벼슬이지. '증좌찬성'이란 것도 벼슬이야. 좌찬성이란 게 의정부에서 우찬성하고 함께 영의정, 좌의정, 우의정을 보조하는 2찬성으로 불리는데 종1품에 해당되는 직책이야. 말하자면, 우의정이 되기 전에 우찬성, 좌의정이 되기 전에 좌찬성으로 되는 셈이지. 다만, '증'좌찬성은 '증직贈職'을 받은 건데, 사후에 그 사람의 업적을 인정하여 직책을 높여주는 것을 말해."

"아하. 증좌찬성이라면 좌찬성하고는 다른 거네? 맞지?"

이번엔 내가 고개를 끄덕였다.

이소연이 다행이라는 듯 안심했다는 표정을 짓는다. 뭔가 어려울 것만 같은 역사 이야기에서 그래도 제대로 알아가고 있다는 안도의 표시이기도 했다.

"감찰 직책을 맡았던 이원수가 죽은 뒤에 좌찬성 벼슬이 내려진 것이고, 묘가 여기라는 표시네. 조선의 대학자 이율곡의 아버지이기 때문에 증직될 만한 사유도 충분하다는 것이고."

이소연의 말대로, '증직'이란 종2품 이상 벼슬을 지낸 사람 또는 그 아버지나 할아버지, 증조할아버지에게 주거나 충신이나 효자 혹은 학문이 높은 사람에게 사후에 내리는 벼슬을 말한다. 증좌찬성이라고 하면 이원수가 죽은 다음에 좌찬성의 벼슬을 받았다는 의미로 생각할 수 있다.

"그럼 요즘의 대통령이란 직책이 조선 시대에는 왕±에 해당하잖아? 그렇다면 조선 시대의 영의정, 좌의정, 우의정은 요즘으로 치면 어떤 위치인데?"

"좋은 질문이야. 영의정은 국무총리, 좌의정이랑 우의정은 부총리로 생각할 수 있어."

"아하, 나도 그렇게 생각했어."

"그럼 이건 뭐게? 정1품이랑 종1품?"

"그건 뭐 9급 공무원, 5급 공무원 하는 것처럼 공무원의 급을 말하는 거 아냐?"

"비슷하긴 하다. 근데 정1품을 1급 공무원, 정2품을 2급 공무원으로 친다면 종1품은 1.5급 공무원쯤으로 생각할 수 있어. 이를테면 1급 공무원과 2급 공무원 사이에 1.5급 정도의 직책을 두어서 1급 공무원을 보좌하게 만드는 셈이지. 그래서 정1품은 요즘의 국무총리, 정2품은 각 부처의 장관에 비교할 수 있고, 종1품은 부총리, 종2품은 각 부처의 차관에 비교할 수 있는 거야. 나아가 지금의 정부는 조선 시대의 의정부에 해당되고, 대통령 비서실은 조선 시대의 승정원에 해당된다고 할 수 있지."

"그럼 그분들이 사극에서 보는 '대감님' 그런 거야?"

"응, 비슷해. 정2품 이상 직책을 대감이라고 불렀어. 요즘으로 치자면 장관급 이상의 관료들을 말해."

"대감님, 그런 거네. 이율곡 대감님."

이율곡 대감님이라는 표현에 절로 웃음이 나왔다. 신세대 여성의 재치 있는 입담은 어려운 이야기를 한층 쉽게 만들어주기도 하는 것 같다.

이번에는 사임당의 가족관계를 설명할 차례였다.

"사임당 신씨의 아버지는 신명화申命和, 어머니는 용인 이씨인데, 이들에게서는 딸만 다섯이 태어났어. 사임당은 그중에서 둘째 딸이야. 언니인 첫째는 장인우張仁友와 혼인했고, 셋째는 홍호洪浩, 넷째는 권화權和, 막내는 이주남李冑南과 혼인했지."

"딸만 다섯이야? 음. 그럼 오죽헌에는 사임당이 살았으니까 다른 네 명의 딸들에겐 재산을 뭘 준 거야? 딸이 많아서 혼수 챙겨주기도 힘들었겠다."

"응? 아니야. 사임당의 어머니 용인 이씨와 아버지 신명화는 현명한 분들이셨잖아. 딸들에게 골고루 재산 분배를 해주었는데, 사임당에게는 한양 수진방壽進坊에 있는 집을 주었고, 넷째 딸에게 오죽헌을 줬어. '이씨분재기'에 그렇게 기록되어 있지."

"그래? 그럼 넷째 사위가 그 유명한 오죽헌을 상속받은 셈이네. 또 수진방? 거긴 어디야? 누구 방이야?"

"수진방은 옛 지명인데, 요즘의 청진동과 삼청동 일대 지역이야. 그런데 1500년대 당시 기록이 전해지지 않은 탓에 정확히 어디가 사임

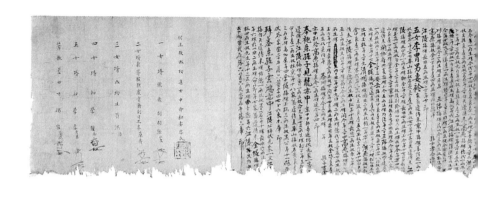

당의 집이었는지는 알기 힘든 게 좀 안타깝지. 1800년대 자료를 보면 기와집 몇 채에 초가집들이 듬성듬성 섞여 있던 그런 지역이었어."

"아하!"

"그리고 넷째 사위 권화의 아들이 권처균인데, 이율곡의 사촌이잖아? 오죽헌이란 집 이름은 이 권처균에서 비롯되지. 권처균이 자기 집 주위에 오죽烏竹:까만 줄기를 지닌 대나무이 자라는 걸 보고 자신의 호를 오죽이라고 지으면서 나중에 그 집을 오죽헌이라 부르게 된 거고, 그 이전엔 강릉 집으로만 불렸었지.

또 세월이 흘러서 18세기에 권처균의 후손으로 권계학權啓學이라는 분이 태어나게 되는데, 1774년에 오죽헌 옆에 새 집을 짓게 되거든. 그 집을 청풍당清風堂이라고 불렀어."

"청풍당? 그게 어디 있는데?"

"오죽헌에 가면 율곡 동상이 있는데, 그 뒤쪽에 연못이 있거든? 그 주위에 지은 집이야. 그런데 1970년대에 박정희 대통령의 지시로 정

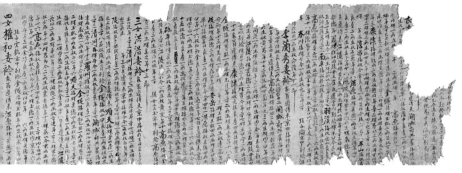

이씨분재기　　　　　　　　　　　　　　　　　　　　　　　오죽헌시립박물관 소장
이씨분재기(李氏分財記)는 사임당의 친정어머니 용인 이씨가 딸들에게 재산을 나누어준 기록문으로, 두루마리 한지로
되어 있으며 한문의 끝부분에 이두(吏讀)를 달아 내용에 오역이나 오해가 없도록 하였다.

부에서 오죽헌 정화사업을 펼치면서 원래의 청풍당을 헐고 지금의 자
리에다 복원을 했지.”

“지금의 자리라니?”

“오죽헌에서 나오면 바로 우측에 청풍이라는 카페가 있는데 바로 그
집이야. 오죽헌에 가게 되면 꼭 들러봐. 권씨 후손들이 여전히 그곳에
서 살고 있거든. 헐리기 전의 청풍당 모습 사진도 볼 수 있으니까 좋은
기념이 될 거야.”

이소연의 다이어리 여백이 점점 줄어들어 갔다. 볼펜을 쥔 이소연의
손이 바쁘게 움직인 결과였다.

물론 여기서 끝은 아니다. 이소연은 지금까지의 내 이야기를 대충
다 적었다는 듯 고개를 들고 다시 나를 쳐다봤다. 자기 앞에 놓인 커피
컵을 드는 것과 동시였다.

“그런데 송시열? 사임당보다 백년이나 나중에 태어난 송시열이 사
임당 이야기에서 왜 나오는데?”

사임당과 율곡 이이를 기억하는 사람들은 많다. 그러나 송시열을 거론하는 이는 상대적으로 적다.

왜 그럴까?

효종과 현종의 스승이었던 학자, 효종과 더불어 북벌론을 주창한 정치가이고, 조선왕조실록朝鮮王朝實錄에 3천 회 이상 거론되기까지 하는 송시열, 그를 기억하는 이는 상상 외로 적다. 아니, TV 드라마 장희빈에서마저 고작 조연으로만 등장했을 뿐이다.

중국 성리학의 법통을 계승한 대가로 칭송받으며 조선의 정조 임금에 의해 '송자宋子'로 불리기까지 한 대학자 송시열. 하지만 요즘에는 노론 당파의 우두머리로 군림한 당쟁가이자 유교를 보수화시킨 사상가로 비판받아 그 업적마저 과소평가되고 있기도 하다.

"송시열은 이율곡의 학문을 이어받은 사람. 이를테면 제자인 거야. 나중에 이율곡의 어머니이자 천재 서화가였던 사임당의 업적을 찬탄하면서 그 기록을 남긴 장본인이지."

이소연이 고개를 끄덕이며 자신이 적어놓은 글들을 살펴보다가, 뭔가 갑자기 생각났다는 듯 다시 고개를 쳐들며 말했다.

"이제 알았다. 사임당에 대해 제대로 이해하려면 사임당의 아버지랑 어머니에 대해서도 알아야 할 것이고, 이율곡을 빼놓을 수 없겠지. 또, 이율곡의 사상을 이은 송시열이 사임당을 기록하는 데 큰 역할을 담당했다는 거지? 그렇지? 그리고 사임당의 남편 이원수의 묘표도 송시열이 만들어준 것 같아. 이거 대박인데?"

"대박?"

나는 이소연을 바라보며 미소를 지었다.

청풍당　　　　　　　　　　出처: 청풍cafe, ⓒ한국전통문화사진작가 정창곤
오죽헌 내에 세워진 율곡 동상 뒤쪽의 연못 주위에 지어진 청풍당의 옛 모습. 비스듬한 산자
락에 자리 잡은 집 구조가 아늑하고 마당 앞 사람들 모습이 정겨워 보인다. 이 시기 청풍당
의 모습은 비슷한 시기의 오죽헌의 모습을 유추해볼 수 있는 소중한 자료가 된다.

"아니, 왜 그렇잖아? 사임당에 대해서는 대부분의 사람들이 나 정도
로 수박 겉핥기 식으로나 알 뿐, 제대로 아는 이가 많지 않거든. 그래
서 사임당에 대해 제대로 알려면 책을 봐야 하는데, 요즘 나온 책들 내
용이 픽션을 가미한 허구이거나 또는 어려운 한문이 많아서 쉽게 눈이
가질 않는 것도 사실이거든. 요즘 2,30대 젊은이들은 한문이나 역사에
대해서 일일이 신경 쓰는 경우가 드물고."

"그런데?"

나는 이소연의 이야기를 들으며 여전히 입가에 미소를 머금은 채 바
라만 보았다.

이소연이 말을 이어나갔다.

"그런데? 아니, 사임당에 대해서 알아야지. 이왕이면 제대로. 그러

려면 이율곡은 물론이고 송시열도 알아야 하는 거야. 그뿐인가? 사임당의 아버지 신명화, 어머니 용인 이씨, 외할아버지 이사온까지도 알아야 해. 사임당의 그림도 이해해야 하고, 사임당이 살던 곳, 시댁이 있던 곳, 친정이랑 시댁을 오가며 지었다는 시도 다시 훑어보는 거야. 그래야만……."

"그래야만?"

"사임당에 대해 전반적으로 파악할 수 있게 되거든. 솔직히 뭐, 단순히 현모양처다, 이율곡의 어머니다, 그림을 잘 그렸고 시도 잘 지었다는 정도로는 부족하지. 지금 생각해보는 건데, 자녀가 4남 3녀였으면 7남매야. 그 중에서 이율곡이 명성을 제대로 날려준 거고 이매창, 이우가 있었다곤 하지만 나머지 6남매는 평범하게? 아니지, 그저 그렇게 살았던 거야. 그렇다면 사임당에게 이율곡이 없었다면? 그리고 이율곡에게 송시열이 없었다면? 얘기가 달라졌을 수도 있잖아? 그러니까 내 말은……."

이번엔 아무 토도 달지 않았다.

이소연은 말없이 미소만 짓고 있는 나를 쳐다보더니 입술을 삐죽 내밀면서, 이제야 내 속셈을 알았다는 표정을 지었다.

"머릿속엔 해야 할 이야기가 많은데 그게 순서대로 나오질 않네. 나 흥분하면 말이 막 꼬이잖아? 잘 알면서. 암튼… 사임당을 이율곡의 어머니로서 현모양처였을 뿐이라고만 단정하는 건 충분하지 않다는 거야. 나도 여자이지만 '여자'에 대해선 사실 한 단어로 정의내리기에는 생각해야 할 것도 많고 좀 복잡하거든. 사임당의 가족 배경도 이해해야 하겠고, 성장 시기의 소녀로서, 또 아내와 어머니로서 어떤 생애를 거쳤는지도 이해할 필요가 있다는 이야기지. 본명이 신인선이라며? 그러면 신인선이 왜 사임당이 되었는지, 아니, 되어야만 했는지에 대해서도 생각해봐야 돼. 왜? 그거 아냐? 조선 시대엔 여자들의 사회 진출이 불가능했고, 여러 면에서 실력이든 뭐든 제대로 인정받기가 어려운 풍토였잖아? 그런 시대적 상황에서 요즘 우리가 아는 사임당이 되기까지 어떤 삶을 살았는지 전반적으로 알아둘 필요가 있다는 거야, 내 말은."

이소연은 어느새 내 생각에 근접하는 중이었다.

이를테면 이렇다.

사임당의 가족사를 살펴보면 이사온, 신명화, 이원수로 이어지는 남자 쪽 기록은 그런대로 보존되어 확인되는 반면, 어머니만 하더라도 '용인 이씨'로만 기록되어 있을 뿐, 정확한 이름이나 활동 사항이 알려지지 않는다.

그뿐인가?

사임당의 나머지 네 자매들에 대해서도 이렇다 할 기록이 남아 있지 않다. 성장 과정이나 혼인 후의 생활상도 거의 전해지지 않는다. 우리가 기억하는 건 이율곡의 어머니이자 현모양처 이미지로만 고착된 사임당일 뿐이다.

신사임당, 아니, 신인선의 삶에 대해서는 제대로 알 수가 없다.

여자 신인선의 삶에 대해서는 대부분 모르면서 우리가 사임당에 대해 제대로 알고 있다고 말할 수 있을까? 그리고 더 큰 문제는 사임당의 본명을 '신인선'이라고 기록한 자료조차 찾기 어렵다는 점이다. 강릉 오죽헌박물관에 전화를 걸었을 때의 기억이다.

- 작가님, 여쭤보고 싶은 게 있는데요. 신사임당에 대한 책을 쓰신다고 하셨죠?

- 네.

- 신사임당의 본명을 어떻게 쓰고 계시나요?

- 신인선 아닌가요?

- 그렇죠. 드라마에서도 그렇고 많은 자료에서 신사임당의 본명을 신인선이라고 쓰고 있지만요. 실제로는 신사임당의 본명을 명확하게 기록한 자료가 아직까지 발견된 게 없답니다.

맞다. 기록이 없다.

나도 그 순간만은 적잖이 당황했다. 사임당의 본명을 명확하게 기록한 자료가 없다니? 심장 떨리는 기분이었다. 사임당에 대한 책을 준비하면서 정작 본명조차 제대로 기록된 자료를 근거로 하지 않는다니 말이다.

하지만 그로부터 며칠 후, 파주 율곡선생유적지에 들렀을 때에야 비로소 안도의 한숨을 내쉴 수 있었다. 100% 명확하다고 할 수는 없겠지만, 율곡 선생 후손들로부터 구전되어온 가족사를 다시 전해 들었기 때문이다. 사임당의 본명은 신인선으로 전해져 내려오고 있다는 것이었다.

이소연은 다이어리를 덮더니 스마트폰 화면을 켜고 시간을 확인했다. 다음날의 오디션을 준비하기 위해 댄스 연습을 하러 가야 할 시간이라고 했다. 주섬주섬 핸드백을 챙기는 모습을 보고 자리에서 일어서려는데, 이번엔 내 휴대폰 벨이 울렸다.

"네, 여보세요?"

고서점 주인이었다.

"지금이요? 네네. 시간 됩니다. 지금 바로 갈게요."

사임당 관련 기록을 정리하면서 꼭 필요한 자료가 '율곡전서'였다.

서울 시내 고서점을 중심으로 고서를 취급하는 곳곳에 전화를 걸어 율곡전서를 문의하던 차, 며칠째 혼란만 겪는 중이었다고 할까? 제대로 된 율곡전서를 봐야만 이율곡이 사임당을 어떻게 기억하는지, 사임당이 어떠한 어머니 역할을 하였는지를 알 수 있을 것만 같아서였다.

그런데 마침 고서점 주인에게서 할 얘기가 있다며 연락이 온 게 아닌가? 이소연과 헤어지자마자 서둘러 약속 장소로 갔다.

"이쪽이에요."

"네, 사장님. 오늘 영업은 마치신 거예요? 지금 시간이 아직 퇴근 시간 전인 거 같아서요."

"아니, 그건 괜찮아요. 자영업이란 게 이렇게 자유로운 점이 장점이고, 또 고서점을 제대로 운영하려면 가게에만 붙어 있으면 안 돼요. 여기저기 사방을 쏘다녀야 하니까."

"아, 네."

고서점 주인이 물 한 모금을 마시더니 나를 쳐다보며 말했다.

"우리나라에 한국고전번역원이란 곳이 있어요."

"아, 네."

"며칠 전에 신도비명, 시장, 행장, 뭐 이런 이야기를 듣고 나서 그게 도대체 뭔가 싶어서 찾아보았는데요. 사실 율곡전서라는 책 전체가 언제 들어올지도 모르고, 우리야 뭐 팔면 좋지만 그것도 기약 없이 기다려야 하는 거라서 맘이 좀 편하질 않았어요. 매일같이 전화를 주시는 게 부담도 되었고요."

"율곡전서 원문 구하기가 쉽진 않을 거라고 생각했습니다."

"그래서 말인데요."

"네?"

고서점 주인의 이야기는 조금 의외였다.

교육부 관련 기관으로 한국고전번역원www.itkc.or.kr이란 곳이 있는데, 여기에 가면 율곡전서를 열람할 수 있다는 얘기였다. 소장 자료집 중에 율곡전서가 있고, 인터넷에서도 한국고전번역원 사이트에 접속해서 검색해보면 율곡전서 원문과 국역본 유무를 확인할 수 있다고도 했다.

'아, 그동안 율곡전서 실물 책자만 찾으려고 한 게 실수였어. 원문이랑 국역본을 열람할 수 있다면, 그것도 국역 내용에 공식적인 기관의 인증을 받는 거니까 자료에 대해 신뢰성도 높고.'

천만다행이었다.

한국고전번역원 사이트 주소를 적고 있는 내 모습을 물끄러미 쳐다보던 고서점 주인이 다시 입을 열었다.

"근데 사임당 자료를 그토록 찾는 이유가 대체 뭐요?"

"네? 아, 네."

"그동안 고서점 하면서 여러 고서를 찾는 사람들을 많이 봤지만 사임당에 대한 자료를 찾아달라고 매달리는 경우는 처음이라서요. 사임당 관련 서적이라면 어린이 동화나 위인전, 인물전 같은 책들로 나와 있어서 보통 서점에 가도 쉽게 구할 수 있지 않나요?"

"저는 사임당에 대해 제대로 알고 싶거든요."

"제대로요?"

"네. 이율곡의 어머니이자 현모양처, 천재 서화가로서의 이미지가 아니라 '사임당의 실제 삶'을 제대로 알고 싶어서요. 시중에서 구할 수 있는 책들은 사임당의 실체에 대한 책이라기보다는 현모양처로만 치장된 위인전에 가까워서 그 책이 그 책이고 새로울 게 별로 없어요. 조선 시대의 여성으로서, 고려 개국공신 가문의 후손으로서, 다섯 딸을 둔 집안의 둘째 딸로서, 여자로서, 어머니로서 살아온 사임당의 생애에는 뭔가 독특한 사임당만의 특징이 있을 것이라는 생각이 들거든요."

"아하."

고서점 주인이 고개를 끄덕였다.

내 이야기가 이해된다는 표정이었다. 그러면서도 한편으론 희한한 사람이라는 인상을 가졌던 모양이다. 그도 그럴 것이 며칠째 고서점 개점 시간이 되기만 하면 어김없이 전화를 해서 율곡전서 들어왔냐고 채근을 해댔으니 말이다.

"아무튼 뭔가 의미 있는 일을 하는 건 분명한 것 같아서 나도 도움이 되었으면 좋겠네요. 그리고 여기. 혹시 몰라서 우리 가게에 있는 사임당 관련 책자 몇 권 가져왔으니, 참고할 만하다 싶으면 가져가도 좋아요. 이건 돈 안 받을 테니까 맘 편하게 골라봐요."

마음씨 좋은 고서점 주인이 보여준 자료는 대부분 알고 있는 내용이었다. 어린이 위인만화, 인터넷에 올라와 있는 사임당 관련 이야기들이 고작 전부였다.

반면에 한국고전번역원 사이트는 정말 실질적으로 도움이 되었다. 사이트에서 자료 찾기가 서툴러 전화로 문의했더니 담당 직원이 여러 모로 도움을 주었다.

"저희 한국고전번역원 사이트 첫 페이지에 보시면 우측에 배너가 하나 보일 겁니다. 거기를 클릭하여 들어가서서 율곡전서를 검색해보세요."

내가 찾는 자료는 '율곡전서 04' 항목에 있었다.

원문명은 율곡선생전서栗谷先生全書이고, 저작 시기는 16세기. 번역을 하고 출간한 국역본은 성균관대학교 대동문화연구원 간행『율곡전서栗谷全書』로 되어 있었다. 그리고 율곡전서 제18권째의 '행장' 부분에서 사임당에 대한 '선비행장先妣行狀'과 외할아버지 신명화에 대한 행장外祖考進士申公命和行狀 내용도 확인할 수 있었다. 어린 율곡이 기억하는 어머니 사임당과 외할아버지 신명화의 삶에 대해 일부분이나마 자료를 확보할 수 있다는 것은 큰 수확이었다.

"근데 뭐 크게 다른 점이 있을까요? 나도 책을 무척 좋아해서 사임당을 새롭게 조명한 책이 나온다면 즐거운 일이긴 하겠지만. 기존 자료 외에 새로운 자료들이 얼마나 많을지 궁금하기도 하네요."

고서점 주인은 가게를 오래 비워둘 수가 없다면서 자리를 털며 말했다.

"사임당은 1504년생이고, 율곡 이이는 사임당이 33세 때 얻은 아들이에요. 혹시 그거 아세요? 이율곡은 7세 때 이미 사서四書를 비롯한 유학 경전들을 스스로 깨우친 천재라는 것을요?"

"그랬어요? 이율곡이 아무리 천재라 해도 어린아이 때 그 어려운 유학 경전을 깨우쳤어요?"

호기심이 동했던지 고서점 주인이 슬그머니 의자에 다시 앉는다.

"그러면 말이죠. 7세 어린이가 유학 경전을 나름대로 뗄 정도였다면, 그때까지 누가 가르쳤을까요? 말할 것도 없이 사임당이 이끌어 주었겠죠."

"그 말은…… 사임당의 학문 깊이가 상당한 수준에 이르러 있었다는 뜻인가요?"

"네, 바로 그겁니다. 물론 이율곡 같은 천재는 가르친다고 되는 게 아니라, 어디까지나 타고나는 것이겠지만 말입니다. 아무튼 이율곡이 어렸을 때부터 유학 경전을 어느 정도 뗄 수 있었던 데는 어머니 사임당의 역할이 적지 않았다고 볼 수 있겠죠. 그리고 사임당의 학문 수준을 명확히 알 수 있는 자료는 없지만, 이율곡의 어린 시절을 자세히 들여다보는 것만으로도 어느 정도 짐작할 수 있지 않겠어요?"

"오호, 그래서 율곡전서를 그리 애타게 찾는군요? 율곡전서를 보면 어린 시절의 학습 과정을 어느 정도 추측할 수 있을 테니까요."

"네, 그런 점도 있고요. 또 제 나름대로 사임당 관련 자료를 훑어보니까요. 사임당 가문은 다른 사대부 가문들과는 달리, 여성들에게 꽤 개방적이었던 것 같더라고요. 그 덕분에 사임당의 학문 수준이 상당한 경지에 이를 수 있었을 것이고, 또 이율곡을 그렇게 잘 가르칠 수도 있었겠죠?

그리고 16세기 당시까지만 해도 고려 시대의 남녀평등 사상이 웬만큼 유지된 걸로 알고 있고요. 먼 신라 시대까지 거슬러 올라가 보면 선덕여왕, 진덕여왕, 진성여왕 등 여자들도 나라를 다스리지 않았던가요? 제 짐작이지만, 아마 사임당 가문에서는 머지않아 언젠가는 조선 땅에서 여성들도 나랏일을 하게 되는 시대가 올 거라고 내다보았을 것 같아요."

고서점 주인이 고개를 약간 갸웃했다.

"그건 좀 너무 앞서나간 추측 아닐까요? 흠… 어쨌든 사임당이라는 호의 뜻은 주 문왕의 어머니 '태임太任'을 본받겠다는 것인데, 신사임당이 그렇게 호를 정한 이유는 뭘까요?"

"주周나라를 세운 무왕武王의 아버지, 즉 주 문왕(사후에 추존됨)을 낳은 태임을 본받겠다 한 거죠. 그래서 사임당은 유명한 서화가나 현모양처로만 알려지기를 원했다기보다는, 제 생각이지만, 조선의 왕을 낳은, 그게 아니면 왕의 아버지를 낳은 어머니가 되고 싶었던 건 아닌가 하는 의문이 들기도 해요. 사임당은 그저 우리가 지금까지 알고 있던 현모양처만이 아닌, 그 이상이라는 거죠."

"조선의 왕을? 아니면 조선의 왕의 아버지를 낳은 어머니? 사임당이라는 호 하나 지은 것을 가지고 너무 비약시킨 억측 아닌가요? 그렇게까지 가정한다면 지금까지 우리가 알고 있던 사임당 이미지가 확 뒤바뀌게 되는데요? 현모양처 상과는 너무 차이가 나잖아요? 그렇다면 뭐랄까, 국가의 리더를 낳은 어머니? 아무튼 왕권을 바라보는 야심가처럼 보이게 되잖아요?"

고서점 주인은 나를 보며, 말도 안 되는 억측은 하지 말라는 표정이었다. 기존의 사임당 이미지를 내심 유지하고 싶어 하는 듯했다.

하지만 다른 상상도 불가능한 건 아니지 않은가? 나는 이야기를 하

몽룡실(夢龍室) ⓒ한국전통문화사진작가 정창곤
이율곡이 태어난 몽룡실. 이곳에서 사임당과 그의 친정어머니 용인 이씨도 태어난 것으로
알려진다.

기 전에 분명히 '내 생각에'라고 전제를 했으니 말이다.

"강릉 오죽헌에 가면 몽룡실夢龍室이라고 있습니다."

"그렇죠. 사임당이 이율곡을 낳을 때 용꿈을 꿨다고 해서 붙여진 이름이죠. 그런데 그게 왜요?"

고서점 주인은 여전히 떨떠름한 표정을 풀지 않고 있었다.

"사임당은 이원수와 혼인을 했는데, 덕수 이씨의 후손이거든요. 덕수 이씨는 고려 개성 지역이었던 개풍군 덕수현을 본관으로 삼았죠. 고려 시대에는 거란족을 격파해서 공을 세울 정도로 무인 가문이었는데요, 조선 중기에 접어들면서 문인들도 등장하면서 문무를 겸비한 가문이 되었습니다."

"그렇죠."

"그런데요, 덕수 이씨 족보에 기록된 이율곡 형제들의 이름을 보면 하나같이 공통점이 있다는 걸 알게 됩니다."

"공통점이라니요?"

"맏아들 죽곡공竹谷公 이선李璿의 선璿이란 글자는 구슬, 그러니까 옥玉을 뜻합니다. 둘째 아들 정제공定齊公 이번李璠의 이름에서도 번璠은 '옥'이란 의미를 지녔죠. 그럼 셋째 아들은 어떨까요? 문성공文成公 이이李珥의 경우엔 약간 다릅니다. 이珥라는 건 귀고리를 뜻하거나 햇무리를 의미합니다."

"햇무리요? 태양 둘레의 빛 테두리요?"

"네, 그렇습니다."

고서점 주인은 내 이야기를 들으며 깊은 생각에 빠진 표정이었다. 구슬 옥玉과 햇무리, 둘 사이의 연관성을 찾는 것으로 보였다.

"막내아들 옥산공玉山公 이우李瑀의 이름을 볼까요? 우瑀라는 글자도 옥玉을 의미합니다. 네 명의 형제들 중에 이율곡만 햇무리, 그러니까 빛을 발하는 의미를 지녔고 나머지 세 형제는 구슬이고 '옥'이라는 의미를 가졌습니다. 이런 식으로 형제들 이름을 지은 게 뭘 뜻할까요? 사임당이나 이원수가 아들들 이름 짓는데 아무 의미 없이 지었을 리는 만무하겠죠?"

"그렇겠죠. 아들들 이름을 무턱대고 짓지는 않았겠죠. 그런데 이름들에 그런 의미가 담겨 있다……? 어허, 이거 참!"

"그런데 자세히 보면 더 놀라운 점이 하나가 있습니다."

"그건 뭔가요?"

고서점 주인이 나를 향해 자신의 의자를 끌어 당겼다.

"선璿, 번璠, 이珥, 우瑀란 글자들을 보면 모두 하나같이 임금 왕王이라는 의미를 포함한 글자들입니다. 고려 개국공신 가문에서, 양반가 집안에서, 아들 이름에 임금 '왕'을 넣어서 짓는다? 아이들을 낳는 방 이름을 몽룡실이라고 짓고 아들이 태어나면 아들 이름에 용이 입에 문 여의주를 뜻하는 옥玉이라는 의미를 넣는다? 오죽헌의 몽룡실이란 곳이 이율곡을 낳을 때 용꿈을 꿨다고 해서 붙여진 이름이라고만 하기엔 이해가 안 되는 부분이 있어요. 이 모든 게 우연의 일치라고만 생각하기에는 뭔가 부족하다는 거죠. 조선에서도 임금의 얼굴을 용안龍顔, 임금의 옷을 용포龍袍라고 불렀죠. 그리고 덕수 이씨 가문은 거란족을 격퇴시킨 무인 가문이었습니다."

"......."

고서점 주인은 아무 말 없이 고개를 끄덕이기만 했다.

그리고 한참을 생각하더니, 자리를 털고 일어나며 나에게 악수를 청하고는 커피점을 나갔다. 악수를 하며 내 손을 꼭 잡은 그의 손길에서는 사임당의 생애를 새롭게 조명하는 책을 기대한다는 그의 의중이 느껴졌다.

사임당(師任堂)이 되다
사임당, 태임(太任)을 본받겠다

申

師

任

堂

"언제 오셨어요?"

"약속시간 10분 전에 미리 도착! 몰라?"

"에이, 자꾸 그러시면 시간 맞춰 온 제가 오히려 미안하잖아요."

모처럼의 약속이었다.

서울에서 지하철 2호선 홍대입구역은 주말은 물론이고 평일에도 발
디딜 틈조차 찾기 어려운 혼잡지역이다.

특히 9번 출구 앞은 약속장소를 정하지 않은 사람들이 다음 장소로
이동하기 전에 일단 모이는 장소로 유명하다 보니 지하철역 안에서 출
구 밖으로 빠져나가는 것조차 어려울 정도다. 좁은 통로를 따라 앞사

람의 등을 쳐다보며 조심스럽게 계단을 올라가다 보면 드디어 9번 출구 밖. 하지만 이게 다가 아니다. 만나기로 한 사람을 찾으려면 사방을 몇 번씩 두리번거려야 한다.

"오늘은 왜 9번이 아니고?"

"거긴 애들 모이는 곳이잖아요. 우리는 늙었으니까 2번 앞이죠."

"늙으면 왜 2번 앞인데?"

"무릎 아플 나이잖아요? 그래서 에스컬레이터 편하잖아요? 이쪽 커피점의 커피값도 싸고."

말 꾸미기 잘하는 영화감독 아니랄까 봐.

김영수(가명)는 커피점에 미리 도착해 있던 나를 발견하고 나서부터 연신 싱글벙글이다. 웃는 모습을 보면 영락없는 철부지 대학생 얼굴인데, 어느덧 30줄을 훌쩍 넘긴 나이. 머지않아 다가올 입봉(영화감독 데뷔 작품)을 꿈꾸며 지금은 어느 영화감독의 조감독을 맡고 있다고 했다.

"어때요? 제가 영화감독 포스force는 한가락 하거든요? 머지않아 칸 영화제에서 오라고 할 건데, 그때를 위해서 프랑스어? 아니, 영어로라도 인사말쯤 할 수준까지는 배워두려고요."

스니커즈 운동화에 듬성듬성 해어진 청바지를 즐겨 입는 30대 후반 남자. 초여름 무렵이라 아직 무더위가 찾아오지는 않았지만 그래도 대낮의 뙤약볕은 반소매가 아니라면 걸어 다니기가 짜증스러울 정도의 더위였다.

김영수는 반팔 라운드 티셔츠를 입고 오른쪽 옆구리엔 누런색 서류봉투를 꽉 낀 행색이었다. 오늘 만날 약속 때문에 새로 준비한 서류봉투는 아닌 것 같았다. 군데군데 주름진 봉투 모양으로 보아 여러 차례 사용해온 듯이 보였다.

상덕이네 커피점이었던가?

예전에는 가게 이름이 지금과 달랐다. 주차장도 비좁지 않고, 같은 건물 위엔 모임장소로 이용되는 공간도 있는 데다, 무엇보다도 이 커피점을 애용하는 이유는 커피값이 싸다는 점 때문이다.

"아시잖아요? 조감독 돈 없는 거."

"알았어. 커피는 내가 살게. 근데 전화로 말하던 사임당 관련 자료는 뭔데?"

김영수가 갖고 온 서류봉투 속에서 자료를 꺼내려는 순간, 휴대용 진동벨이 울리며 불이 깜빡였다. 커피가 나왔으니 가져가라는 신호다. 그는 테이블 위에 올려놓았던 서류봉투를 다시 들더니 이번엔 왼쪽 옆구리에 낀다. 오른손으로 커피 쟁반을 받아 들고 올 심산이었나 보다.

"잠깐만요. 제가 커피 가져올게요."

김영수가 크고 작은 커피잔 두 개를 얹은 쟁반을 들고 다시 테이블로 돌아왔다.

"뭐야? 네 것은 아이스 아메리카노 아니네?"

"네? 영화감독은 스타일이 다르죠. 이건 더블샷, 에스프레소예요."

그래도 그렇지. 덩치는 커다란 남자가 어울리지 않게 쪼끄만 잔을 달랑 놓고 앉아 있다니, 어째 모습이 우스꽝스러워 절로 웃음이 나왔다.

김영수는 엄지와 검지를 사용해서 에스프레소 잔의 손잡이를 잡더니 입술에 묻히며 홀짝거린다. 그리고 다시 내려놓는데 아직도 커피가 반 이상 남은 상태다.

만나기로 한 용건을 잊은 것인가?

김영수는 커피를 마시면서도 왼쪽 옆구리에 낀 서류봉투를 내려놓질 않는다. 어쩌면 자신의 두툼한 옆구리에 아직까지도 끼고 있는 서류봉투의 존재를 잊은 건지도 모르겠지만 말이다. 아니면 조금이라도 더 애를 태우고 신비감을 높인 뒤에야 서서히 용건을 꺼낼 심산이었을까. 물론 어느 쪽이었든 간에 구태여 내가 먼저 안달을 낼 필요는 없었다.

"신사임당의 본명이 신인선이라는 건 아시죠?"

김영수가 먼저 입을 열었다.

커피를 마시면서 창밖을 내다보는 자세였지만 온 신경은 나한테 집중하고 있었던 모양이다. 자기가 어떤 자료를 갖고 온 것인지, 사임당에 대해 무엇을 말하려고 하는 것인지 도통 내가 먼저 물어볼 기색을 보이지 않자 자기가 먼저 이야기를 꺼내는 쪽이 좋겠다고 여겼던 게 분명하다.

"알지."

"그런데 신인선이라 하지 않고 왜 신사임당이라고 부를까요?"

"그거야, 사임당이라고 아호雅號를 정했기 때문에 그렇게 부르는 거잖아? 아호란 건 유교 문화권인 중국이나 우리나라에서 본명 이외에 따로 지어 부르는 호칭이잖아? 작가들 필명도 이와 비슷하고."

김영수는 입가에 알 듯 모를 듯한 미소를 지어 보였다.

자기 앞에 놓인 에스프레소 잔을 다시 들더니 입술을 갖다 대고 홀짝인다. 그런데 잔을 다시 내려놓았을 때 김영수의 입가에 커피 자국이 안 보인다. 그건 더 이상 커피가 없다는 증거다. 김영수는 아까부터 빈 커피잔을 들었다 놨다 하고 있었던 것이다. 그 모습은 마치 내 대답을 들으면서 자기가 가져온 정보의 가치를 저울질하려는 심산인 것 같기도 했다.

이번엔 내가 먼저 이야기를 꺼내야 할 차례다.

"물론, 호號를 짓는 기준이 있지. 아호라는 건 시詩나 그림 작가들이 주로 사용하는 우아한 호칭이 되는 것이고, 당호堂號라는 게 있는데 이건 집을 부르는 호를 말하거든. 집주인을 부를 때 사용되기도 하지. 고려 고종 때 이규보李奎報가 지은 『백운거사어록白雲居士語錄』에 보면 어떤 사람은 살고 있는 곳에 따라 호를 정하기도 하고, 어떤 사람은 자기가 지닌 뭔가 특별한 것으로 호를 정하는 경우도 있다고 해. 아니면 자기가 목표로 삼은 위치나 자기 의지, 또는 목표로 삼은 대상에 따라 호를 짓기[2]도 하거든. 신인선은 주나라 문왕을 낳은 태임太任을 본받겠다는 의지를 갖고 사임당이라고 지은 거야. 다른 호도 있는데 인임당姻姙堂, 임사제姙師齊라고도 불러. 붙여서 읽으면 신인임당, 신임사제라고나 할까?"

"태임太任이요?"

김영수가 뜨악한 표정을 지으며 물었다.

자기가 모르는 새로운 걸 알았을 때 짓게 되는 표정이다. 이번엔 내가 느긋하게 시간조절을 할 필요가 있었다. 나는 물론 김영수가 갖고 온 자료가, 꺼내려는 이야기가 뭔지 모른다.

하지만 지금 김영수의 표정을 보면 무언가 사임당에 대한 의혹을 가졌던 것만은 분명해 보였다. 그게 무엇인지, 나로서도 궁금해지는 참

2 〈민족문화대백과〉 참고, 〈한국어문학도서관〉 출처

이었다.

"태임은 희계력姬季歷의 부인이야. 희계력을 낳은 여자는 태강太姜이라고 하는데, 어쨌든 태강도 그렇고 태임도 그렇고, 어질고 현명한 어머니였다는 점에서는 두 사람 모두 똑같다고들 하지."

"아…."

김영수가 짧게 탄식하듯 한숨을 뱉었다.

"그리고 희계력에 대해 말하자면 성이 '희', 이름이 '계력'인데, 중국 상나라 시대의 여러 제후국들 중에 '주周'라는 제후국의 군주였어. '제후국諸侯國'이라고 하는 건 왕으로부터 일정한 영토를 할애받아서 다스리던 군주국을 말하고. 그러고 보니 '상商나라'가 어느 나라인지 모를 수도 있을 텐데, 우리가 '은殷나라'라고 부르는 바로 그 나라야. BC 1600년부터 BC 1046년까지 중국 대륙에 실존했다고 여겨지는 최초의 왕조이거든. 상나라의 20대 왕 반경盤庚이 도읍을 '은殷 : 하남성 안양시 소둔촌'으로 옮겼는데, 이때부터 은나라로도 불리게 되었지만 말이야."

"상商나라요? 장사하던 곳이에요?"

"응? 아니. 이 나라를 세운 부족 이름이 상商이었어. 그래서 학자들이 '은나라'라는 국호보다 '상나라'라는 국호를 더 선호하지."

김영수가 입맛을 다셨다.

사임당에 대한 이야기를 나누러 왔다가 이야기가 점점 더 미궁 속으로 빠져드는 느낌을 받은 듯했다. 하지만 내 말의 요지는 신인선이 왜 사임당이라고 불리게 되었는지, 그 유래를 설명하는 중이었을 뿐이다.

"어쨌든 희계력이 태임과 혼인해서 '희창姬昌'을 낳았는데, 성씨가 '희', 이름이 '창'이거든. 그런데 태임은 희창을 요즘의 '엄친아'처럼 번듯하게 교육시켰는데, 나중에 희창이 커서 문왕이 돼. 훗날 이 문왕의 아들인 무왕이 주나라를 세우게 되는 것이지.”

“은나라의 제후국 신세를 벗어나서 번듯한 주나라를 세운 건 그럼 문왕이 아니라 무왕이네요?”

“그렇지.”

김영수가 고개를 끄덕였다.

신인선은 주나라를 세운 무왕의 아버지 문왕을 잘 훈육시킨 태임을 본받고자 사임당이란 당호를 지은 것이었다.

“무왕의 이름은 ‘희발’이거든.”

“희발이요? 거, 이름 참 발음하기 어렵네요. 그런데요, 무왕은 왜 주나라를 세웠나요? 앞서 은나라가 있었잖아요? 제후국의 군주로 살았으면 형편이 나빴던 것도 아니고요. 그리고 희계력의 아버지는 누군가요? 그 사람도 제후 아니었나요?”

김영수가 물었다.

역시 영화감독답게 이야기의 맹점을 날카롭게 파고든다는 느낌이 들었다. 이야기가 기승전결로 부드럽게 흘러가 앞의 내용이 뒤의 내용이랑 자연스레 연결되어야 하니 말이다.

“맞아. 희계력은 성이 희姬이고, 이름이 단보亶父라고 불린 ‘희단보나중에 ‘고공단보’로 됨’의 셋째 아들이었어. 훗날 희창은 자기 아들인 희발에게 유언을 남겼는데, ‘은나라를 꼭 무너뜨려라’였거든. 왜 그러냐 하면 희창의 아버지인 희계력이 은나라의 28대 왕인 문정文丁에게 속아서 새고塞庫에 갇혀 굶어죽었거든.”

“네? 은나라의 왕이 제후국 군주인 희계력을 죽였다고요? 왜요?”

"은나라로서는 제후국들이 말을 잘 들어야 하는데, 희계력의 세력이 점점 커지는 게 아무래도 꺼림칙했거든. 문정이 즉위한 이후에 여러 차례 융족(중국 서북 지역에 거주하던 각 소수민족의 통칭, 서융으로도 부름)의 침입을 막아내고 융족의 장수까지 생포해서 이름을 떨친 희계력이었으니까, 문정 입장에선 내심 불안했던 것이지."

"은나라를 공격할까 봐 두려웠던 거예요?"

"그렇지."

"세상에!"

김영수는 에스프레소 커피잔을 만지작거리면서도 입가에 가져가진 않았다. 잔 바닥에 조금 남았던 커피조차 말라붙은 지 오래였다.

"그래서 문정이 희계력의 공적을 치하하면서, 많은 보물을 주겠다며 상나라로 들라고 꼬인 다음 금은보화를 쌓아놓은 새고塞庫에 재빨리 가둬버렸거든."

"새고?"

"막힌 창고라는 의미야."

"아!"

"보물이라는 미끼에 현혹되어 문정에게 달려간 희계력은 졸지에 새고에 갇히게 되자 자신의 어리석음을 한탄했지. 하지만 어떻게 할 방도가 없었어. 창고에 갇혀서 뭘 어떻게 할 수 있었겠어? 결국 거기서 굶어죽고 말았던 거야."

김영수는 고개를 끄덕였다.

"아, 그래서 억울하게 죽은 아버지의 내력을 알게 된 아들 희창이 희발에게 은나라를 치라는 유언을 남겼네요? 네 할아버지의 복수를 꼭 하라고요."

"그렇지."

"그러면 태임은요? 남편의 억울한 죽음에 한을 품고 아들 희창을 꿋꿋하게 키워냈던 것으로 볼 수 있겠네요. 어떠한 어려움이 있더라도 아들을 강하게 키워 남편의 복수를 도모하려고 한 것은 당연하겠고요."

"그래서일까? '을제'가 은나라 왕에 오른 지 2년 만에 희창이 은나라를 공격[3]했지만 뜻을 이루진 못했고, 을제는 37년간[4]이나 은나라의 왕위를 지켜냈어. 이후 은나라의 마지막 왕인 주왕紂王이 왕위에 오른 지 33년 만인 BC 1027년에 '주왕'과 주나라의 무왕 사이에 드디어 목야牧野 전투가 벌어지고 무왕이 승리하면서 은나라가 멸망하거든. 6백년간 지속된 은나라가 역사의 뒤안길로 사라지고 이 시기부터 서주西周 시대가 열리게 된 셈이지."

"그런데 목야 전투? 그건 뭔가요?"

"응? 목야는 당시 은나라의 수도였던 조가朝歌 근처의 지명이야."

김영수는 이야기를 듣고 나자 고개를 가만히 끄덕이고만 있었다.

그의 앞에 놓인 에스프레소 커피잔에 말라 엉긴 커피 흔적이 눈에 들어왔다. 김영수는 지금 무슨 생각을 하고 있을까? 신사임당에 대해 이야기하자고 만난 자리, '사임당'이란 당호의 유래에 대해 이야기하는 동안 여러 가지 생각이 떠오른 듯했다. 김영수는 잠시 후 침묵을 깨

3 태평어람(太平御覽) - 죽서기년(竹書紀年)에서 인용
4 태평어람(太平御覽) - 제왕세기(帝王世紀)에서 인용

고 무릎을 가지런히 놓으며 자세를 바로 고쳐 앉았다.

"그런데 궁금한 게 있어요. 희창의 복수가 실패한 이유는 뭘까요?"

"음… 그 시기엔 은나라의 힘이 워낙 강했어. 희창은 어느덧 나이가 들어 노쇠하기도 했었고. 은나라의 마지막 왕 주왕紂王이 엄청난 폭군이었던 탓에 다른 제후들이 섣불리 덤빌 생각을 하지 못하는 정세였어. 실제 기록을 보면 여러 제후들이 은밀히 은나라를 도모할 계획을 짜고 있었는데, 이 사실을 알게 된 주왕의 계략에 말려 모두 죽임을 당했다고 하거든."

"희창도 제후였잖아요?"

"그렇지. 그런데 희창은 주왕의 계략을 미리 알아챘던 거야. 그래서 죽음을 모면할 수 있었지."

"이야!"

김영수가 나를 바라보며 상체를 앞으로 기울였다.

이야기가 중대하다는 표시다. 김영수가 가져온 서류봉투는 어느새 테이블 한쪽으로 밀쳐져 있었다.

"그런데 주왕이 어떤 사람이야? 폭군이라고 했지? 희창이 호락호락하게 걸려들지 않자 주왕이 이를 괘씸하게 여기던 차에 간신들의 참언을 듣고 결국 희창을 유리羑里 : 지금의 하남성 탕음현 서북라는 곳에 감금시켰지. 그리고 인질로 잡고 있던 희창의 장남을 죽였는데, 그 시체로 장조림을 만들어서 희창에게 먹이기까지 하는 패덕한 짓을 서슴지 않았지. 이후 희창의 신하들이 그를 석방시키기 위해 많은 미녀와 병마, 진귀한 보석들을 주왕에 갖다 바치면서 백방으로 애를 썼어. 그러자 주왕은 희창이 감금되어 있으면서도 전혀 원망하는 기색도 없고 또 많은

뇌물까지 받게 되자 아무 의심 없이 희창을 석방하고 다시 제후에 봉해주었지."

"아하!"

김영수에게 들려준 이야기는 중국의 '상서尚書'와 사마천의 사기史記에 기록되어 있는 내용들이다. 상서는 송나라에 이르러 '서경書經'으로 불리게 되었다.

"결국 희창은 풀려난 후, 처절했던 상황을 되씹으며 국력을 키운 다음 때를 기다렸다가 은나라를 정벌하여 치욕을 갚을 결심을 굳히게 돼. 그래서 정치와 군사 일을 두루 잘하고 문무를 겸비한 인재를 백방으로 찾아 나섰는데, 이때 그 유명한 강태공姜太公을 만나 그를 재상으로 삼았지. 하지만 희창은 노쇠하여 얼마 후 세상을 떠나게 되고, 은나라 정벌의 숙원 과업은 그의 아들 희발, 주 무왕에게로 넘어가게 되지. 희창은 사후에 문왕이라는 시호를 추존받게 되고.

은나라의 마지막 왕 주왕은 이 당시 말희와 달기 등 애첩들의 치마폭에 휘감긴 채 이른바 주지육림酒池肉林 : 술로 채운 연못과 고기를 주렁주렁 매단 숲을 만들어놓고 그 속에서 광란의 희열을 즐기며 질탕한 주색잡기에 빠져 있었지. 주왕이 이렇게 민심을 잃어가고 있을 때, 희발이 군사를 일으켜 은나라를 파죽지세로 공격해 들어갔어. 상황이 급박하게 돌아가자 주왕도 맞서 싸울 대군을 일으켜 양군은 앞서 말한 목야牧野라는 들에서 대치하게 되었어. 양군은 이 들판에서 치열한 전투를 벌였는데, 군사들의 피가 강물을 이룰 정도였다고 해. 마침내 이 목야 전투에서 희발의 군대가 승리하여 은나라의 왕권을 빼앗고 주나라의 시대를 열게 되었고, 희발은 결국 할아버지와 아버지의 원한을 갚게 되었지."

김영수는 나의 장황한 설명을 듣고 난 후, 이제야 알았다는 듯 고개를 연신 끄덕여댔다. 한 편의 영화를 본 것 같은 기분이었을까? 내 앞으로 숙였던 상체를 다시 쭉 펴더니 의자 등받이에 기댔다.

"그럼 사임당이란 호는……."

김영수는 갑자기 생각이 복잡해진 듯 뒷말을 잇지 못했다.

그동안에는 신사임당을 그저 현모양처로만 여기고 있었다. 신인선은 이율곡의 어머니이자 가정교육을 제대로 받은 여성, 서화가이자 문장가로도 명성을 얻은 여류 예술가쯤으로 알았는데 '뭔가 아닐 수도 있다'는 느낌을 받은 걸까?

"사임당이란 의미가…… 아, 이거 진짜 말하기 조심스러워지네요. 사임당이란 의미가 중국의 태임을 본받겠다는 의미라고 했잖아요?"

"그렇지."

"그럼, 중국의 태임, 그러니까 희계력의 아내란 말이에요. 또 희창의 어머니이고, 희발의 친할머니잖아요?"

"맞아."

김영수는 입맛을 다셨다.

그러다가 자기 앞에 놓인 에스프레소 잔에 커피가 바닥난 걸 확인하더니 그 옆에 놓인 물컵을 들어 한 모금 마셨다. 기존의 상식을 너무 벗어나는지라 맨입으로는 도저히 말을 꺼내기 어려울 만큼 부담감을 느낀 표정이었다.

"태임은 남편 희계력이 어떻게 죽었는지를 잘 알잖아요?"

"그렇지."

"그리고 희창을 키웠어요. 어떻게 키웠겠어요? 조용히 숨죽이고 살아야 한다? 커서 나중에 복수해라? 네 아버지의 억울한 죽음은 잊어라? 아니면, 네 아버지의 억울함을 반드시 기억하고 그 원한을 풀어드려라?"

"그 중에서 어느 쪽일 것 같아?"

"희창의 복수전 이야기를 들어보면 태임에게서 분명히 새겨들은 게 있는 거죠. 그게 뭐겠어요? 아버지 희계력의 죽은 내력을 들었던 거고, 거기에 자기 아들 희발에게 유언도 남기잖아요? 게다가 장남까지 주왕에게 죽임 당했으니까, 이건 뭐 원한이 골수에 사무친 거죠."

"맞아."

김영수의 이야기를 들으며 바로잡거나 수정할 부분은 따로 없었다. 나는 단지 김영수의 이야기대로 고개를 끄덕여주기만 하면 될 뿐이었다.

"그럼 태임이란 여성은 현모양처의 이미지라기보다는……."

"응?"

"그 뭐랄까…… 아이 씨, 이러면 안 되는데, 자꾸 결론이 그쪽으로 가네. 그런데 이 작가님은 결론이 이렇다는 것을 이미 알고 계셨던 거 아니에요? 미리 귀띔이라도 해주지 그러셨어요? 제가 알고 있던 사임당의 이미지와는 많이 다르잖아요."

"말해봐. 어떻게 생각했는지."

"알았어요."

김영수는 자기 컵의 물이 바닥나자 갈증이 더 났는지 내 컵의 물까지 다 마셔버렸다.

"그러니까 이거예요. 태임은 남편의 원한을 갚을, 그러니까 은나라를 언젠가는 반드시 공격할? 하여간 뭐 그런 대범한 여자였던 거예요. 아들인 희창에게도 각인을 시켰던 거죠. 희계력의 억울한 죽음이나 은 나라와 주나라 사이에 펼쳐진 그동안의 역사 등등에 대해서요. 그게 뭐겠어요? 상대는 은나라 왕이에요. 왕에게 복수를 한다는 건 새로운 나라를 세우고 왕이 되겠다는 거나 마찬가지 아닌가요?"

"그래서?"

"그럼 다시 신사임당 이야기로 돌아와서……. 태임을 본받고자 사 임당이라는 당호를 지었잖아요? 그럼 신인선도 태임에 얽힌 은나라와 주나라의 역사 관계에 대해 다 알고 있었던 거죠. 남편을 섬기고 아들 을 교육시킨다는 점에서는 현모양처가 맞긴 맞는데, 은나라에 대해 순 종적이진 않았던 거잖아요?"

"그럴 수도 있지."

"그리고 여기, 제가 가져온 자료에 보면요……."

김영수는 드디어 자기가 준비해온 자료를 주섬주섬 꺼내기 시작했 다.

"신사임당의 아버지 신명화의 조상은 고려의 개국공신 신숭겸申崇謙 이에요. 왕건을 살리려고 자기가 대신 죽은 사람으로 유명하잖아요? 그럼 외할아버지는요? 신사임당의 외할아버지 이사온李思溫은 용인 이 씨예요. 이길권李吉卷이라는 사람이 용인 이씨 시조인데요. 이게 또 묘 한 게, 용인 이씨 이길권도 고려 초기에 공을 세운 사람이에요. 왕건이 후삼국을 통일하는 데 큰 공을 세웠다고요."

"자료준비를 많이 했네."

김영수의 진지한 얼굴을 보면서 내 입가에 미소가 번지는 건 어쩔 수 없었다. 김영수는 사임당에 대한 자료를 수집하다가, 사임당의 가문이 고려 개국공신의 후손들과 연관이 있다는 걸 알고 내게 연락을 해온 것이었다.

조선 시대에 고려 개국공신의 후손으로 살아간다는 건 어떻게 설명해야 할까? 특히 아버지 신명화의 벼슬이 조선의 고위직에 오르지 못하였다는 것도 그런 가문 배경과 연관되는 건 아닐까?

"그리고 오죽헌 있잖아요?"

"응."

"오죽헌도 처음엔 강릉 최씨 '최치운'의 소유였어요. 최치운의 둘째 아들인 최응현이 이사온을 사위로 맞아들이면서 그게 이어져서 사임당 대까지 내려온 거죠."

"강릉 최씨지."

"네. 아시죠? 강릉 최씨는 세 가지 계파로 나뉘는데 정확도 면에서는 그래도 아직까진 경주계에선 최필달崔必達을 시조로 한다는 게 유력해요. 그럼 최필달이 누구냐? 이 사람도 고려의 개국공신이에요."

"맞아."

김영수는 나를 쳐다보며 약간 못마땅하다는 표정을 짓기도 했다. 그 정도까지 다 알고 있다면 처음부터 '대부분의 자료는 나한테도 있으니 보기 드문 자료들로만 골라서 가져오라'고 해주지 그랬냐는 표현이기도 했다.

"사임당의 남편인 이원수는 '덕수 이씨'예요."

"그렇지."

"덕수 이씨의 시조는 이돈수李敦守인데요. 고려 시대인 1218년에 거란족의 침입을 방어하며 공을 세우거든요. 여기까지만 봐도 이게 뭘 의미하겠어요?"

"말해봐."

"신사임당의 가문은 고려 개국공신들의 후손들이 모인 집안이에요. 그런데 당시의 나라는 조선이란 말이죠. 그런데 신인선이 사임당이란 당호를 짓고 중국의 태임을 본받겠다고 한다?"

"……."

"보세요, 고려와 조선 사이에 중국의 은나라와 주나라 이야기가 매치되는 거 아니겠어요?"

김영수는 내 표정을 살폈다.

그러니까 김영수의 이야기인즉, 제후국 주나라가 상국인 은나라를 치고 명실공히 주나라 시대를 연 것처럼 사임당의 가문도 고려 개국공신의 정신(?)을 이어받아 조선에서 다시 고려 시대를 열자는 목표가 있었지 않겠느냐는 생각을 하는 것 같았다.

하지만 그건 너무 앞서나간 추측이기도 했다. 조선에서 다시 고려 시대를 연다기보다는 조선에서 왕의 신임을 얻어 세력을 넓힌다는 추정이 더 현실성 있을 것이다.

물론 김영수의 추측이 전혀 일리 없는 것은 아니었다.

조선에서는 고려 개국공신들의 결집력을 알기에 그들을 함부로 대할 순 없는 상황이었고, 벼슬길에 진출은 시키되 고위직은 주지 않는 정책을 폈을 수도 있다. 그래서 결국 고려 개국공신의 후손들은 그들의 시대가 아닌, 후손들의 미래에 기대를 걸게 되었고 자녀교육을 담당해야 할 딸들에게까지 열정적으로 교육을 시켰다는 전개도 가능했다.

　"오늘 보여드리려고 갖고 온 자료는 다시 가져갈게요. 그리고 공부 좀 더 하고 다음에 다시 연락드릴게요. 사임당이란 호의 유래를 알고 나니까, 지금까지 내가 생각해오던 신사임당이 아닐 수도 있겠다는 생각이 자꾸 드네요."

　김영수는 갖고 온 자료봉투를 다시 들고 자리에서 일어섰다.

　아까처럼 왼쪽 옆구리에 낀 상태도 아니었다. 왼손 손가락들로 봉투의 한쪽 귀퉁이를 잡고 팔을 아래로 뻗어 내린 자세다. 마침 다른 약속도 있고 해서 김영수와 함께 커피점을 나서는데 문 앞에서 김영수가 다시 인사를 한다.

　"그만 가볼게요. 사임당 말씀은 감사해요. 오늘 자료에 대해서는 더 보강해서 나중에 말씀드릴게요. 준비하시는 사임당 책에 도움 되었으면 좋겠어요. 제가 가진 자료라고 해봤자 이미 아시는 걸 수도 있지만 말이죠."

　"아니, 아니. 무슨 말을! 이렇게 시간을 내어 같이 의견을 나눠주는 것만으로도 큰 도움이 되는데, 뭐. 오늘 유익한 의견 고맙고, 조만간 다시 만나자고. 이렇게 하루하루 준비하다 보면 더 알찬 내용으로 채워질 것 같아."

　"그렇게 생각해주시면 저로서야 정말 감사하죠. 암튼 알겠습니다. 또 연락드리겠습니다."

운명을 가른 분기점 '기묘사화'
신명화, 집안의 여자들을 교육시키기 시작하다

申

師

任

堂

"이 작가님이죠? 바쁘지 않으면 나랑 차나 한잔 합시다. 해줄 이야기도 있고요."

모처럼 만에 고서점 주인에게서 걸려온 전화였다.

전화기 저편에서 들리는 목소리에 뭔가 힘이 실려 있었다. 분명 사임당과 관련하여 내게 줄 만한 중요한 자료가 있을 것이라는 느낌이 들었다.

며칠 후.

고서점 맞은편에 있는 작은 커피점으로 들어섰다.

커피점이라지만 아메리카노나 카페라떼 등의 커피류보다는 둥굴레차, 녹차를 더 많이 파는 곳, 서비스되는 차 종류만 봐도 이 커피점의 단골손님들 연령대가 가히 짐작되는 곳이었다. 인근 고서점의 단골고객들이 들러 책도 읽고 담소도 나누는 곳임이 분명했다.

"어이구, 벌써 오셨네. 내가 작가님보다 먼저 자리 잡아두려고 조금 일찍 나왔는데, 부지런도 하셔라."

목재 재질에 둥그런 쇠붙이 손잡이가 달려 있는 문이 열리더니, 고서점 주인이 들어서며 인사부터 건넨다. 나를 바라보는 시선과 말투의 억양, 높낮이만 보더라도 장사 하루 이틀 한 사람이 아니란 걸 단박에 느끼게 된다.

모든 이들에게 대화상대가 되어야 하는 게 장사라면, 그중에서도 고서 장사는 책을 좋아하고 책을 읽지 않으면 고객 상대가 불가능해지는, 아예 거래를 못하게 되는 장사 아닌가?

고서를 들여올 때도 어떤 책인지, 어떤 가치가 있는지, 어떤 손님들이 주로 찾는지 알아야 하는 건 필수다. 손님이 찾는 책을 내줄 때도 책들이 수북하게 쌓인 고서점 구석구석을 한눈에 꿰고 있어야 하는 건 물론이다. 심지어 다른 책들에 가려져 있거나, 책꽂이 맨 아래 칸이나 맨 위 칸에 있거나, 책들 더미에 깔려 보이지도 않는 책까지도 손쉽게 찾아낼 수 있는 감각이 중요하게 작용할 것 같다.

"아니, 그 날 우리가 사임당과 율곡 형제들에 관한 이야기를 했잖아요? 그래서 나도 가게에 가서 이런저런 책들을 찾아봤지요. 조선왕조실록이 있기에 그것도 들춰 보고, 예전에 구해놨던 다른 책들도 훑어보다가 한 가지 아이디어가 떠올라서 연락을 했어요."

고서점 주인은 스스로 생각하기에도 자기가 대견하다고 여기는 듯했다. 고서점 하기를 잘했다고 느끼게 되는 순간을 경험한 게 분명했다.

사실 그렇지 않은가? 출판업 자체가 시장 규모가 점점 줄어들고 책이 팔리지 않는 사양산업 취급을 받는다면 고서점은 이건 뭐 완전히 죽은 사업 아닌가.

중고서점을 말하는 게 아니다. 매우 오래된 옛날 책들을 판다는 건, 새 책이 나와도 안 읽는 사람들이 많아진 현 세태에는 누가 보더라도 돈 안 되는 장사일 게 분명하다는 의미다.

"사임당은 아마도 영재교육의 피해자가 아닐까 생각했어요."

"네에?"

"아니, 왜 요즘도 문제잖아요? 부모들이 어린애들을 영재로 키우니 뭐니 하며 여러 학원 보내면서 놀고 싶은 애들 못 괴롭혀서 난리인 가정들이 많잖아요? 초등학생이 학교숙제랑 학원숙제 하느라 새벽 두 시에 잔다는 얘기도 들었던 것 같고, 영어학원이랑 음악학원도 다니는데 피아노 선생이 아이에게 피아노를 왜 치냐고 묻자 '그냥 엄마가 시켜서 해요'라고 대답했다고 하잖아요? 그리고 또 뭐라더라? 아이가 뮤지컬 학원엘 다니는데 그거 왜 하냐고 물었더니 '내가 이걸 하면 엄마가 좋아해요'라고 대답했다고도 하고. 이 작가님, 요즘 세상 돌아가는 거 몰라요? 나도 다 아는데. 고서점을 하고는 있지만 우리가 세상 돌아가는 걸 모르면 안 되잖아요?"

고서점 주인은 연신 싱글벙글 표정이었다. 사임당에 대해 자기 나름의 판단을 했고 그걸 알려주겠다는 신호였다.

고서점 주인의 이야기인즉, 영재교육이 문제였다는 것이었다. 이를

테면 사임당이 어려서부터 그림을 그리고 글을 배우고 했던 게 모두 사임당의 아버지 신명화의 닦달 때문이라는 이야기였다. 요즘 문제가 되는 사교육 같은 것과는 조금 다르긴 하지만 영재교육이 조선 시대에도 분명 있었다는 주장이었다.

"내가 작가님 이야기를 듣고 나서 그동안 가게 일 보는 짬짬이 여러 책을 봤거든요. 근데 솔직히 말하지만, 내 기분도 좋더라고요. 남들이 다르게 알고 있는 걸 바로잡아 준다는 느낌도 들고, 내가 뭔가 중요한 사람이 된 것 같은 기분도 들고요. 그래서 저절로 여러 책을 찾아보게 되었는데, 사임당 관련 이야기에는 빠짐없이 등장하는 사건이 있다는 걸 알게 되었어요."

'기묘사화己卯士禍?'

고서점 주인을 쳐다보며 생각했다.

"기묘사화. 알죠? 핵심은 그거였어요."

물론 기묘사화에 대해 모르는 바는 아니었다. 그런데 이 날만은 고서점 주인의 이야기를 더 들어보고 싶었다.

사임당의 이야기에서 영재교육이 문제라고 판단하기까지 어떤 생각의 과정을 거친 것일까 궁금하기도 했다.

사임당의 아버지 신명화가 어린 딸에게 유학을 가르치고, 그림을 배우게 하고, 문장을 짓게 했던 건 무슨 이유에서였을까? 이 문제를 새로운 시각에서 바라보는 것도 의미 있겠다는 생각이 들었다.

"사임당은 1504년 10월 29일생이에요. 강릉 죽헌리 북평촌 출신이죠. 여기가 사임당의 외갓집인데, 지금까지도 오죽헌이라 부르고 있잖아요?"

"그렇죠."

"그런데 신사임당, 그러니까 신인선은 본관이 평산 신씨예요. 고려의 개국공신 신숭겸의 후손이라는 이야기인데, 고려의 개국공신이라고 해서 조선 시대에 출세하기 힘들었느냐를 따지면 그것도 아니에요. 신사임당의 고조할아버지 신개申槩라는 분은 세종대왕 시절에 우의정, 좌의정에까지 올랐거든요."

고서점 주인은 김영수보다 더 자세한 자료를 읽은 게 분명했다.

김영수는 고려와 조선 간의 관계를 옛 중국의 은나라와 주나라 간의 관계에 빗대는 이야기를 했지만 그건 조선 시대에 고려 개국공신의 후손들이 상대적으로 차별을 받았다는 전제가 필요했다. 만약 차별받았다는 사실이 없다면 그런 전제가 없어지는 셈이고, 따라서 김영수의 추측은 근거 없이 붕 뜨게 될 것이다.

고서점 주인의 이야기대로라면 고려 개국공신의 후손인 신개는 조선에서 3정승의 반열에까지 오른, 나름대로 크게 성공한 인물이다. 이런 사실 하나만 보더라도 고려 개국공신의 후손들이라 해서 조선에서 차별 당했다고 볼 수는 없다. 하지만 이런 사정은 조선 초기에나 해당될 뿐, 16세기 무렵으로 들어서면 상황이 달라진다. 세조반정으로 기득권을 틀어쥔 훈구파와 새로 등장한 사림파 간에 당쟁이 격화되면서 치열한 권력다툼이 벌어지니 말이다.

"신개는 1374년 고려 공민왕 때 태어나서 1446년 조선의 세종대왕 시절까지 살았던 인물이죠."

"네, 그렇습니다."

"그런데 말이에요. 역성혁명에 성공하여 조선을 세운 건 이성계李成

桂예요. 이성계의 아버지는 이자춘李子春이고요."

"네. 맞습니다. 이성계는 1335년 10월 27일에 태어나서 1408년 6월 18일까지 살았죠. 조선의 임금이 된 건 이성계가 58세 무렵이던 1392년 8월 5일이고요. 그로부터 1398년 10월 14일까지 6년 남짓 조선을 다스렸어요. 조선을 세운 뒤에는 '성계'라는 이름 대신 '단旦'이라고 개명했고요."

고서점 주인이 나를 쳐다보며 입가에 미소를 짓고 있었다.

자신도 그 정도 범위까진 알고 있다는 표시였을까? 아니면 내가 자신의 이야기에 살을 붙이고 내용을 덧붙이는 걸 보고 역사 지식에 대해 감탄해서였을까?

고서점 주인은 조선을 세운 이성계에 대해 뭔가 이야기하고자 하는 것 같았다. 물론 그에 앞서 사전 배경을 친절하게 설명하는 중이었지만 말이다.

"그런데 사실 이성계도 고려 사람의 후손이었단 말이에요. 내가 책을 찾아봤는데, 함경남도 화주和州:영흥 지방에 1258년에 설치된 쌍성총관부雙城摠管府라고 있어요. 이 지역은 원래 고려 땅이었지만, 원나라가 침략하면서 당시 고려 사람이던 조휘趙暉, 탁청卓靑이 고려를 배반하고 원나라에 투항하면서 원나라 땅이 된 거거든요? 근데 원나라에서는 여기에 쌍성총관부를 설치하고 그 책임자로 조휘趙暉를 세우게 된 거죠. 이후에 조휘의 후손, 한양 조씨가 이 직책을 세습했는데요."

고서점 주인은 잠시 말을 멈추더니 테이블 위에 놓인 둥굴레차를 한 모금 마셨다.

그러고 보니 커피점에 들어오고 나서 차를 주문한 기억이 없었다.

고서점 주인의 단골 커피점이라서 가게 주인이 알아서 가져다 준 것일까? 아니면 이 가게에서는 무조건 둥굴레차만 판매하는 것인지 알 수는 없었다.

고서점 주인이 말을 이었다.

"탁청卓靑이 천호千戶에 임명되면서부터 그 직책도 탁씨 후손들에게 세습되었고요. 사실 뭐 천호란 관직이 조금 생소하긴 한데, 몽골족인 원나라에서 통치하던 방식이었어요. 사람들을 1천 명 단위로 구분해서 천호千戶를 만들고 하위 조직으로 백호百戶, 십호十戶를 만들었고요, 천호의 상위 조직으로는 만호萬戶가 있었죠[5]."

"네. 그런데 1374년 공민왕 대에 이르러 다시 고려의 땅이 됩니다. 하지만 무려 116년 가량이나 원나라의 지배를 받아왔던 거죠."

고서점 주인이 고개를 끄덕였다.

"맞아요. 거기서 이야기의 반전이 일어나죠. 1356년이에요. 공민왕은 유인우柳仁雨를 동북면병마사로 임명하여 쌍성총관부를 공격하라고 명령하는데요. 이때 이성계와 이자춘이 극적인 역할을 하잖아요? 당시에도 고려인의 후손이었지만 쌍성총관부에서 원나라의 직위를 세습해가던 이성계랑 그의 아버지 이자춘이 공민왕 편에 서게 된 거죠. 유인우가 오자마자 그냥 문을 열어주고 고스란히 통째로 내줬다는 거 아닙니까?"

"맞습니다. 그리고 이성계가 58세의 나이로 드디어 조선의 왕이 되

5 몽골 세계제국과 고려(이윤섭 저, 이북스펍, 2013. 8. 26.)

제1부 사임당이 되다 63

던 1392년인데요, 이 시기에 신개는 19살이었어요. 그리고 정치적 연대가 필요했던 이성계가 파트너로 택한 세력이 신진사대부였죠. 사대부라고 하면 고려 말부터 조선 시대에 이르기까지 중국의 성리학을 중심으로 똘똘 뭉친 정치 관료들[6]이었으니까요."

"네, 그거예요. 조선의 시작은 사대부랑 같이 시작된 거고, 고려 말부터 이어지던 세력들이라서 조선 초기에는 고려의 개국공신 가문들이 여전히 나름의 권세와 지위를 인정받는 시기였다고 봐야 하죠. 사임당의 아버지인 신명화의 조상 중에 대표적으로 '신개'의 경우를 보더라도 알 수 있다는 거예요."

고서점 주인의 논리는 조선 시대에 들어서서도 고려의 권문세가들이 권세를 유지했다고 주장하고 있었다. 그러면서 사임당의 아버지인 신명화와 그의 지인들 역시 조선 시대 초기에는 일정 부분 정치에도 연관되어 있을 정도로 권세를 누렸다고도 했다.

"하지만 문제는 기묘사화라니까요."

"기묘사화요?"

"네. 기묘사화 이후에 신명화는 고향으로 내려오게 되었고 사임당에 대한 영재교육, 그러니까 이를테면 사교육에 집중하게 되었다고 보는 거죠."

고서점 주인은 나름대로의 논리를 완성한 듯 보였다.

이야기를 하면서 고개를 끄덕이는 표시는 자기 확신의 표시이기도

6 《한국고중세사사전》, 신진사대부, 한국사사전편찬회 편집, 가람기획(2007년)

하다. 자기의 생각에 확신을 가졌다는 의미다.

고서점 주인의 이야기가 더 듣고 싶었다.

"사임당의 아버지 신명화는 1476년부터 1522년 시기의 사람이에요. 그리고 자료에 연도가 정확하진 않아서 잘 모르지만, 사임당의 할아버지 신숙권은 영월군수를 지냈는데요, 1400년대 초·중반 시기의 사람이란 걸 알 수 있죠. 그럼 이게 뭐겠어요? 평산 신씨인 신개가 우의정, 좌의정에 오르는 1446년 무렵까지는 사임당 가문이 꽤 잘 나갔던 집안이라는 증거예요. 아니, 가문 따지고 조상 따지는 조선 사회에서 가까운 친인척이 정승 벼슬에 올랐는데 그거 안 괜찮겠어요? 진짜 잘 나가던 집안이었다는 거죠."

"그렇긴 하죠."

"그런데 신개가 죽은 지 30년 후인 1476년에 신명화가 태어났어요. 신명화는 권세 있는 가문의 후손으로서 고위 관직에 올라 나랏일을 해야 하는 게 당연했던 거죠. 하지만 과거시험에 계속 낙방하다가 신명화는 나이 41세가 되는 1516년에야 겨우 진사시에 급제하게 되는데요, 그때가 사임당이 열세 살 되던 무렵이에요. 내 추측으로는 아마 장인인 이사온에게 엄청 눈치 보였을 거예요. 과거에 급제하라고, 높이 성공하라고 장인이 그렇게 밀어줬는데도 못 했잖아요. 이래서 보리 서 말이라도 먹을 게 있으면 처가살이는 안 하는 거라고 했어요."

고서점 주인은 잠시 말을 멈추고 나를 쳐다보기만 했다.

자기 이야기가 너무 빠른 건 아닌지, 또는 자기 이야기 내용을 잘 이해하고는 있는지 확인해달라는 의미 같았다.

나는 고서점 주인의 얼굴을 쳐다보며 고개를 끄덕여주었다.

내심 고서점 주인의 다음 이야기가 궁금해지기도 했다. 영재교육, 사교육, 사임당의 강요된 학습 등에 대해 뭔가 새로운 짐작이 가능하지 않을까 하는 기대감 때문이었다.

"당시 과거시험에 응시하는 사람들 연령대가 최소 15세부터였거든요? 그런데 진사[7]에 오른 신명화의 경우엔 40대인 데다가 종9품직에 해당되는 낮은 관직이었을 뿐이에요. 나이는 들었는데 직책은 낮고, 고려의 개국공신 가문이자 할아버지가 정승의 반열에 오른 데 비해 상대적으로 초라한 성적(?)이었던 거죠."

"그래서 신명화가 딸자식들에게 기대를 하게 되었다, 그렇게 보시는 건가요?"

"안 그렇다는 법도 없잖아요?"

"하지만 조선 시대에는 여자가 과거시험에 응시하는 것 자체가 불가능했죠? 그런 상황에서 신명화가 사임당에게 글을 가르치고 후대를 기대한다는 것 자체가 섣부른 의혹제기일 수도 있을 것 같은데요?"

고서점 주인은 다시 입을 다물었다.

미처 생각을 못했던 걸까? 내 반문을 듣고 잠시 논리를 정리하는 것 같았다.

"아니죠. 딸에게 기대를 한 게 아니라 손주들에게 기대를 할 수도 있는 거죠. 나중에 사임당이 혼인하고 아이들을 낳을 텐데 그 아이들 중에 인물이 나오기를 기대했을 수도 있다는 거죠. 당시 신명화는 40대

7 한국민족문화대백과, 한국학중앙연구원

에 접어들었는데, 평균수명이 짧았던 시대라서 그런지 몸이 그리 건강하진 않았던 것 같아요. 공부만 열심히 해서였을까요? 어쨌든 나중에 손자들이 태어나더라도 자기가 직접 교육을 시킬 수가 없으니 딸이 손자들을 잘 교육시키기를 바라지 않았을까 하는 그런 짐작인 거죠."

고서점 주인의 논리가 나름 정연했다.

맞다. 신명화는 1522년에 세상을 떠나고 만다. 사임당의 아버지 신명화는 주로 한양에 거주했는데, 신명화가 사임당이랑 떨어져 따로 살았던 세월이 무려 16년간이었다고 전해진다. 그래서 신명화가 강릉으로 내려왔을 때에만 사임당을 교육시킬 수 있었다.

기묘사화가 1519년에 일어났으니 사임당이 16살 무렵이었고, 신명화는 1476년생이었으니 44세 무렵이며, 1516년에 진사 지위에 오른 지 3년 만이다.

기묘사화가 일어난 후 3년이 지날 무렵 1522년에 생을 마감했으니, 실질적으로 신명화가 사임당을 곁에서 가르친 시기는 1519년 기묘사화 이후 강릉으로 내려와서 처가 부모를 모신 3년여의 기간으로 볼 수 있다. 바로 이 시기에 신명화가 사임당에게 글을 가르치고 여러 가지 소양을 전달해준 셈이라고 볼 수 있다.

물론 사임당의 어린 시절에도 신명화가 한양과 강릉을 오가며 간간이 지도했을 수는 있다.

하지만 오랜 세월을 가족과 떨어져 산 신명화가 어쩌다 보는 딸에게 아버지 입장에서 제대로 된 교육을 시킬 수 있었을까?

"기묘사화라는 게 그래서 아주 고약한 거예요."

"어떤 점에서요?"

"우선 기묘사화 이전에 중종반정中宗反正이 일어났는데요. 집권 세력이 연산군을 몰아내고 자기들 뜻에 맞는 임금을 새롭게 세운 사건 아닙니까? 그러니까 연산군 때 권력을 쥐고 있던 세력이 점차 연산군을 다루기 힘들어지자 자기들이 조종하기 쉬운 임금으로 바꾸었다는 건데요. 이때 새로 임금이 된 사람이 조선 11대 임금 '중종'이잖아요?"

"네. 기득권 세력이 자신들의 권력을 유지하기 위해 임금을 바꾼 사건이기도 하죠. 1506년 9월 18일이에요. 연산군이 폐위되고 진성대군이 새 임금(중종)이 된 사건이죠."

"날짜까지 정확히 아시네요? 암튼, 맞아요. 그러니 뭐, 그 당시 나라 꼴이 말이 아니었겠죠."

중종반정은 조선왕조 역사상, 임금의 적장자가 대를 이어 왕이 된 게 아니라 신하들이 그들의 뜻에 맞는 왕을 세웠다는 점에서 기존의 틀이 바뀌는 일대 정치적 사건이기도 했다. 왕의 명령이 절대적이던 시대에 신하들이 왕을 교체한다는 건 목숨을 내걸고 시도해야 하는 도박 아닌가?

"그래서 중종반정에 가담했던 세력이 권력을 잡게 되었는데요, 이 사람들 대다수가 세조반정을 주도했던 사람들이었다는 거죠. 한 번 했는데 두 번은 못 하겠는가 하는 심보들이었나 봐요."

세조반정世祖反正이란 세조찬위世祖簒位라고도 부르는데, 1455년에 어린 단종을 왕에서 몰아내고 단종의 삼촌이었던 수양대군이 왕위에 오른 사건을 말한다. 이때 수양대군 편에 섰던 한명회, 신숙주 등이 숙적인 김종서와 안평대군을 제거하고 수양대군을 왕으로 세운 사건이다.

이 당시 권력을 쥐게 된 정치세력을 가리켜 훈구파勳舊派라고 부르는데, 원래 훈구파라는 용어는 오랫동안 공을 많이 쌓은 신하들을 지칭하던 말이었다. 그리고 성종 이후에는, 새로이 등장한 정치세력인 사림파士林派와 대립하는 세력을 가리키는 의미로 사용하게 된다.

"그러고 보면, 세조반정에서 권력을 잡은 세력들이 연산군을 몰아내고 중종을 세우면서 다시 권력을 잡게 되자 이젠 아예 신진 사림파 세력을 몰아내려고 뭉친 거 아닙니까? 그게 기묘사화이지요?"

"네. 당시엔 조광조처럼 출중한 인물도 있었는데, 안타깝게도 기묘사화 속에서 제거되었어요. 사실 중종반정으로 왕위에 오른 중종이 연산군 때 물러난 학자들을 등용하기 시작하면서 조광조 세력인 사림파가 권력을 쥐게 된 시기도 있어요. 그러자 중종을 내세운 훈구파가 조광조 등을 내치려고 일으킨 게 기묘사화라고 볼 수 있죠."

그럼 기묘사화와 사임당의 가문 사이에는 어떤 연관이 있을까?

당시에 조광조가 세력을 얻으면서 개혁 정치를 단행하게 되었는데, 사임당의 아버지 신명화나 그의 사촌동생 신명인 등이 조광조와 교류를 하게 되었다는 점이다.

하지만 중종의 결심에 따라 조광조가 옥에 갇히고 귀양을 갔다가 결국엔 사약을 받게 되는 결과가 초래되었는데, 조광조가 옥에 갇힐 무렵 성균관의 유생들이 중종에게 조광조의 탄원을 간청했다. 이때 신명화 역시 성균관 유생들과 함께 나섰다가 4일 동안이나 옥에 갇히게 되는 일이 발생했다.

"그때 기묘사화로 정치와 등을 지게 된 신명화가 강릉으로 아예 내려온 거죠. 정치에 관심을 끊다 보니 그때부턴 아이들이 너무 보고 싶지 않았겠어요? 그래서 처갓집 부모를 모시고 살면서 자식들에게 글을 가르친 건데요. 다섯 딸을 두고 있던 신명화의 눈에 둘째 딸이 제일 총명해 보였던 겁니다."

사임당 이야기의 시작이다.

신명화가 신인선(사임당)의 비범한 재능을 계발해주기 위해 노력하기 시작하게 된 시기가 기묘사화 이후라는 뜻이다.

'…….'

고서점 주인은 이야기를 마치고 눈을 지그시 감았다. 그러고는 천천히 둥굴레차 한 모금을 입 안에 머금었다.

신명화의 입장에서 신인선의 재능을 어떻게 계발시킬 것인가 고민하는 마음을 헤아려보려는 것처럼도 보였다.

"하지만 저는 이런 생각도 들어요."

"네?"

고서점 주인이 눈을 다시 뜨고서는 나를 쳐다봤다.

"신명화 입장에선 성공이 좌절된, 어쩌면 자질이 부족한 사위로 여겨질 수도 있었어요. 사임당의 외할아버지인 이사온도 처가 생활을 했지만 그건 고려 시대의 풍습이었고, 신명화는 과거시험을 보러 한양과 강릉을 오르내리면서 처가에 머문 경우였거든요. 그런데 기묘사화가 터지고 결국엔 신명화로서도 귀양 아닌 귀양을 택할 수밖에 없었던 거 아닐까요? 조광조와 교류가 전혀 없었던 사람도 아니고, 진사시에 급제해서 성균관에 들어갔는데 하필이면 성균관 유생들이 조광조를 풀어달라고 간청하는 자리에 함께 끼어 있다가 생각지도 않던 며칠간의 옥살이까지 겪었으니까요."

"장인장모 입장에선 신명화의 출셋길이 막힌 것처럼 보였을 수도 있었겠네요."

"그렇죠. 아니면 다시 관직에 나간다고 해도 그게 언제가 될지는 아무도 예상할 수 없었겠죠."

고서점 주인이 잠시 생각을 정리하는 듯하더니, 불쑥 질문을 던졌다.

"그럼 신명화는 어떤 선택을 할 수 있었을까요?"

"딸자식들 교육이요. 머지않아 출가할 딸들인데 글도 가르치고 그림도 배우게 해서 어느 가문으로 출가하더라도 후손들만은 보란 듯이 키우게 하고 싶지 않았을까요?"

고서점 주인이 고개를 끄덕였다.

"그런데 그 중에서도 신인선의 재능이 단연 돋보였던 것이고요. 신명화는 신인선을 위해 자신의 여생을 쏟아 부어야겠다는 생각을 하게 됐을 거예요. 이왕이면 사위도 자기가 골라서 처갓집에서 살게 하고요."

"물론 제 생각도 그래요. 아버지 신명화로부터 영재교육에 시달린 아이들이긴 했지만 그중에서도 재능이 특출했던 신인선의 경우엔 특별교육을 받았다고 해야 할까요? 실제로 신인선의 어머니나 외할머니의 경우에는 그나마 이름조차 전해지는 기록을 찾아보기 어려워요. 사임당의 친정어머니 이름에 대한 기록은 외할아버지의 성씨를 따른 '용인 이씨'가 고작이잖아요?"

"영재교육은 신명화가 아니라 사임당의 외할아버지인 이사온이 먼저 시작했다고 볼 수 있죠. 신명화는 과거시험에 수차례 낙방하자 한양 본가에 머물면서 오직 과거급제에만 정신을 쏟고 있었던 터라 강릉에는 자주 내려올 수가 없었을 거예요. 사정이 그렇다 보니 자식 교육에 신경 쓸 여력이 없었을 것이고, 할 수 없이 외할아버지가 사임당 교육을 담당한 게 맞다고 봐요. 그리고 사임당의 어머니인 용인 이씨에 대한 기록이 전혀 없는 건 아니에요."

나는 차 한 모금을 마시고 말을 이어나갔다.

"사임당의 어머니인 용인 이씨는 생원을 지낸 이사온판관공파 20대손과 최응현의 11남매 중 둘째 딸인 강릉 최씨 사이에 무남독녀로 태어났어요. 그리고 신명화와 혼인을 한 후 한양에서 살았는데요. 친정어머니 강릉 최씨가 병을 얻자 강릉에 내려왔다가 눌러앉아, 16년 동안 친정어머니를 모시게 돼요. 그 후 신명화도 이따금 강릉에 들르게 되면서, 용인 이씨는 딸만 다섯을 낳게 된 거죠.[8]"

"그럼 남편인 신명화가 죽은 이후에도 계속 강릉에서 살았던 거네요?"

"네. 신명화보다는 47년을 더 살았고요. 사임당이 죽은 이후에도 18년간을 더 살면서 이율곡을 돌봐 줬죠. 1569년에 운명했어요. 그리고 율곡이 18세에 지었다는 '이씨감천기李氏感天記'를 보면 외할머니에 대한 표현이 나오는데요. '행동이 민첩하고 매사에 신중하며 옳은 일에는 주저하지 않았다'라고 기록되어 있어요."

8 용인 이씨 대종회, www.yonginlee.net/htmls/inmul/lee04-1-0.htm?inmul=lee04-1-13.htm

아버지 '신명화'와
어머니 '용인 이씨'
부모의 보살핌 아래 미래를 준비하다

申

師

任

堂

둥굴레차 두 잔만 달랑 시켜놓고 너무 오래 앉아 있었다 싶었다. 이
야기꽃을 한창 피울 때에는 커피점 주인이 눈치를 주는 줄도 몰랐다.
커피점 주인은 우리가 시간을 너무 끌자 슬며시 다가와서 묻는다.

"다 드셨어요? 빈 컵 치워드릴까요?"

다 마셨으면 다른 손님들 좀 받게 빨리 나가달라는 소리다.

어느덧 우리가 근 서너 시간을 앉아 있었던 이유는 고서점 주인의
이야기가 끝을 모르고 이어졌기 때문이었다.

"아니, 우리 여기서 죽칠 게 아니라 가게로 갑시다."

커피점을 나서면 바로 옆에 횡단보도가 있다. 이 횡단보도를 건너

차들 진행 방향을 따라 조금만 걷다 보면 고서점 간판이 눈에 들어온다.

흰색 바탕에 검은 글씨, 한글이지만 한자체인 해서체로 씌어졌다. 뭔가 그럴듯하게 보이는 건 내 눈에만 그럴까? 세상에 진귀한 책은 여기에 다 있을 것 같다는 상상을 해본다.

"작가님. 아까 내가 영재교육 얘기를 꺼내서 놀랐죠?"

"네?"

"아니, 사임당의 아버지가 영재교육을 시켰다고 해서 놀라지 않았냐고요."

"신선한 견해라고 생각은 했습니다만……."

고서점 주인을 보며 미소를 지어 보였다. 별로 놀랍지 않다는 표정에 고서점 주인이 짐짓 놀란 표정을 지어 보인다. 나 보고 놀라지 않았냐고 묻던 사람이 자기가 되레 놀란 꼴이다.

고서점 안으로 들어섰다. 케케묵은 옛날 책 향기가 가득하다.

"이쪽으로 앉으세요. 가게를 오래 비워둘 수가 없어서, 이렇게 여기 앉아서 커피나 한잔 합시다."

"네네. 가게가 정말 아늑하네요. 옛날 책 향기도 너무 좋고요. 세상의 모든 지식을 모아둔 지식창고가 바로 여기 아닙니까?"

"아, 그래요? 우리 고서점을 그렇게 평가해주면 고맙죠. 요즘엔 뭐 사람들이 고서를 거들떠나 봅니까? 다들 전자책이다 뭐다 해서 인터넷이나 휴대폰으로 보고, 책은 서점에 가서 구경만 하고 그러는데요. 내가 고서적을 취급하고 있으니까 그나마 버티는 것 같아도, 얼마나 더 지탱할 수 있을지는 아무도 몰라요. 집사람은 이제 이 고리타분한 장사 때려치울 때가 됐다며 성화예요."

"사모님께서요?"

"왜 그런 거 있잖아요? 여자들은 고서점처럼 옛날 티나 보이고 오래된 책 곰팡이 냄새나 나고 그런 거 별로 안 좋아하잖아요? 아까 그 커피점처럼 넓고 깨끗하고 상쾌한, 뭐 그런 데를 좋아하지. 안 그래요?"

고서점 주인이 신세타령을 하는 동안 커피포트에서 물이 다 끓었다는 신호가 들린다. 커피포트 옆으로 생수통 몇 개도 보인다. 생수통 한쪽 옆으로는 믹스커피를 가지런히 놓은 공간이 있다. 노란색의 믹스커피 서너 개가 비스듬히 세워진 상태다.

그리고 그 옆엔 오래된 전화기가 보인다. 가게에서 사용하는 전화기인 것 같다.

"저거요?"

고서점 주인이 나를 쳐다본다.

책방 안을 휘둘러보던 중에 낡은 책상 위에 올려진, 책상보다 더 오래되었음직한 전화기를 발견한 걸 알았다는 소리다. 어쩌면 이곳에 들어오는 사람들마다 책보다는 전화기를 먼저 발견하고 이것저것 물어봤을지도 모르지만 말이다.

고서점 주인이 종이컵 두 개를 들고 다가와서 한 개를 내게 건넨다. 진한 설탕과 프림, 커피 향이 어우러져 코끝을 통해 깊이 들어오는 걸 느낀다. 가게 안에 들어오면서 맨 처음 맡던 오래된 책 향기가 사라졌다.

"전화기, 저게 아마 책방 처음 시작하면서 선물로 들어온 거니까 족히 30년쯤은 되었지요? 손님들도 웃기는 게, 책 사러 들어왔다가 책은 안 사고 전화기를 팔라는 사람도 다 있다니까요."

"검정색 구식 전화기, 요즘 보기 힘들어요. 아마 희소성 때문에 그럴 거예요."

"그런데 나는 저걸 팔질 못해요. 가게를 정리하더라도 저 전화기는 집으로 가져갈 거예요. 왜 그런지 아세요? 가게 처음 시작하면서 나랑 인연이 된 물건이라서 그래요. 이것 봐요. 나도 최신식 스마트폰을 들고 다니지만, 사실 이거 뭐 무슨 기능이 있고 뭘 어떻게 쓰는 건지 제대로 알지도 못해요. 누가 그러대요, 스마트폰은 전화기가 아니라 컴퓨터라고요."

"혹시 저 전화기로 저랑 통화하신 거 맞나요?"

며칠 전부터 이곳에 전화를 걸었던 나였다.

그때마다 전화벨이 한참 울리고 나서야 전화를 받는 게 이상하게 생각되기도 했었다. 요즘 전화기에는 상대방 번호가 뜨기도 하고, 가게가 좀 넓다면 케이블을 달아 가게 곳곳에 들리게 할 수도 있을 텐데, 아니면 블루투스 기능을 설치해서 이어폰 하나 꼽고 다니면 어디에 있든지 전화를 받을 수 있을 텐데도 말이다. 전화를 걸 때마다 가졌던 의문이 풀리는 순간이었다.

"네, 그렇죠. 바로 저 전화기예요."

"아…."

"그런데요, 내가 재미있는 이야기 하나 해드릴까요?"

종이컵에 남은 커피를 한 번에 홀짝 다 마셔버린 고서점 주인은 종이컵에 물을 조금 부은 후 테이블 위에 내려놓았다.

고서점 주인은 딸 둘을 둔 가장이었다. 그리고 두 딸이 다 장성한 지금은 어느새 백발이 성성해졌다고 했다. 한눈 한번 팔지 않고 열심히 살아온 인생인데, 어째 그 모양이 헌책들 사이에 묻힌 저 검정색 전화기 같다고도 했다.

그래서 전화기를 못 버린다고, 전화기를 버리는 건 마지막 남은 자기 흔적마저 지워버리는 것 같아서라고 했다.

"그래서 말인데요. 신명화, 그 아저씨도 사임당을 비롯해 딸을 다섯이나 키우느라 고생 좀 했을 거예요. 그 스트레스 생각해봤어요? 과거 시험에는 자꾸 떨어지지, 한양에 기거하고 있으므로 시험을 보기에는 편하지만 강릉에 두고 온 아내랑 딸들이 얼마나 눈에 밟혔겠어요?"

고서점 주인은 검정 전화기 옆으로 가더니 수화기를 오른손으로 쓰다듬어 본다. 손잡이 주위엔 오래되어 손때가 묻은 흔적이 역력하다. 플라스틱 수화기 손잡이가 닳고 닳아 반들반들하게 광이 나고 있었다.

"이 작가님 얘기를 듣고 나서 사임당 관련 책을 뒤적이는데, 사임당의 아버지 신명화가 자꾸 눈에 들어오는 거예요. 생각해봐요. 아버지는 그냥 아버지일 뿐인 거예요. 사람들은 사임당을 이율곡의 어머니로 기억하잖아요? 아들 덕분에 어머니가 유명해졌다면, 딸 덕분에 아버지도 유명해질 수 있잖겠어요? 그런데 사람들은 아버지는 그냥 당연한 것처럼 여겨요. 아버지라서 당연히 그래야만 한다, 그런 걸까요? 왜 그럴까요?"

고서점 주인의 이야기다.

사임당은 이원수를 만나 슬하에 4남 3녀를 뒀다. 그 중에 3남인 이율곡이 조선의 대학자가 되었고, 이율곡의 제자 송시열이 자기의 스승과 그의 어머니를 기리면서 사임당의 존재가 이율곡을 낳은 현모양처로 세상에 알려지게 되었다.

최소한 이 정도라면 사임당을 낳은 용인 이씨도 사람들이 좀 알아줘야 하고, 사임당의 아버지 신명화도 좀 알아줘야 하는 것 아니냐는 취지다.

"조선 시대엔 여자들이 공부를 한다는 것 자체가 드문 일이었잖아요? 여성의 사회진출, 여성 양반? 이런 건 없었잖아요? 대부분의 양반 집안에서도 딸들을 낳으면 그냥 잘 키워서 시집보내는 게 전부였는데, 신명화는 달랐다 이거죠. 여자들이 차별받던 조선 시대인데도 딸들에게 글을 가르치고 그림도 배우게 하고 유학도 가르쳤어요. 이 정도면 진짜 훌륭한 아버지 아닌가요? 그뿐인가요? 자기 딸의 재능을 위해서 딸에게 도움이 될 만한 남편감도 골라줬고요. 아, 물론 그건 결과가 좋지만은 않았지만요."

"사장님 말씀이 맞습니다. 사임당은 학문도 배웠고 시도 짓고 그림도 그렸죠. 나중에 어린 이율곡에게 학문도 가르쳐줬거든요. 사임당에게 논어, 맹자, 주자를 가르친 신명화의 힘이 컸을 것으로 봐야죠. 만약에 신명화가 사임당을 가르치지 않았다면 오늘날 우리가 기억하는 사임당이라는 존재 자체가 아예 없었을지도 모르는 거니까요."

신명화申命和.

평산 신씨는 고려의 개국공신 신숭겸申崇謙을 시조로 하고, 황해도 평산군이 본관이다. 그런데 한 가지 특이한 점은 신숭겸의 본래 이름이 '삼능산三能山'이었고 전라도 곡성 출신이라는 점이다.

그럼 신숭겸이란 이름은 어떻게 생긴 것일까?

고려를 건국한 왕건을 도와 고려의 개국공신이 되면서 평산에서 신씨申氏 성을 받은 게 시초다.

"신명화는 한양과 강릉을 오가면서 고려 개국공신 가문으로서의 부담감을 느끼기도 했을 거예요. 평산 신씨의 시조인 신숭겸의 묘소를 신장절공묘역申壯節公墓域이라고 하는데요. 강원도 춘천 서면 방동리에 있어요."

"아, 그래요?"

고서점 주인이 내 이야기에 관심을 보인다.

"네. 평산 신씨 후손들 중에는 문신과 무신들도 많아요. 조선의 국경을 지킨 신립申砬, 1546~1592 장군도 유명하고요. 선조의 신임을 받으면서 명나라를 상대하는 외교문서를 담당하던 신흠申欽, 1566~1628도 있고요. 고려 시대엔 우왕의 아내가 신씨이기도 했어요. 고려 제32대 왕 우왕의 제6비로 기록이 남아 있고요. 조선 시대에는 평산 신씨 가문의 사람들이 왕실과 인척관계를 맺는 경우도 종종 있었죠. 세종대왕의 다섯째 아들인 광평대군의 정비도 신씨였고요."

"아하."

"평산 신씨 중에 신립 장군의 아버지인 신화국申華國은 사임당의 8촌 동생이었어요."

"강릉에서 가까운 춘천에 고려 개국공신이자 평산 신씨의 시조인 신숭겸의 묘까지 있다니? 신명화로서는 자기 가문에 대한 자부심 못지않게 부담감이 엄청 크지 않을 수가 없었겠군요."

"네. 그리고 사장님, 혹시 경기도 광주에 있는 곤지암 아세요?"

"알죠."

"곤지암은 '신립' 장군하고 얽힌 설화가 전해 내려오는 곳이에요. 임진왜란 때 신립 장군의 유해 일부를 가져다가 장례를 치른 곳이 경기도 광주인데요. 신립 장군의 장례를 치른 곳 근처에 고양이를 닮은 바위가 있었답니다. 그런데 신기하게도 말을 타고 그곳을 지나치려 하면 말발굽이 땅에 달라붙어서 옴짝달싹을 못했대요. 하지만 말에서 내려 걸어가면 괜찮았고요. 그러자 어느 장군이 이곳에 와서 '왜 사람들을 못살게 구냐!'고 호통을 치자 하늘에서 벼락이 떨어지면서 고양이 바위가 부서져 버렸대요. 그런 연유로 '커다란 연못 바위'라는 의미의 곤지암昆池岩[9]이 된 거라고 하죠. 그런데 지금은 그 주위에 있던 연못이 흙으로 메워져서 사라진 터라 좀 아쉽더라고요."

고서점 주인은 고개를 끄덕이며 내 이야기에 집중하고 있었다.

내 이야기를 들으면서도 이따금 팔짱을 낀 채 진지한 눈빛이 되기도 하였고, 곧 이어 다 마셔서 말라버린 종이컵을 만지작거리다가 접어 꺾기도 했다.

"평산 신씨의 기개와 절개가 어느 정도였는지를 잘 나타내 주는 설화 같아요. 그런 점에서, 신명화 역시 가문을 생각하는 마음이 적지 않았을 텐데요. 자신의 무능(?)을 안타까워할 수도 있었겠지만, 오히려 신명화 덕분에 사임당이라는 출중한 여성이 나오게 되었으니 평산 신씨 가문을 위해서는 좋은 일이라고 여기게도 되죠."

"그래도 그렇지. 우리 딸들은 자기들 남편감은 자기네가 알아서 고르겠다고 그러던데요? 신명화가 이원수를 사윗감으로 데려온 건 어쩌

9 《한국지명유래집》 중부편. 곤지암(昆池岩), 국토지리정보원(2008년)

면 사임당의 재능을 썩히지 않기 위해서였는지는 모르겠지만, 결과적으로는 결말이 그다지 좋지 않았으니 말이죠."

종이컵에 담긴 믹스커피가 어느덧 식어버린 시간.

작은 책방 안에는 자신의 청춘을 올곧이 고서점에다 바쳐온 한 아버지의 회한이 가득히 흐르고 있었고, 그 한편에는 그 아버지의 곁을 지켜온 검정 전화기가 놓여 있었다.

며칠 후.

주르륵. 비가 오겠다는 일기예보 며칠 만에 정말로 비가 내린다.

지난주부터 이른 장마가 곧 시작될 것이라는 예보가 있었지만 실제로는 새벽 무렵에만 간간이 빗방울을 뿌렸을 뿐, 정작 비다운 비를 보기 어려웠다. 우산을 챙겨 외출을 하게 되면 들고 다니기가 거추장스럽게만 느껴지는, 불쾌한 날씨의 연속이었다. 비가 내리고 눈이 내리는 것은 자연의 이치이기에 제아무리 성능 좋은 슈퍼컴퓨터라도 정확하게 예보할 수는 없을 것이다.

'여기쯤일 텐데?'

며칠 전에 약속한 출판사 대표를 만나기 위해 약속장소를 찾아가는 중이다.

지하철 종로3가역에서 공원 앞을 지나 극장 쪽으로 걷다 보면 제법 이제는 관광지로 변한 인사동 길이 나타난다. 골목의 양쪽 끝에 표지판으로 경계를 세워두고 차 없는 거리 시간대를 지정할 만큼 인사동 보호하기, 또는 관광객들이 편하게 찾아올 수 있는 거리로 띄우기가 이뤄진 곳이다.

'포장도로도 뭔가 삭막하고, 나는 차라리 예전 인사동 길이 더 정감 있고 좋은데……. 이젠 사람만 많아졌지 인사동의 예스런 멋을 찾아보기가 힘들어.'

인사동 길에서 종각 쪽으로 이동하면 하나로빌딩이 나오는데 그 근처에 있는 전통찻집이라고 했다. 스마트폰 화면으로 지도를 보며 조금씩 약속장소에 가까이 다가가고 있었다.

'전통거리에서 최신 스마트폰이라니. 시대가 공존하는 느낌이네.'

비는 아직 그치지 않았다.

다소곳이 정절을 지키는 과부가 죽은 지아비 생각에 남몰래 눈물짓는 소리인가? 인사동 전통찻집에서 흘러나오는 고풍스런 옛 가락도 그렇고, 인사동 거리를 오가는 여러 나라에서 온 관광객들의 얼굴을 보더라도 만남과 약속이란 단어가 피부에 와 닿는다. 전통과 현대가 만나고, 사람과 사람이 만나고, 시간과 시간이 동시에 만나는 곳이 있다면 그게 바로 여기 인사동이 아닐까?

"아이고, 힘들었어. 이 작가, 왜 이렇게 힘든 작품을 한사코 쓰려고 그래? 사임당 자료가 생각보다 많지가 않은데, 그의 어머니 '용인 이씨'에 대한 자료는 더욱더 구하기가 힘들더구먼."

"그래서 대표님께 부탁드린 거죠. 지난번에 출판사 방문했을 때 보니까 꽤 오래된 서적을 많이 갖고 계시던데요?"

"에이, 그거야 뭐. 출판일 하다 보니까 만든 것도 있고, 증정받은 것도 있고, 책 만들면서 자료로 샀던 관련 서적들도 있고 뭐, 그래서 그렇지. 이 작가 몰라? 디자인 참고하려고 사고, 새로운 저자나 출판사 하는 사람들 만나면 책 주고받는 게 이젠 관행처럼 자리 잡았잖아? 그래서 이런저런 책들이 쌓이는 거야."

"어지간한 서점보다도 옛날 책이 더 많으신 것 같던데요?"

"그런가? 그만큼 내가 출판 밥을 오래 먹었다는 증거겠지. 벌써 몇 년이야? 고등학교 졸업하고 서울에 올라와서 제일 처음 시작한 게 출판 영업일이니까. 벌써 삼사십 년은 족히 지났네."

으레 이런 대화로 시작했다.

1970~80년대에 종로에서 출판을 시작한 장민석(가명) 대표는 대학 교재를 출판하면서 사세를 키웠다. 그는 주로 교육분야 서적을 출간하면서 여러 대학의 교수진들과 교류가 많은 사람이었다.

그리고 이 날은 장민석 대표에게 부탁해둔 자료를 얻기 위해 만난 참이었다.

"거, 비 한번 우렁차게 온다. 시원하네, 그렇지?"

찻집 종업원이 주문한 차를 갖고 장민석 대표와 내가 앉은 테이블 위에 올려두고 다시 주방 쪽으로 갔다. 테이블 위에는 유리판이 뚜껑처럼 얹혀 있었고, 그 안에 움푹 패인 테이블 몸체 부분에는 다녀간 손님들이 적어 넣은 메모지가 수북이 쌓여 있는 게 보였다.

테이블 한쪽 옆에 놓인 알록달록한 색상의 메모지를 보며 나도 뭔가 이야기를 남겨둘까 하는 생각이 든다. 다음에 또 여기 온다면 예전 추억을 되새길 수 있으니 좋고, 다음에 이곳에 안 오더라도 내 흔적이 남아 있으니 누군가 나를 아는 사람이 이곳을 들르게 되면 혹시 나를 기억할 수 있지 않을까?

'추억의 장소가 된다는 의미인가?'

장민석 대표가 찻잔을 들면서 밖을 바라보더니 입가에 미소를 띠었다.

"대표님 고향에선 이맘때쯤이면 농사철이 한창이라 바빴겠어요?"

"응? 농사철? 정신없이 돌아갔지. 모내기도 해야 하고 이앙기도 돌리고 그렇지. 농사일 그거 만만하게 볼 게 아니야. 요즘 젊은 사람들은 아무리 돈 많이 준다고 해도 못 할걸? 우리들이야 뭐, 어려서부터 부모님 따라 논에 나가 놀기도 하고 그랬으니까 그냥 농사일하는가 보다 하고 하는 거지. 요즘 젊은이들은 농사일하는 방법도 모르겠지만 하라고 해도 못 하지, 암."

"모 심는 것도 다 직접 하셨겠죠? 그런데 대표님 어머니가 새참도 갖고 오시고 그랬을 텐데, 그 맛에 기운내서 모 심고 그러지 않으셨어요?"

"그렇지. 새참이 보약이지. 논에서 일하다 보면 이게 보통 일이 아니거든. 그런데도 멀리서 어머니가 새참을 머리에 이고 오시는 게 보이면 얼른 뛰어나가서 새참 바구니를 받아 내리곤 했지. 그때는 한창 식욕이 좋을 때라서 아무리 먹어도 계속 배고픈 거 있잖아? 어머니 새참 바구니에 먹을 게 좀 더 많았으면 좋겠다고 생각했었지. 내가 커가는 만큼 어머니가 나이 드시는 것도 모르고, 새참 바구니가 더 무거웠으면 하고 바랐다니까. 그때는 철부지였지. 지금 이렇게 내 나이가 환갑에 이르리라곤 상상도 못했거든. 어느새 나이가 지긋해지니까 온몸 여기저기가 쑤시고 진통제도 챙겨 다녀야 하고, 많이 서글퍼. 비만 오면 그래도 어릴 때 비 맞으면서 농사일하던 모습들이 새록새록 기억나서 가슴 한쪽이 짠해지지."

장민석 대표는 찻집 안에서 거리를 오가는 사람들을 물끄러미 바라보고 있었다.

나는 찻집 내부를 둘러봤다.

나무 재질의 테이블들이 예닐곱 개 정도 놓여 있고, 내부가 넓진 않
지만 좁고 긴 직사각형 구조의 찻집 안에는 주방에서부터 출입구까지
옛 시골 동네에서나 볼 수 있는 소품들이 자리 잡고 있었다.

볏짚 다발도 보이고 화로, 항아리는 물론이며, 어느 누구네 집에서
가져온 것인지 시골집 미닫이문 하나가 찻집 안벽에 기대어 서서 훌륭
한 인테리어 역할을 해내고 있었다.

"참, 이 작가 바쁜데 내가 이러고 있을 게 아니지. 자, 여깄어."

"괜찮아요, 대표님. 그렇게 바쁘진 않습니다."

"아냐, 아냐, 내가 괜히 옛날 생각에 빠져 주책을 떨었어. 젊은 사람
들 일해야 하는데 시간 뺏으면 안 되지."

이 대표는 어느새 상념에서 벗어나 용건을 꺼내기 시작했다.

"음, 용인 이씨에 대한 이 자료들이 이 작가에게 얼마나 도움이 될
진 모르겠어. 아마 웬만한 자료는 인터넷에서 검색하면 될 테고, 또 중
복되는 내용도 간혹 있을 거야. 아, 용인 이씨 종친회 사이트에 들어가
봤다고 했지? 거기에도 참고할 만한 자료들이 꽤 있을 거야."

용인 이씨.

사임당의 생애를 살펴보려면 빠뜨리지 말아야 할 게 그의 어머니 용
인 이씨에 대한 이야기이다.

이사온李思溫의 딸이자 신명화의 아내라는 설명만으로는 부족하다.
사임당에게 글을 가르치고 교육을 시킨 장본인은 신명화라고 치더라
도, 사임당에게 바느질을 비롯해서 여성에게 필요한 여러 가지 일을
가르칠 수 있던 건 어머니 용인 이씨 외에 누가 더 있었을까? 특히 어

머니에 대한 사임당의 효심이 더없이 애틋했다고 알려져 있는 것에 비해서 정작 그의 어머니 용인 이씨에 대한 자료가 충분치 않다는 점이 마음에 걸렸다.

"사임당의 어머니 '용인 이씨'는 무남독녀로 자랐어요. 그리고 신명화를 만나서 자식을 두었는데 딸만 다섯이었거든요. 그 당시엔 아들을 못 낳으면 죄인 취급 받던 풍토였잖아요? 아무리 양반 가문의 딸이었다고 하더라도 정신적인 부담이 적지 않았을 텐데, 그런 어려움들을 어떻게 이겨냈을지 궁금해서요."

장민석 대표가 차 한 모금을 마신 후, 오른손으로 자기 찻잔의 손잡이를 만지작거렸다.

"기억이 가물가물하긴 한데, 예전에 그런 자료를 본 적이 있어. 고려시대에는 어느 정도 남녀가 평등한 편이었다고들 하는데, 그런데도 묘비를 보면 남자 묘에는 이름이 다 새겨져 있는데 여자 묘에는 이름이 아예 없는 경우가 대부분이거든. 또 있다손 치더라도 남자 묘비에 비해 10% 정도밖에 안 된다고 하더라고. 그리고 묘비 같은 것도 가족보다는 다른 사람이 쓰는 경우가 많아서 누구네 무슨 씨 정도만 적는 게 일반적이었대. 그러니까 묘비에도 '용인 이씨'라고만 쓰여 있는 게 당연하다는 거지."

"아, 그렇더라도 여자 묘비명 중에서 좀 자세히 기록된 경우는 없을까요?"

"흠…… 1148년 고려 의종 2년 때인데, '최루백'이란 사람의 아내인 '염경애廉瓊愛'에 대해 기록된 게 좀 있긴 하지. 그 내용이 뭐였더라…? 아무튼 남편이 아내를 절절하게 사랑했어, 그런데 아내가 먼저 죽자

같이 죽지 못해서 슬프다는 내용[10]이 적혀 있다고 하지, 아마."

장민석 대표의 이야기를 들어보면, 드물긴 하지만 고려 시대에도 여성의 이름이 사용되었다는 걸 알 수 있다. 그렇다면 고려 개국공신 가문인 신명화와 이사온의 경우에도 집안 여성들에게 글을 가르치기도 했고, 이름을 지어 서로 불렀을 가능성이 높지 않은가?

그런데 어째서 사임당의 어머니에 대한 기록은 용인 이씨로만 남게 되었을까?

"역사를 살펴보면 여자들은 사회에서 어떤 독자적인 활동을 하는 게 금기시 되어 있었던 것만은 사실이야. 우리 어릴 때만 하더라도 유교의 영향이 아직도 강했던 시절이라 그런지, 여자는 아버지의 딸로서, 남편의 아내로서, 아들의 어머니로서만 존재한다고 들었거든."

"네, 유교의 삼종지도三從之道라는 덕목이죠."

"그렇지. 그래서 여성들의 경우 자기 이름을 군이 가질 필요가 없었던 게 아닐까 싶어. 누구의 딸, 누구의 아내, 누구의 어머니로만 불려도 누가 누구인지 구별을 다 할 수가 있거든."

장민석 대표의 이야기처럼 그동안 우리 역사 속에서 남녀가 평등했다는 고려 시대에서조차 여자들의 이름은 '나라의 풍속에 따라 지어지지 않았다[11]'고 볼 수 있었다. 그렇더라도 대학자 율곡 이이의 어머니를 낳은 어머니, 율곡 이이의 외할머니라는 위치가 특별하게 대우받지는 않았을까 기대가 되는 것도 사실이었다.

10 금석문과 역사. http://gsm.nricp.go.kr/_third/user/frame.jsp?View=research&No=1&Num=6
11 금석문과 역사. http://gsm.nricp.go.kr/_third/user/frame.jsp?View=research&No=1&Num=6

"이 작가, 그런데 조선의 여자들 이름 중에는 황진이, 장녹수, 장옥정처럼 이름이 있었는데? 이건 또 뭔지 헷갈리네."

갑자기 생각났다는 듯 장민석 대표가 나를 쳐다보며 말했다.

"아, 그건요. 여자들의 경우 '아명兒名'이란 게 있습니다. 어릴 때 불러주는 이름 같은 거죠. 하지만 족보에 오르는 것은 아니었고요, 그냥 호칭에 불과해서 별 의미가 없습니다. 장희빈의 본명인 장옥정은 아명인 거죠. 장녹수나 황진이의 경우처럼 기생들은 기적妓籍 : 기생들 족보에 올려야 하기 때문에 이름이 필요해서 지은 것이고요. 그래서 평민 여성들은 사는 지역이나 고향의 지명을 붙여서 천안댁, 군산댁 등으로 불렸고요. 사대부 집안 여성들은 '당호'를 지어서 사용했는데, 신사임당이나 허난설헌 같은 경우가 그렇죠."

그러고 보면 '이매창李梅窓'이라는 기생도 본명이 '향금香今'이었고 어릴 때 아명은 '계생癸生'이라고 불렸다. 그 의미가 '계유년'에 태어난 여자아이라는 뜻이었다고 하니, 아명이란 게 큰 의미는 없는 호칭일 뿐이었다는 점이 이해가 된다.

"아, 이 작가. 그런데 사임당에 대한 책을 쓴다면서 신명화의 아내인 용인 이씨의 본명은 왜 찾는 거야? 사임당의 어머니 용인 이씨의 이야기가 책에서 비중이 큰가?"

이번엔 나도 찻잔을 들어 한 모금을 마셨다. 시간 가는 줄 모르고 이야기에 열중하다 보니 차가 이미 다 식어서 뒷맛이 떨떠름했다.

"아, 네. 실은 사임당 글을 준비하다가 '송시열'의 중요성을 알게 되었습니다. 조선왕조실록에 3천 회 이상 이름이 등장하는 인물이죠. 나중에 율곡 이이와 사임당을 기록하고 후대에 전달될 수 있게 한 장본인이기도 하고요."

"우암尤庵 송시열을 말하는 거야?"

"네. 그런데 조선 시대엔 여성들도 성인이 되면 이름을 갖곤 하였는데, 남자와 다르게 사회활동 기회가 없어서 이름이 사용되지 않았다는 이야기를 들은 기억이 있습니다. 하지만 송시열 가문에서는 16세기부터 12대에 걸쳐 가장과 부인 이름을 족보에 기록했거든요."

"아, 그래?"

장민석 대표는 새삼 처음 듣는 이야기라는 표정을 지었다.

"네. 가령, 송시열의 어머니는 '선산 곽씨善山郭氏 곽숙선郭淑善'이라는 이름으로 기록되어 있고요. 송시열의 부인 '이응李應: 1606~1677'이란 이름도 기록에 남아 있습니다."

"그런데 유교를 중시하던 조선 시대에 어떻게 여자 이름을 족보에 올릴 수가 있었지? 나는 처음 듣는 이야기인데?"

"네. 얼마 전에야 그런 사실이 세상에 드러났는데, 지난 2011년 10월 10일 무렵입니다. 송시열 가문에 전해져 내려오는 약식 족보 '은송계록략恩宋系錄略'에 기록된 내용들[12]입니다."

"아, 그래?"

장민석 대표는 내 얼굴을 바라보며 연신 '아, 그래?'라는 같은 말만 되풀이했다.

어쩌면 어릴 적 자신의 어머니를 떠올리고 있었을지도 모르겠다. 아

12 "송시열 가문 여성도 족보에 올렸다", 대전일보, 2011.10.11. 1면
http://www.daejonilbo.com/news/newsitem.asp?pk_no=973624

들 이름을 붙여서 ○○엄마라고 불리거나, 고향 이름을 붙여서 ○○댁이라고 불리는 게 보통이었으니 말이다.

"그래서 궁금했습니다. 집안 여자들의 이름까지 족보에 빠짐없이 기록하던 송시열 가문이었는데, 이율곡과 사임당에 대한 기록을 남기면서 사임당의 어머니인 용인 이씨에 대해서도 그 이름을 찾아 기록으로 남기지 않았을까 하는 궁금증이 일었던 거죠."

"아하, 그래서 이 작가가 나한테 자료를 부탁했던 거구나."

장민석 대표가 얼굴에 웃음을 띠면서 말했다.

"네. 그리고 고려 시대에도 족보를 기록할 때에는 남자는 이름을, 여자는 이름이 있으면 이름으로, 이름이 없으면 사위 이름으로 대신하거나 女○○○라는 식으로 기록했습니다. 그렇다면 신명화나 이사온의 집안에서도 아내나 딸의 이름을 혹시 족보에 남겼지 않았을까, 하는 생각을 해보게 된 거죠."

장민석 대표가 고개를 끄덕이며 내 이야기에 수긍이 간다는 표시를 했다.

"사임당의 어머니 용인 이씨는 무남독녀로 자랐죠. 그래서 아들을 못 낳은 어머니의 설움이랄까요? 사임당의 외할머니의 고민을 곁에서 지켜보며 살았을 거예요. 그런데 정작 자기도 딸만 다섯을 낳았으니 이래저래 고민이 더 컸을 겁니다. 사임당 역시 그런 어머니의 설움과 고민을 곁에서 지켜보며 자란 거죠. 여자로서, 며느리로서, 엄마로서 아들을 낳고 못 낳고의 차이가 얼마나 큰 것인지, 그리고 집안에서 여자의 역할이 어떠해야 하는지에 대해서도요. 사임당이 어머니 용인 이씨를 생각하는 마음이 각별할 수밖에 없었을 것 같아요."

"그러네."

"사임당이 34살 무렵 한양으로 가던 차에 대관령을 넘으며 지은 시가 있습니다. 어머니인 용인 이씨를 생각하며 '사친思親'이란 시를 지었는데요. 그 시의 마지막에 이런 구절이 나옵니다."

나는 한자 시구를 메모지에 적어 장민석 대표 앞에 내밀었다.

更着斑衣膝下縫

"어디 한번 볼까?"

하얀색 바탕 위에 쓰인 검정 볼펜 자국이 마치 그 오래 전 사임당이 한지 위에 남긴 붓글씨처럼 느껴지는 건 무슨 이유에서였을까?

다시 갱更, 입다 착着, 얼룩무늬 반斑, 옷 의衣,

무릎 슬膝, 아래 하下, 꿰매다 봉縫

"음… 여기서 반의斑衣라고 하는 건 어린아이들 색동옷을 뜻하니까."

장민석 대표는 내가 내민 글자 하나하나를 다시 옮겨 적으며 그 의미를 해석해보려고 애쓰고 있었다. 메모지를 오른손에 들고 안경은 왼손으로 살짝 들어 올린 자세였다.

메모지를 눈앞에 가까이 갖다 대고 보던 장민석 대표는 메모지를 내려놓음과 동시에 다시 안경을 고쳐 쓰며 이야기했다.

"색동옷을 다시 입고 무릎 아래에서 바느질을 할까? 이건 사임당이 어머니랑 같이 지내던 어린 시절을 추억하는 거구나. 그렇지?"

"네. 사임당으로서도 당시엔 중년 아내로서, 다섯 남매의 엄마로서 살아가던 시기였지만 그래도 마음 한구석엔 친정어머니 용인 이씨와 함께 살던 추억이 사무쳤던 거죠. 친정어머니를 생각하며 지은 시구에 색동옷이라는 단어를 넣은 것도 어릴 적 추억이 그립다는 의미 아니겠어요?"

"음… 친정어머니 입장에서도 둘째 딸 신인선을 데리고 집안일하고 바느질하던 시절이 한없이 그리울 수 있겠지."

사임당의 학문은 혼인 이전에도 이미 상당한 수준에 오른 것으로 짐작할 수 있는데, 외할아버지 이사온과 아버지 신명화로부터 글을 배웠다면, 어머니 용인 이씨에게서는 사대부 집안의 여성으로서 바느질법, 자수 놓는 방법 등을 배운 게 아니었을까?

무남독녀로 자라나 신명화와 혼인했고 이후 친정에서 계속 생활해온 용인 이씨의 삶을 생각해본다면 일반적인 여성들이 경험하는 시집살이의 힘듦은 없었을 터이고, 집안일의 수고로움 같은 것도 비교적 적었을 게 분명하다.

찻집 앞 도로를 오가는 사람들의 발걸음에 빗소리가 묻혀들기 시작할 무렵이었다. 비가 그쳐가고 있었다. 장민석 대표가 가져온 자료들을 보면서 찻잔을 들어 한 모금을 더 마셨다.

"사임당의 어머니 용인 이씨는 1528년(중종 23년)에 열녀비를 받았어요."

"아, 그래? 그건 또 사임당이 어머니를 존경하는 데 한몫했겠네."

"네. 조선 중기까지만 하더라도 평민이건 양반이건 간에 도덕규범이 문란하던 시기였다고 하는데요. 남편 신명화가 1522년 무렵에 먼저 죽고 나서도 딸 다섯을 혼자 키우면서 버텨낸 여성이니까, 사임당으로 선 자연스럽게 어머니로부터 정조와 절개를 보고 배울 수 있었다고 봅니다."

"그렇겠구면."

장민석 대표는 사임당과 그의 친정어머니 용인 이씨에 대해 새로운 사실을 알았다는 표정이었다.

"그리고 용인 이씨가 몸소 보여준 여성의 절개와 지조를 지키는 모습은 손자인 이율곡에게까지 전해지거든요. 사임당이 48세 때인 1551년 5월 17일에 갑작스런 병으로 세상을 등지게 되는데요. 이때 용인 이씨는 외손자 이율곡에게 절절한 편지를 보내며 어머니를 여읜 외손자의 마음을 다독여주고 바로잡아 주려고 무던히 애썼대요."

"그 어머니에 그 딸이란 말은 이럴 때 쓰는 것이구면, 안 그래?"

"그런데 한편으로는 그런 생각도 듭니다."

"응? 어떤 생각?"

"기묘사화가 1519년에 발생했는데요, 이 시기가 중종 14년이거든요."

"그렇지. 근데 왜?"

장민석 대표는 이야기가 길어질 것 같다는 생각을 했는지 차 두 잔을 더 주문한다.

"그런데 한양과 강릉을 사이에 두고 사임당과 16년간 떨어져 살았던 신명화는 사임당이 19살 되던 무렵인 1522년에 생을 마감했습니다. 그리고 아내인 용인 이씨가 열녀비를 받은 게 1528년이라면 사임당이 25살 무렵이던 시기예요. 사임당이 이원수랑 혼인하게 된 시점

초충도 「**수박**」(오죽헌시립박물관 소장)　　초충도 「**가지**」(오죽헌시립박물관 소장)

이 1522년 8월 20일 무렵이니까, 아마도 신명화가 죽기 전에 사임당의 남편감을 정해주고 혼인을 시킨 것 같아요. 어쨌든 사임당은 19살에 혼인을 했고, 33살 무렵이던 1536년 섣달(양력으로는 1537년 1월)에 셋째 아들인 이율곡을 낳게 되는데요."

　장민석 대표가 내 이야기를 들을 때마다 메모지에 연도 표기를 하는 게 보였다. 숫자를 많이 나열한다는 건 그만큼 상대방에게 주목도를 높여주는 효과가 있는가? 하여튼 이때 내가 하고 싶었던 이야기는 어머니 용인 이씨의 열녀비를 바라보는 딸로서, 엄마로서의 사임당의 생각에 대해서였다.

　"사임당으로서는 아버지 신명화가 생을 마감한 후 6년 동안 친정어머니 용인 이씨가 어떻게 살아왔는지를 알고 있었던 거죠. 혼인생활을 하면서도 과거시험에 매달리느라 삶의 대부분을 한양에서 보내는 통

초충도 「맨드라미」 (오죽헌시립박물관 소장)　　초충도 「봉선화」 (오죽헌시립박물관 소장)

에 강릉에는 이따금 들르기만 했던 아버지였잖아요. 사임당은 여자의 절개와 정조의 가치를 친정어머니에게서 배운 겁니다."

"그래, 맞아. 그거야. 사임당의 삶에서 친정어머니 용인 이씨가 차지하는 부분이 적지 않네."

장민석 대표가 다시 고개를 끄덕이고는 창밖을 물끄러미 내다보며 상념에 젖어들었다.

잠시 침묵이 흐른 후, 내가 먼저 말머리를 꺼냈다.

"그런데 한 가지 아쉬운 부분이 있습니다."

"응? 그게 뭔가?"

"사임당은 어려서부터 어머니 용인 이씨가 자수 놓는 걸 보고 흉내를 냈는데요. 이사온은 외손녀의 그런 재능을 보고 1510년 무렵이던 일곱 살 때부터는 그림을 가르치면서 교재로 안견의 산수화를 사줬다

초충도 「양귀비」 (오죽헌시립박물관 소장)　　　초충도 「오이」 (오죽헌시립박물관 소장)

는 기록[13]이 있습니다. 안견은 세종대왕 시절부터 조선을 대표하는 유명한 화가였거든요."

"그래?"

"그렇다면 사임당은 산수화를 먼저 그리면서 그림 실력을 키운 게 맞는 거죠."

"아, 그렇지! 맞네. 산수화를 그리면서 그림 공부를 했으니까."

"그런데 지금까지 전해지는 사임당의 그림들은 풀과 벌레를 그린 초충도草蟲圖가 대부분이에요. 그리고 글씨도 일부 있고요. 분명히 산수화를 많이 그렸을 텐데 지금까지 전해 내려오는 산수화 작품은 한 손으

13　이은직, 《조선명인전》 (정홍준 역, 일빛, 2005) 425쪽

초충도 「원추리」 (오죽헌시립박물관 소장)　　초충도 「추규」 (오죽헌시립박물관 소장)

로 꼽을 정도밖에 없고요.”

장민석 대표가 입맛을 다셨다. 안타까운 일이라는 생각이 들 때 나타나는 버릇이었다.

“당시 사임당의 그림 실력에 대해 평가한 기록도 찾아볼 수 있었는데요. 중종·명종 대의 학자인 어숙권魚叔權이 사임당의 그림을 보고 평한 내용을 기록한 책이 있습니다. ‘패관잡기稗官雜記’라는 일종의 수필집인데요. 전체 6권 모두 ‘광사廣史’라는 책에 실려 있었는데, 지금 전하는 건 ‘대동야승大東野乘’에 권4, ‘시화총림’에 권2에서 시화詩話 부분만 발췌된 내용들을 볼 수 있죠.[14]”

14　한국학중앙연구원. 왕실도서관 장서각 디지털 아카이브
　　yoksa.aks.ac.kr/jsp/cc/View.jsp?cc10id=C0002589

'이백의 시'가 담긴 사임당의 산수도 '이곡산수병'　　　　　　　　　　　　　　　국립중앙박물관 소장

시의 신선으로 불리는 '이백(李白, 701~762)'의 5언 시를 담아 그려낸 사임당의 산수화. 저 멀리 하늘엔 기러기가 날고 있고 해질 무렵의 바다엔 돛단배가 느리게 가며 파도도 저 멀리 멀어서 언제 만날지 기약할 수 없다는 내용의 그림인데, 헤어진 사람과 언제 만날지 모르는 절절한 그리움의 심정을 표현해낸 것으로 느껴진다.

'맹호연의 시'가 담긴 사임당의 산수도 '이곡산수병'　　　　　　　　　　　　　　　　　국립중앙박물관 소장

중국의 시인 '왕유'와 더불어 당나라 때 산수(山水) 시인의 대가로 불린 '맹호연(孟浩然, 689~740)'의 5언 시를 담은 사임당의 산수화. 안개 자욱한 물가에 배를 대는 저녁 무렵이 되자 나그네에게 근심이 생기는데, 나무가 머리 위를 가린 듯하니 달빛에 반짝이는 강물에 의지할 뿐이라는 내용으로, 외로이 길을 나선 나그네의 심정을 표현해낸 것으로 보인다.

"뭐라고 되어 있는데?"

"표현을 의미대로 풀어서 말씀드리자면, 사임당의 산수화 실력이 절묘해서 평가하는 사람들은 사임당의 실력이 '안견_{安堅}의 다음이다'라고 했답니다. 그리고 어숙권이 말하기로는 '포도 그림이 부녀자의 그림이라고 해서 가볍게 여길 것이 아니고, 산수화 작품이라고 해서 부녀자가 하면 안 되는 그림이라고 나무랄 수 없다' 했거든요."

"사임당의 산수화 실력이 안견 다음이라고 할 정도면 굉장한 실력이었다는 거잖아? 안견이라면 조선 초기 산수화의 대가인데. 그렇지?"

"네."

"그런데 사임당의 그 많던 산수화 작품들은 지금은 다 어디로 간 거야?"

"기록이 없으니 상상을 해보는 건데요, 누군가 다 없애버렸을 수도 있어요. 안견이 그린 몽유도원도가 그렇죠? 조선 세조가 왕위에 오른 후 수백 년간 사라졌다가 지금은 일본의 국보가 되어 있으니까요. 일본의 덴리대학 도서관에 소장되어 있다고 하는데 어떻게 조선의 그림이 일본으로 건너가게 되었는지, 밝혀진 사실이 없어요."

"음, 그렇지. 그런데 16세기 당시엔 사임당의 산수화가 문제가 될 수는 없지. 이율곡의 '선비행장'에도 사임당의 산수화를 평가하기도 했고 어숙권이라고 했지? 그 사람이 사임당의 산수화를 평가했다잖아? 양반가 여성이 산수화를 그린다는 것 자체가 금기시 되었던 것은 아닌 것 같아. 아마 사임당의 작품들에 대한 평가의 초점이 그 당시엔 산수화에 맞춰져 있다가 나중엔 초충도로 옮겨갔을 뿐 아닐까?"

"일리 있는 말씀입니다. 물론, 그렇죠. 그런데 제 의문은 산수화에

습작매화도(오죽헌시립박물관 소장)

뛰어난 사임당이었는데 사임당이 그린 산수화가 다 어디로 갔느냐, 이 것이거든요. 누군가 없애버리지 않았다면 웬만한 분량이라도 전해져 내려와야 정상일 텐데, 그게 아니니까요. 제 의문의 요지는, 조선 시대 여성이 산수화를 그려서는 안 되었다는 게 아니라, 사임당이 그린 그 많던 산수화가 지금 어디에 있느냐는 점입니다. 시기적으로는 기묘 사화 이후에 강릉으로 내려온 신명화가 뭔가 알고 있을 개연성이 높기 때문입니다. 외할아버지 이사온은 사임당의 그림 공부를 지원해주는 입장이었고요. 사임당의 산수화 작품들이 어디로 사라졌는지에 대해 의문을 제시하는 자료는 드물어요. 사임당이 산수화를 잘 그렸다는 기록을 인용하는 책들은 많지만요. 안견의 산수화로 그림 공부를 시작한 게 사실이고, 그렇다면 사임당의 산수화 작품들이 많이 남아 있어야 마땅합니다. 문제는 그게 다 어디에 있느냐는 거죠.”

“그러게. 자네의 의문도 듣고 보니 일리가 있군.”

장민석 대표가 고개를 갸웃거렸다.

“열녀비. 그건 어떻게 생각하세요?”

“열녀비? 그거야 사임당의 어머니가 남편과 사별한 후에도 절개와 정조를 잘 지켰다고 세워준 거잖아?”

“네. 그런데 그 시점이 1528년이에요.”

“근데 왜?”

“사임당은 일곱 살 때부터, 그러니까 1510년경부터 그림 공부를 시작했어요. 신명화가 기묘사화를 겪은 후 벼슬에 뜻을 버리고 강릉으로 내려온 게 1519년이거든요. 그리고 3년간 머물면서 딸들에게 글을 가르치고 했잖아요. 그 전까지는 사임당이 외할아버지 이사온으로부터

글과 그림을 배웠는데, 아버지 신명화가 온 다음부터는 무엇을 배웠을
까요?"

장민석 대표가 무릎을 탁 쳤다.

"아하! 기묘사화를 겪으면서 정치의 부질없음을 깨닫게 된 신명화였
어. 그러면 사임당이 그려놓은 산수화를 보고 기겁을 했을 게 분명할
거야. 당시 조선에선 남자는 산수화, 여자는 초충도라는 게 정형화된
틀이었으니까."

"어숙권이란 사람이 사임당의 그림을 처음 보게 된 경로도 확실하진
않아요. 어숙권은 중종·명종 시대의 문신이자 학자인데요. 제 개인적
인 추측으로는 어숙권과 신명화, 그리고 기묘사화가 서로 연관되어 있
지 않을까 싶어요."

"어숙권과 신명화가 서로 아는 사이라 이거지?"

"가까운 사이는 아니더라도 일단 어느 정도는 아는 사이였다고 추측
하는 거죠. 아마 성균관 유생 시절에 둘이 서로 안면을 트지 않았을까
싶어요. 이런 인연으로 어숙권이 훗날 이율곡에게 시론詩論을 가르쳤던
것 같아요. 어숙권이 한때 이율곡을 가르쳤다는 사실은 잘 알려져 있
거든요? 어숙권은 시에 대해 해박한 지식을 갖추고 있었지만, 서자 출
신이라 크게 출세하지는 못했던가 봐요."

장민석 대표가 고개를 끄덕였다. 다음 이야기를 듣고 싶다는 표시
다.

"그래서 제가 자료를 좀 살펴봤는데요. 기묘사화 당시에 조광조를
구하려고 애썼던 사람들 중에 어숙권이란 이름이 나와요. 어숙권魚叔權
의 형으로 어숙균魚叔均이라는 사람이 있는데요, 당시에 기묘사화를 틈

사임당의 초충도   ⓒ한국전통문화사진작가 정창곤
오죽헌시립박물관에 전시된 사임당의 초충도 작품들. 관람객들이 감상하기 편하도록 병풍으로 제작되어 있다.

타 누가 적이고 아군인지를 분간해내기 위해 온갖 모략이 난무했다는 거예요. 이때 조광조의 반대세력이던 생원 황이옥黃李沃이 기묘사화 당시에 조광조를 구명하려고 애쓰던 어숙권의 속내를 알아내기 위해 어숙권의 친형인 어숙균에게 같은 편인 척하고 접근했다는 기록[15]도 있거든요."

"세상에!"

"이야기가 된다고 생각했어요. 기묘사화 당시에 성균관 유생들하고 같이 있었다는 죄로 옥살이를 한 신명화예요. 그 이후 정치에 뜻을 버리고 강릉으로 내려왔는데, 이게 무슨 일? 자기 딸이 그린 그림을 보니 산수화인 거죠. 고려 개국공신 가문에서, 조선에서, 그것도 여자가 산수화를 그린다? 그리고 신명화 자신은 이미 기묘사화에 얽혀서 생각지도 못한 옥살이까지 했다면요?"

"아버지로서는 딸의 장래가 갑자기 걱정되었을 수 있지. 온갖 모략이 판치고 누가 아군인지 적군이지도 좀체 분간하기 어려운 시기였잖아? 이처럼 혼탁한 시절엔 혹시라도 오해를 살 만한 행동은 철저히 금해야 하는 게 맞지."

장민석 대표가 고개를 끄덕였다.

"제가 만약 신명화라면, 그리고 신명화의 아내 용인 이씨라면 어떻게 했을까 생각해봤어요."

"그래서?"

15 한국학중앙연구원, 한국역대인물 종합정보시스템
   people.aks.ac.kr/front/tabCon/ppl/pplView.aks?pplId=PPL_6JOb_A9999_1_0034008

"일단 산수화 그림 모두 폐기. 다른 집안의 여성들처럼 초충도 중심으로 그리게 하고, 바느질과 자수를 습득하게 하는 게 더 중요했겠죠. 그리고 빨리 시집을 보내는 거죠. 풀과 벌레를 그린 초충도라는 게 조선 시대 부녀자들이 자수를 뜨려고 그리는 밑그림으로도 쓰였으니까요. 산수화는 집 안에서 그릴 수 없고 산천을 돌아다니면서 그려야 하는 건데, 조선의 여성들이 산수화를 그리러 산천을 나다닌다? 그건 아니거든요. 그리고 우리가 사임당의 초충도로 알고 있는 작품들도 따지고 보면 사임당이 그렸다는 명확한 기록이 드물지만 말이죠."

"그래서 시집을 보낸다?"

"네. 시집을 보내더라도 명문세가의 사위라면 곤란하다고 생각했을 거예요. 한치 앞이 안 보이는 탁류의 시대라 사위가 정치판에 뛰어든다면 온갖 고초를 겪을 수도 있고, 그렇게 되면 소중한 딸의 고생길이 훤하거든요."

"아하!"

"그런데 신명화는 자신의 이런 의중을 그 어디에도 내비치지는 못했을 것이고요, 아내에게만 말했겠죠. 그럼 아내인 용인 이씨는 뭐라고 했겠어요? 여필종부女必從夫를 철저하게 따르는 부인이었으니 당연히 동의했겠죠."

"그랬겠지. 근데 이사온도 그렇지만 용인 이씨龍仁 李氏는 고려 건국에 공을 세운 가문이기도 해. 이길권李吉卷이 용인 이씨의 시조이거든."

"네. 그래서 더더욱 신명화는 아내인 용인 이씨에게만 자신의 생각을 알려주고 장인인 이사온에게는 비밀로 했을 것 같아요."

용인 이씨에 대한 자료를 찾고자 한 근본적인 목적은 이러한 당시 사정을 감안하면서 여성으로서, 엄마로서, 아내로서 어떤 삶을 지냈는지 추가적으로 알고 싶어서였다.

장민석 대표는 그동안에 적은 메모지를 가지런히 정리하더니 맨 첫 장부터 한 장씩 읽어나가기 시작했다.

"음… 그러고 보니, 이사온이란 사람도 대단하네. 외손녀인 사임당의 천재성을 간파하고 일곱 살 때부터는 아예 안견의 그림까지 구해다 주면서 그림 공부를 시켰을 정도라면 보통 사람은 아니잖아? 조선 시대에, 그것도 어린 외손녀에게 산수화를 가르칠 정도라면 배포도 있고, 가문에 대한 자부심도 컸을 게 분명하지."

"네, 저도 그렇게 생각했어요. 사임당의 어머니 용인 이씨를 제대로 알려면, 그 아버지 이사온이란 인물의 인품을 가늠해보는 것만으로도 그녀가 어떤 품성을 갖췄는지를 유추해볼 수 있을 거예요.

이사온은 강릉 최씨의 사위로서, 강릉에서 살았어요. 용인 이씨의 아버지이자 신명화의 장인이죠. 그런데 외동딸의 혼사 문제가 대두되자 비슷한 격의 가문을 찾고 싶었을 거예요. 용인 이씨도 고려에서 공을 세운 가문이고, 평산 신씨도 고려의 개국공신 가문이었던 거죠."

"그럼, 혹시 강릉 지역에는 강릉 최씨 외에 다른 명문가는 없었어? 궁금하네."

"아, 강릉은 강릉 김씨江陵 金氏의 터전이기도 해요. 김주원金周元을 시조로 하는데요, 대관령 인근의 왕산면에 가면 김주원의 묘가 남아 있어요."

"강릉 김씨와 강릉 최씨. 두 가문 사이에 경쟁심 같은 건 없었을까? 왜 그런 거 말이지. 우리 가문에서 누가 나왔다, 너희 가문엔 누가 있냐? 뭐, 이런 경쟁구도 말이야, 어때?"

"김주원은 김알지金關智의 21대손으로 알려지긴 했는데요, 김알지라는 인물에 대해서는 국사학계에서 인정을 하고 있지는 않은 것 같아요. 다만, 강릉 김씨의 시조 김주원은 신라의 29대 왕 태종무열왕(김춘추)의 5대손이니까 고려보다는 신라 쪽의 사람이라고 봐야죠. 강릉 김씨 중에서 이사온과 비슷한 연배로는 김시습金時習, 1435~1493이 있네요."

두 명문가 사이의 경쟁구도.

장민석 대표의 이 지적에 대해 생각을 해보니, 아무래도 강릉 최씨와 강릉 김씨 가문 사이에는 경쟁구도가 이루어져 있었을 것이라는 짐작이 들었다. 조선에서는 실제로 고려 왕족이었던 왕씨 일가가 탄압받기도 했는데, 그렇다면 고려 개국공신 가문들도 보이지 않게 불이익을 받았을 수도 있지 않겠는가.

그런데 통일신라 이후에 고려를 세운 게 왕건이었다?

고려 시대에 공을 세운 가문이 강릉 최씨였다면, 표면적으로는 아니더라도 가문의 속사정을 생각해본다면, 강릉 김씨와 강릉 최씨 사이의 경쟁구도가 그려지는 게 자연스럽게 느껴졌다.

특히 김시습에 주목할 필요가 있는데, 김시습은 이사온의 연배와 비슷하다는 것을 알 수 있다. 신명화가 1476년생이므로, 이사온은 1440년대경에 태어났을 것으로 추측할 수 있다. 1435년생인 김시습보다 약간 연하일 것이다.

그래서 강릉 최씨 가문에서는 이사온을 사위로 들이면서 강릉 김씨 가문에 대해 신경 쓰지 않을 수가 없었을 것인데, 김시습은 5세 때 이미 '중용' '대학'을 깨우쳐 신동 소리를 듣고 있었다.

공교롭게도 '때로 배우면 즐겁지 아니한가?'라는 의미를 지닌 김시습이란 이름은 집현전 학자였던 강릉 최씨 가문의 '최치운崔致雲'이 작명해주었으니[16], 이래저래 강릉 김씨와 강릉 최씨 사이엔 모종의 경쟁심이 작용하지 않을 수가 없었을 것이다.

그렇다면 이사온의 입장에서는 과거를 통해 떳떳하게 관직에 올라 실력(?)을 보여야 했는데 그마저 큰 벼슬에 오른 건 아니었다. 자식으로는 외동딸 하나가 전부였다. 이래저래 가문의 눈치를 보게 되었으리라 생각되는 부분이다. 그러다가 신명화를 사위로 맞아들이게 되었는데, 또다시 딸만 다섯이라면?

당시 조선 시대에서는 아내가, 며느리가 아들을 낳아 대를 이어야 된다는 남아선호 사상이 뿌리 깊었는데 딸만 낳은 사위들을 가문에서는 어떻게 보았을까?

그런데 마침 둘째 외손녀 신인선에게서 글과 그림에 대한 재능을 발견하게 되자, 외할아버지 이사온은 신인선이 7세 되는 무렵부터 그림 공부를 시키게 되지 않았을까. 여기에 이사온의 딸이자 신명화의 아내인 용인 이씨의 역할이란, 가장의 결정에 따르고 순종하는 것밖에는 별다른 도리가 없었을 것으로 생각된다.

16 태양을 사랑한 백마 - 김시습. (역사 인물 편찬 위원회, 역사디딤돌, 2010. 8. 31)

「가지와 방아깨비」(국립중앙박물관 소장)

「맨드라미와 쇠똥벌레」(국립중앙박물관 소장)

「산차조기와 사마귀」(국립중앙박물관 소장)

「**수박과 들쥐**」(국립중앙박물관 소장)

「**양귀비와 도마뱀**」(국립중앙박물관 소장)

「어숭이와 개구리」(국립중앙박물관 소장)

「오이와 개구리」(국립중앙박물관 소장)

「**원추리와 개구리**」(국립중앙박물관 소장)

동몽선습, 명심보감, 사서 육경, 주자를 배우다
세상을 보는 시각을 배우다

申

師

任

堂

"동몽선습童蒙先習이란 책은 조선 시대 때 어린이 교육도서였어. 아이들이 천자문을 익히고 난 다음에 배우는 책으로 이해하면 쉽지."

"무슨 내용인데? 어려운 한자 외우고 막 그런 거야? 나는 천자문조차 머리 아프던데, 조선 시대 아이들은 그 어려운 한자를 어떻게 공부했대?"

"동몽선습은 유교에서 말하는 '오륜五倫' 덕목하고 한국과 중국의 역사에 대해 설명한 책이야."

"오륜?"

"부자유친父子有親, 군신유의君臣有義, 부부유별夫婦有別, 장유유서長幼有

_序, 붕우유신_{朋友有信}."

"아, 그거 기억난다, 어렴풋이. 중학교 다닐 때 배우긴 했는데."

"조선 시대 아이들도 그걸 배운 거야."

손혜교(가명)는 연신 커피를 홀짝이며 내 이야기에 귀를 기울이고 있었다.

손혜교와 만나게 된 건, 올 여름에 해외여행을 가게 되었는데 미리 조언 좀 받고 싶다는 부탁을 해왔기 때문이다.

대학에서 항공서비스 과목을 공부하는 중이기에 미리미리 실습도 할 겸 여러 나라 여행을 하는 게 목표라고 했다. 그리고 짬짬이 피팅모델 아르바이트를 하면서 용돈도 벌고 있다고 했다. 이따금 독립영화에 출연하기도 하는데, 혹시라도 항공기 승무원 시험에 합격하지 못할 경우를 대비해서 배우가 되고자 연기력을 기르고 있다고도 했다. 또한 김영수 감독과 준비하는 영화가 있었다.

하여간 이 날의 문제는, 손혜교의 첫 행선지가 중국이었는데 정작 중국어에 일자무식인 데다 중국 문화에 대해서도 기초적인 상식조차 부족하다는 점이었다.

"사임당? 우아! 5만 원 권 모델? 대박인데!"

요즘 내가 사임당에 대한 글을 쓰는 중이라고 했더니, 손혜교가 '사임당은 어떻게 공부했을까?' 궁금하다고 묻기에 동몽선습부터 설명하게 된 것이다.

"동몽선습에는 한국과 중국의 역사도 기록되어 있어. 중국의 역사는 삼황오제_{三皇五帝}부터 명나라까지, 한국의 역사는 고조선부터 삼국 시대와 고려, 조선 시대까지 다루고 있지."

"누가 쓴 책인데?"

손혜교가 눈을 껌뻑이며 나를 쳐다봤다.

커피 빨대를 입에 물고 있는 상태다. 하얀색 빨대를 꽂은 투명한 커피컵 안에서 진갈색 커피가 손혜교의 입술 사이로 흘러 들어가는 게 보인다.

"동몽선습을 쓴 저자는 분명하진 않아. 하지만 영조가 1759년에 어제서문御製序文을 직접 쓰고 우암 송시열宋時烈의 발문을 실어 다시 출간했다는 기록은 있어."

"어제서문? 발문?"

손혜교는 갑자기 웃음이 터질 듯한 표정을 지어 보였다. 보나마나 어제서문과 발문이란 단어를 듣고 개그 소재가 떠올랐던 모양이다. '어제' 쓴 글이란 정도로 생각한 것이고, '발'로 쓴 글인가 말하고 싶었는지도 모르겠다.

"아니, 아니. 발문跋文이란 건 어떤 책의 말미에 책의 내용이나 출간하기까지의 주요 경위들에 대해 간략하게 적는 글이란 의미이고, 어제서문이란 왕이 친히 쓴 서문이란 의미야. 왕이랑 송시열쯤 되는 대학자의 글을 실어 책을 다시 낼 정도면 조선 시대에 동몽선습이 아이들에게 얼마나 중요한 책이었는지를 알 수 있지."

"아, 그럼 지은이는 왕이랑 송시열이 인정하는, 뭐 유명한 사람이었겠네?"

"그럴 수도 있지. 하지만 조선 시대의 여러 기록들을 살펴보면, 저자가 서로 엇갈려. 중종실록中宗實錄, 중종 39년에서는 노수신盧守愼과 송시열이 기록하길 박세무朴世茂가 저자라고 했는데, '대동운부군옥大東韻府群玉,

권문해權文海', '해동문헌총록海東文獻總錄, 김휴金烋'에서는 김안국金安國이 동몽선습의 저자라고 기록했거든. 그리고 1543년(중종 38년) 발간된 평안도 감영본이 있는데, 이 책에 발문을 쓴 윤인서尹仁恕의 기록을 보면 당시에 평양감사平壤監司를 지낸 민제인閔齊仁이라는 사람이 썼다는 거야.[17]"

이야기를 귀담아듣는 것인지 아닌지, 물론 후자 쪽에 가깝겠지만, 손혜교가 나를 물끄러미 쳐다보고만 있었다. 머쓱해졌다. 커피컵에 꽂힌 흰색 빨대를 입술 사이에 물고 가만히 나를 쳐다보던 손혜교가 말했다.

"근데 나 아메리카노 한 번 더 리필해도 돼? 영수증 보여주고 천 원만 더 내면 해주는데."

잠시 후.

커피를 리필해온 손혜교가 테이블에 털썩 앉은 다음 다시 내 얼굴을 빤히 쳐다본다. 다음 이야기를 해달라는 표시다.

"그리고 사임당은 '명심보감'도 배웠어."

"응? 사임당에게 이것을 명심해라! 그거야?"

"그건 아니고. 의미가 완전 다르진 않은데, 하여튼 명언들을 잘 기억하고 익혀서 바르게 살라는 내용이야. 왜 그런 거 있지? 옛날에 어느

17 『한국교육사상사개설』 (소동호, 양서원, 2009)
　　『한국교육사상의 전개와 발전』 (이승원, 보고사, 2002)
　　『한국교육사상사』 (손인수, 재동문화사, 1964)
　　「동몽선습의 교육적 의의에 대한 연구」 (문태순, 『한국교육사학』 25-1, 2003)
　　「동몽선습』의 서지적 연구」 (유부현, 『서지학연구』 5·6 합병호, 1990)
　　「동몽선습 연구」 (최봉영, 『한국항공대학교 논문집』 22, 1984)

현자賢者가 이런 말을 했는데 그게 요즘 생활에서는 이러이러하다는 의미이고, 우리는 어떻게 살아야 한다, 뭐 그런 거."

"나, 그거 알아."

"명심보감을 안다고?"

"아니, 왜 있잖아? 소크라테스가 '너 자신을 알라'고 하는 것처럼, 페이스북 보면 좋은 글귀들 많거든. 요즘 나도 그렇고 내 친구들도 페이스북을 보면서 힐링healing을 얼마나 많이 하는데. 그런 거 아냐?"

손혜교는 리필해온 커피마저 어느새 절반 이상을 마셨다.

커피점 밖의 진입로 골목 안에서 젊은이들이 옹기종기 모여 담배를 피우고 있었다. 커피점 벽 쪽에 설치된 통유리를 통해 바깥 풍경을 내다볼 수 있었는데, 흡연하는 사람들이 많이 모일 때면 골목 전체가 희뿌연 담배 연기로 가득 차서 시야가 흐려질 때도 있었다.

명심보감 이야기를 꺼내자마자 바로 페이스북 이야기로 옮겨가는 현실에서, 그 순간만은 내 머릿속도 안개가 낀 것같이 몽롱했다.

"명심보감明心寶鑑은 고려 시대 때인 1305년에 추적秋適이라는 사람이 쓴 책인데, 중국 고전에 나오는 인물들의 명언을 모아서 만든 책이야."

"응? 이왕이면 우리나라 인물들의 유명한 덕담 같은 걸 책으로 만들지, 왜 중국 역사에 나오는 인물들의 이야기를 책으로 냈대? 어휴, 이 나라 조상들은 자존심도 없나?"

손혜교가 불만 가득한 표정을 지으며 투덜댔다. 갑자기 웃음이 터질 뻔했다. 손혜교의 이야기가 틀린 것만은 아니었다.

왜 우리나라에서는 다른 나라 인물들의 이야기를 책으로 펴내고, 또 그걸 배우는 걸까?

유럽이나 서구권은 예외로 치더라도, 이 땅에 살던 선조들은 왜 중국 인물들의 이야기를 책으로 엮었으며, 무슨 연유로 그것을 사람들에게 가르쳤을까? 중국 대륙과의 관계는 대국과 소국 간의 힘의 역학관계만으로는 설명하기 힘든, 복잡한 사회문화적 배경이 깔려 있는 게 아닌가? 왜 대국을 섬기는 사대주의事大主義에 물들었고, 왜 스스로를 소중화小中華로 자부한 채 반도에 틀어박혔으며, 왜 중국 이외의 다른 나라들을 '오랑캐'라고 부르고 배척하기만 했을까? 왜 훈민정음이 창제된 이후에도 그 어려운 한문 공부에만 매달리고 한문 저술만 고집했을까? 이 때문에 세계적인 근대화 물결에 소외된 채 점차 시대적으로 뒤처지게 되지 않았던가?

내가 웃음이 터질 뻔한 것은 손혜교의 투덜거림을 듣자 때마침 지난 시절의 내 의문이 상기되었기 때문이다.

"근데 한 가지 재미있는 사실은 추적이란 사람이 만든 책을 나중에 명나라의 범입본范立本이란 사람이 가져가서 내용을 다듬고 늘려 출간하기도 했다는 것이지."

"그건 또 뭐야? 명나라 사람이 고려 시대에 만든 책을 가져가서 책을 다시 냈다고?"

"응. 그런 일이 있었어."

"근데 추적이란 저자는 어떤 사람이지?"

"추적秋適, 1246~1317은 고려 충렬왕 때 예문관 대제학을 지낸 문신이야. 예문관藝文館이란 곳은 예조禮曹라는 부서에 속한 기관으로 예의나 외교, 교육, 과거시험 등의 업무를 보던 곳이고, 대제학大提學이라는 직책은 학문을 올바르게 평가한다는 의미를 지니고 있어. 아무나 임명되는 직책은 아니었고, 과거급제한 사람들 중에 임금의 특명을 받은 인재들이 임명되는 자리였어.”

“공부 잘하는 사람들 중에서도 임금이 특출한 인재들을 선정하여 임명하던 자리라는 거네? 그러니까 공부 잘하던 ‘추적’이란 분이 명심보감을 만들었다는 거잖아?”

“그렇지. 너 그러고 보니, 좋은 재주 있다?”

“좋은 재주?”

“어려운 이야기를 쉽게 정리하는 능력, 그거 아주 좋은 재주야.”

“응?”

손혜교가 갑자기 깔깔거리며 웃었다.

“어휴, 근데 그분도 어릴 때 ‘추적’이라는 이름 때문에 놀림 좀 받았겠다. 나도 이름 때문에 톱스타라고 놀림 엄청 받았는데. 비가 추적추적 내리다? 추적 60분? 왜 그런 거 많잖아?”

“높은 관직에 오른 이후에는 사람들이 함부로 유머 소재로 삼긴 어려웠겠지만…… 뭐, 어린 시절에는 이름 때문에 놀림감이 됐을지도 모르겠네.”

나는 손혜교의 재치 있는 감각에 마음이 느긋해져서 씨익 웃었다.

손혜교가 다시 커피 빨대를 입에 물고 나를 빤히 쳐다본다. 다음 이야기를 해달라는 표시다.

모처럼의 칭찬 때문이었을까? 자기에게 재능이 있다는 칭찬을 듣더니, 뭔가 또 한 건 해보이겠다는 결의가 느껴진다.

“근데 이 명심보감이란 책이 대단한 이유는 1305년 출간 당시에 해외 여러 나라로 수출되었다는 점이야."

"수출?"

"응. 이게 어린이 교과서나 마찬가지이거든. 중국, 베트남, 일본, 네덜란드, 독일을 포함해서 여러 서양 국가들로도 수출되었어. 고려 시대 때 나온 책인데 서구에까지 전해진 걸 보면 역시 대단한 책이라는 생각이 들어. 아마 우리나라 저서가 외국으로 수출된 건 이 명심보감이 최초일 거야."

"대단하네. 근데 중국에까지 수출됐어? 자기네 나라 인물들의 이야기를 엮은 건데?"

"응. 추적이 빠뜨린 내용들을 보강해서 중국에서 다시 출간하고 그게 조선으로 역수입되기도 했는데 현재까지 남아 있는 건 없고, 조선시대 때 청주지역에서 출간된 명심보감[18] 청주본만 전해지는 상태야."

머리가 아픈 모양이다.

손혜교가 양손으로 턱을 괴는 자세로 바꿨다. 시선은 여전히 나를 향한 모습 그대로였다. 고리타분하게 느껴질 수도 있는 고서 이야기를 경청하느라 안간힘을 쓰는 태도가 안쓰러워 보일 정도였다.

"그리고 더 있어."

"또?"

"그래."

18 원문주해 명심보감 - 김동구 지음, 명문당 , 2008년
   가장 알기 쉽게 역해한 명심보감 (원본 완역) - 정재원 지음, 한영출판사, 2007년
   명심보감 - 조기영 역, 지만지, 2009년
   명심보감 - 임동석 역주, 동서문화사, 2010년

"그러면 나, 커피 또 리필해도 돼?"

그런데 다행이다. 손혜교에겐 커피만 있으면 된다.

이야기가 꽤 지루할 텐데도 나머지 이야기를 마저 듣고 싶다는 손혜교가 대견하게도 느껴졌다. 사임당이 어느 책으로 공부를 했는지, 은근히 여성으로서 경쟁심리가 붙은 걸까? 어떤 책으로 어떻게 공부했기에 5백년이 지난 지금까지도 널리 알려지게 되었는지를 알고 싶었는지도 모른다.

"그렇게 설명이 길진 않은데⋯⋯. 그래, 커피를 더 마시면서 들어도 좋아. 그런데 커피 너무 많이 마시진 마. 밤에 잠 안 와."

"내가 뭐 어린애인가? 나는 커피를 마셔야 잠이 잘 오거든요?"

손혜교가 테이블에서 냉큼 일어나더니 또다시 커피를 리필해왔다.

내가 굳이 '냉큼'이란 표현을 쓴 이유는 손혜교의 옷 스타일 때문이기도 했다. 헤어스타일은 머리카락을 모아서 한 묶음으로 만든 후 머리 뒤로 돌려서 고무끈 한 개로 질끈 묶고, 상의는 하늘하늘한 시폰 소재 블라우스에, 하의는 밑위(벨트 위치에서 가랑이 부분까지 길이)가 한 뼘 정도나 될까 말까 할 정도로 짧은 미니 데님 팬츠를 입었기 때문이다. 발랄한 옷차림이라 '냉큼'이란 부사가 딱 어울리는 것 같다.

"그 다음 책으로는 사서 육경이랑 주자가 있어."

"육경을 사서 준다고? 누구에게?"

"너, 그런 농담 자주 하면 여대생이 아재개그 한다고 놀림 받지 않아?"

"아니, 그냥 그렇다고. 어쨌든. 그런데?"

손혜교가 깔깔거리더니 다시 커피컵을 들었다.

뭐가 그렇게 재미있는지, 그 순간만은 내가 사임당에 대해 이야기를 하는 것인지, 손혜교가 내 이야기를 들어주는 것인지 헷갈린다.

"사서四書. 네 권의 책이라는 뜻인데 논어論語, 맹자孟子, 대학大學, 중용中庸을 말하지. 중국 송나라 때 주희朱熹: 주자朱子가 '사서집주四書集註: 네 권의 책을 모아 해설하다'를 하면서부터 '사서'라고 부르게 된 거야."

"아하, 네 권의 책을 모아서 풀이했다는 건데, 그때부터 사서四書라고 불린 거구나. 난 또, 이 세상에 대한 네 권의 책을 선정했다는 건가 착각했어."

"응. 그리고 육경六經이란 건……."

"여섯 개의 경전이란 뜻인가?"

"제법인데?"

손혜교가 거 보란 표정으로 커피를 홀짝거렸다. 이번에도 자기가 뭔가 또 한 건 해낸 것으로 생각하는지 스스로를 대견해하는 표정이었다.

"육경은 시경詩經, 서경書經. 예기禮記, 악기樂記, 역경易經, 춘추春秋를 말하는데, 사서가 공자 이후에 쓰인 책이라면 육경은 공자 이전부터 존재하던 책이라는 게 차이점이야. 고려 말에 들어와서 조선 시대에까지 널리 사용되게 되는데, 조선의 과거 시험엔 오경五經이 기본이라서 악기樂記를 뺀 나머지만으로 사서오경으로도 많이 쓰였지."

"아하. 그래서 사임당은 아버지 신명화로부터 사서오경을 배운 거야? 과거시험 보려고?"

"아! 조선 시대엔 여자들은 과거시험을 볼 수가 없었어."

"엥? 그런데 여자가 왜 공부를 했지?"

"신명화가 뜻한 바가 있을 거야. 뭐랄까? 남편의 공부를 도우라든가, 나중에 자식들을 가르치라든가 하는 목표가 아니었을까?"

"세상에! 시험 보지도 못하는 걸 왜 배우게 했지? 나 같으면 아마 기절했을 거야."

"기절?"

"어려우니까. 나는 한문이 엄청 어려워서 싫거든."

손혜교가 커피컵에서 삐죽 빠져나온 빨대를 입에 문 상태에서 다시 키득거린다.

"근데 교과서가 너무 많긴 하다. 사임당은 그래서 뭘 배운 거야? 그 책들이 가르친 게 뭔데?"

궁금증이 일었는지 손혜교가 먼저 묻는다.

"논어論語는 공자孔子, BC 551~BC 479와 그 제자들이 세상을 사는 이치나 정치, 교육, 문화 등에 대해 문답을 나눈 이야기들을 모아서 엮은 책이고, 맹자孟子라는 책은 공자의 사상을 계승한 맹자孟子, BC 372~BC 289의 언행들을 기록한 책이야."

"아하."

"대학大學이란 건 글자 그대로 요즘으로 치자면 대학에서 사용되는 교양과목으로 생각할 수 있는데, 지은이가 누구인지는 밝혀진 게 없어. 애초에는 예기禮記의 제42편이라고 전해지는데, 송나라 때에 사서의 한 책으로 편입된 거야. 내용은 옛 성인들의 언행 및 유학의 기본 강령을 담고 있는 것이고."

"알았어. 후덜덜한데?"

손혜교는 어느새 핸드백에서 다이어리와 볼펜을 꺼내어 메모를 하고 있었다. 그 모습을 보면서, 어쩌면 중국 여행을 갔을 때 지금 이야기들이 쓸모가 있을 수도 있겠구나 하는 생각이 들었다.

중국에서 어느 누구를 만나 대화를 하게 되더라도 중국의 옛 고전에 대해 '안다'와 '모른다'의 차이가 분명 있을 것이기 때문이다. 아무래도 그 나라의 고전을 아는 외국인이라면 더 친근감 있게 대해주지 않을까?

"중용中庸은 공자의 손자인 자사子思가 지은 것으로 알려져 있어. 이 중용도 역시 애초에는 '예기'의 제31편에 속해 있었는데, 송나라 때 사서 중의 한 권으로 되었지."

"응? 그리고 보니까 '예기'라는 책이 대단한 원천이네? 그치?"

"예기禮記에 대한 설명은 조금 있다가 할게."

"알았어."

"정리하자면, 중용은 인간에게 내재된 '도덕적 이성'과 '인간적 본능' 두 가지를 잘 다스려야 한다는 원리를 담은 책으로, 도덕적 이성이 앞서야 하며 인간적 본능은 도덕적 이성으로 제어해야 한다는 내용이야."

"응. 좋아."

"그리고 육경을 다시 말하면 시경詩經, 서경書經, 예기禮記, 악기樂記, 역경易經, 춘추春秋인데, 시경詩經은 중국 최초의 시집이야. 공자가 제자들을 가르칠 때 사용했다고 전해지지. 서경書經은 중국의 가장 오래된 역사책이야. 공자가 썼다고 전해지는데, 특히 주나라의 정치철학에 대한 내용이 많이 담겨 있어."

"대단하다."

"응? 뭐가?"

"중국에서는 자신들의 기원전 역사를 그대로 기록하고 전한다는 거 잖아? 그런데 우리나라 역사는? 일제강점기에 일본 사람들이 우리나라 역사서를 불태웠다[19]며? 그거 생각하면 진짜 분해. 왜 남의 나라에 와서 역사서를 다 태워버렸지? 참 내."

"음… 그래서 바로 우리가 사임당에 대해 제대로 알아야 하고, 후대에 잘 전달해야 하는 것이지. 역사를 바로 알고 바로 전달하는 건 중요한 원칙이야."

손혜교가 다이어리에 뭔가를 긁적이다가 고개를 들고 내 얼굴을 쳐다본다. 예의 장난기 어린 표정은 온데간데없이 다소 정색을 한 표정이다.

"예기禮記는 예법의 이론과 실천 방법을 적은 책이야. 이 책도 공자와 그 제자들이 엮었다고 전해지. 악기樂記는 예와 음악의 연관성을 엮은 책이고, 역경易經은 우주의 변화에 대해 나름의 원리를 적은 책인데…….."

"나 그거 알아."

"뭐?"

"주역 아냐? 손금 보고 사주팔자 보고 그러는 거?"

"어, 맞지. 그거야."

"이야, 이거 뭐. '나'라는 여자 '손혜교' 대단한데. 그런데 그 오래 전

19 일본 총독 "조선인은 조선사 모르게 하라" 조선일보, 1986. 8. 17. 서희건(徐熙乾) 기자

중국에서 사주팔자를 보고 손금도 보고 그랬던 거야? 그림카드 엎어 놨다가 뒤집으면서 타로점도 치고?"

손혜교가 잘 나가다가 방향이 약간 뒤틀렸다.

"비슷하긴 한데, 꼭 그런 건 아냐. 역경에서는 '태극'을 우주의 순환 원리로 생각하고 세상의 근본 이치를 음과 양으로 여기거든. 그리고 음양을 다시 태양, 소음, 소양, 태음의 네 가지로 구분해서 의학 분야에까지 적용하게 된 거야."

"점치는 건 아니네?"

"우주의 원리를 공부하는 책이라고 보면 어느 정도 옳은 표현이지."

"알았어. 그럼 마지막으로 춘추春秋는?"

"춘추春秋는 중국의 노나라 역사서인데, 공자가 독자적인 역사의식과 가치관을 가지고 첨삭을 가해서 다시 출간한 책이야. 삼국지에 나오는 '관우' 알지? 관우가 항상 지니고 다니면서 읽었다고 전해지는 책이기도 하지."

손혜교는 다이어리의 가장자리를 양손으로 잡더니 테이블 위에 90도로 서도록 들었다. 그리고 메모한 내용들을 살펴보기 시작했다.

"여기에 적은 이 책들이 사임당이 아버지 신명화에게 배운 책들이라고? 신명화는 딸에게 왜 이런 책들을 가르쳤을까?"

"거기에 하나 더 있어."

"또? 아! 아까 주자朱子라고 했지?"

손혜교가 다시 다이어리를 테이블 위에 눕혔다. 볼펜을 오른손 엄지와 검지 사이에 끼고 세운 것도 거의 동시였다.

"주자의 본명은 주희朱熹인데, 1130년~1200년 시대에 중국 남송의 유학자였어. 공자와 맹자의 학문적 사상을 이어받았지만 나중에 자기만의 성리학을 창시한 사람이야. 그래서 성리학을 주자학이라고도 부르거든."

"아, 잠깐! 거기! 에이, 조선이 성리학 국가였잖아? 그러면 신명화가 사임당에게 성리학을 가르친 이유가 딱 맞네. 주자를 안 가르치면 안 되는 거네. 그렇지?"

"역시 손혜교답네."

손혜교가 다이어리를 다시 테이블 위에 눕혔다.

이번엔 자기 얼굴 앞에 바짝 갖다 대고 읽거나 하진 않았다. 대신 다이어리 옆에 두었던 커피컵의 흰색 빨대를 다시 입술 사이에 넣었다.

부덕, 소학, 태교, 가례를 배우다
부덕(婦德)의 길

申

師

任

堂

"신명화는 사임당에게 부덕婦德에 대해서도 가르쳤어."

"그게 뭔데? 부덕? 부덕? 밥 많이 먹고 속이 부대낀 거야?"

"너 그런 농담 자꾸 하면 아재개그 하는 3류라고 그랬지?"

손혜교가 배시시 웃더니 고개를 살랑살랑 좌우로 젓는다.

"신명화가 사임당에게 가르친 명심보감에서는 여자가 지녀야 할 네 가지 덕이 있다고 말하는데, 첫째가 부덕婦德, 둘째가 부용婦容, 셋째가 부언婦言, 넷째가 부공婦工이라고 했어. 그 중에 '부덕'이라는 건 절개가 곧아야 하고 분수를 지키며 몸가짐을 고르게 하고, 한결같이 얌전하게 행하고 행동을 조심하며, 행실을 법도에 맞게 하는 것을 말해."

"제대로다. 딱 내 스타일."

손혜교가 고개를 끄덕인다.

"부용이란 건 얼굴이 아름답고 고운 게 중요한 게 아니라 정결한 복장과 청결한 몸을 유지해야 한다는 것이고, 부언이란 건 말을 잘하는 게 중요한 게 아니라 말을 가려서 사람들이 상처받지 않게 해야 한다는 의미야. 부공이란 것은 집안일을 잘하고 음식을 잘 갖춰서 손님들을 잘 접대해야 한다는 것을 말하는 것이지."

"음. 그 모든 내용은 현대 여성들도 다 마음에 새겨야 하는 거 아냐? 틀린 얘기가 하나도 없는데?"

손혜교가 고개를 다시 끄덕인다.

"그뿐 아냐. 유학에서는 8세 안팎의 어린이들에게 '소학'을 가르쳤는데, 사임당은 외할아버지 이사온이나 아버지 신명화에게서도 이걸 배웠거든. 신명화는 주로 한양에서 살았으니까 실제로는 외할아버지 이사온에게서 배웠다고 하는 게 맞겠다."

"소학? 소학교?"

"글자는 같지만, 소학小學이란 건 유교 사회에서 중시하는 충효 사상을 바탕으로 하여 가르치는 윤리 도덕을 말해. 쉽게 말하자면 일상생활에 필요한 예의범절을 가르치기 위한 수신서修身書 같은 거야. 몸가짐에 대한 예절을 알려주는 책이라고 할까?"

"아하."

여기까지 서론을 간단히 설명했으므로 이제 본격적인 이야기로 들어갈 차례다.

"그런데 이 장면에서 꼭 다루고 넘어가야 할 중요한 주제가 있지. 바로 '태교胎敎' 주제야."

"태교? 임산부가 임신 중에 태아를 가르치는 것?"

"맞아. 바로 그거야."

"으잉? 그건 내 전공 분야인데. 내가 항공관광 과목을 수강 중인데 말야. 요즘 여행사들에서 한창 마케팅하는 관광 상품이 뭔지 알아? 바로 태교여행이거든. 항공사든 여행사든, 태교여행 상품을 팔려고 얼마나 난리법석인데!"

"그래? 태교여행이라… 나는 남자라서 그런지 별로 실감이 안 나네."

"그 심정 이해해. 이런 건 여자들만이 예민하게 받아들일 수 있지, 남자라면 좀 실감이 안 나겠다, 그치?"

손혜교는 예상 외로 자기가 잘 아는 주제가 튀어나오자 눈에서 생기가 반짝거리기까지 한다.

"나도 여자지만 나이가 아직 안 돼서 그런지, 얼마 전까지만 해도 '태교' 그런 이야기에는 큰 관심이 없었거든? 그런데 지난번에 TV 과학 다큐에서 태아의 성장과정을 자세히 보여주는 거야. 태아의 성장과정 같은 건 여고 시절에도 대강 배웠던 것이라 그냥 그러려니 생각했는데, 그 다큐는 수준이 말도 안 되게 높더라고. 요즘 컴퓨터 그래픽 기술이 좀 발전했어? 최신 컴퓨터 그래픽 기술을 총동원하여 태아의 성장과정을 주간별, 월간별로 생생하게 보여주는데, 과학 다큐라면 딱딱해서 거의 안 보던 내가 도저히 눈을 뗄 수가 없었다니깐! 이거 믿어져?"

"음… 충분히 믿어지는데?"

신이 나서 떠들어대는 손혜교의 흥분에 나까지 전염되는 듯한 느낌이 들었다.

"과학 다큐에서 특히 기억나는 점은 말이야. 임신 후반기에 들어서면 태아가 귀도 들리고 빛도 감지하고 촉각도 느끼고, 온갖 감각기관이 갖춰지고, 나중에는 감정까지 느낄 수 있게 된다는 거야. 그냥 조그마한 사람이 되는 거지, 엄마 뱃속에서!"

아무래도 손혜교의 말에 뭔가 제동을 걸지 않으면 한도 끝도 없이 이어질 것 같았다. 태교 주제로 다시 돌아갈 차례였다.

"너, 전번에 김영수 감독과 만났을 때 사임당 당호에 관련된 이야기를 대충 전해 들었다면서?"

"응, 그랬지. 은나라와 주나라의 다툼, 태임과 주 문왕, 은나라 주왕이 폭군이었다, 뭐 그런 내용이었지. 사람들 이름이 너무 많이 나와서 좀 헷갈리긴 하지만, 아무튼 대충의 줄거리는 감독님한테 전해 들었어."

"그럼 여기서…… 내가 한 가지 퀴즈를 내볼게. 중국 문화권에서 '태교'를 처음 실시했다고 알려진 여성은 누구였게? 힌트는, '사임당'이라는 당호와 직접 관련되는 여성이지."

"사임당과 관련돼? 사임당이라…… 사임당의 뜻은 '태임을 본받는다' 뭐, 그런 뜻인데…… 아, 알았다! 바로 태임이네, 맞지?"

"딩동댕. 너, 추리력도 아직 살아 있네."

"뭐, 추리력은 내가 별로 떨어지지 않지. 중학생 때 아가사 크리스티의 추리소설을 몇 권 봤거든."

손혜교가 히히 웃으면서 커피 빨대를 맛있게 한 모금 빤다.

"그럼 태임의 태교에 대해서 본격적으로 설명하기로 하지. 그 전에 미리 짚어둘 얘기가 있는데… 태교라는 건 모든 여성들이 임신했을 때 생각하게 되는, 태중의 아기 교육이거든. 뱃속의 아기를 생각할 때 몸가짐을 함부로 할 엄마는 하나도 없잖아? 여자에서 엄마가 되는 것이니만큼 아기를 위한 생각을 많이 할 수밖에 없거든. 음식을 먹을 때도 아기에게 좋은 것을 찾아 먹게 되고 걸음걸이도, 잠을 잘 때도, 이야기를 할 때도 아기에게 좋고 도움 되는 이야기만 하려고 하지. 그래서 말인데, 중국에서 태교를 처음 했다고 알려진 태임이지만, 사실 생각해보면 세상의 모든 엄마들이 태교에 신경을 쓴다는 걸 알고 이야기를 들어달라는 거야. 알았지? 그럼 시작한다?

우선 '시경'에는 이렇게 나와. '태임의 성품은 단정하고 한결같으며 장중하여 오직 덕을 행했다. 문왕을 임신해서는

> 눈은 사악한 빛을 보지 않았고
> 귀는 음란한 소리를 듣지 않았으며
> 입은 오만스런 말을 하지 않았다.
> 서 있을 때는 발을 헛딛지 않고
> 다닐 때는 걸음을 천천히 하며
> 자리가 바르지 않으면 앉지 않고
> 고기도 바르게 베인 것이 아니면 먹지 않고
> 밤이면 소경으로 하여금 글을 읽고 시를 외우게 하여
> 마음을 화락和樂하게 하였다.'

또, 중국 한나라의 유향劉向이 지은 '열녀전烈女傳'이나 '소학'에도 이와 비슷한 내용이 실려 있지. 태임이 태교를 엄격히 했다는 내용이야.

이런 정도의 책들은 아마 사임당이 10대 시절에 다 마스터했을 거야."

"그랬어? 그렇다면 신사임당도 태임을 본받겠다고 했으니, 태교를 엄격히 했겠네?"

"물론이지. 이율곡의 '성학집요聖學輯要'에서도 태교의 중요성을 이렇게 강조하고 있지. '옛날에는 부인이 아이를 임신하면 옆으로 누워 자지 아니하고, 비스듬히 앉지를 아니하였으며, 외발로 서지 아니하고, 맛이 야릇한 음식은 먹지 아니하였다. 자른 자리가 바르지 아니한 음식은 먹지 아니하고 자리가 바르지 아니하면 앉지 아니하였다. ……잠자는 일, 먹는 일, 앉는 일, 서는 일, 보는 일, 듣는 일, 말하고 행동하는 일이 하나같이 모두 다 올바라야만 자식을 낳으면 그 형체나 용모가 단정하고, 재주가 남보다 뛰어나게 된다.'

아무튼 이런 태교는 조선 시대를 통틀어 왕실에서도, 사대부 집안에서도 매우 강조한 덕목이었지."

"그래? 그렇다면 사임당이 현모양처의 대명사로 유명한 건 맞는 이야기네 뭐. 태교를 저렇게나 엄격히 실행했다며? 나라면 아마 숨이 막혀서 까무러쳤을 텐데 말이야."

"사임당이 태교를 엄격히 실행해서 현모양처의 대명사다, 네 말뜻은 이거지?"

"맞아, 바로 그거야."

"음… 아까 얘기했듯이 세상의 모든 엄마들은 뱃속의 아기를 위해서 생각하고 행동하는 게 맞거든. 이율곡의 성학집요에서도 '옛날에는 부인이 아이를 임신하면'이라고 했잖아? 유교 사상에서 아녀자의 도리, 사대부 양반가 여성의 행실을 이야기할 때 중요시하던 게 태교인 거야. 사임당도 엄마로서 태교에 더욱 신경을 쓴 것이고.

그런데 나는 네 말에 대해서는 절반만 동의하고, 나머지 절반에 대해서는 다른 의견을 갖고 있어."

"다른 의견? 그게 뭔데?"

"이건 '사임당'이라는 당호에 대해 생각할 때와 일맥상통한데 말이지. 한마디로 내 의견의 핵심을 정리하자면, '사임당'도 그렇고 '태교'도 그렇고, 이런 주제들에 대해 생각할 때는 '정치적인 의미'까지 아울러 고려해야 한다는 거야. 그냥 단순히 자기 수양이나 윤리 도덕적인 측면뿐만 아니라 정치적인 측면까지 아울러 고려해야 한다는 거지. 사임당이라는 당호에 대해 생각할 때도 은나라와 주나라 간의 쟁탈의 역사를 고려하듯이 말이지."

"정치적인 의미… 정치적인 측면… 아고, 머리 아퍼! 좀 쉽게 설명해줄래?"

손혜교는 자기 이마를 짚으며 이맛살을 잔뜩 찡그린다. 이럴 때 보면 배우 수업을 받은 게 어느 정도 효과가 있는 것 같다.

"정치적인 의미. 이건 유학에 대한 상식이기도 해서 이해하기가 별로 어렵지 않은데?

공자를 한번 생각해봐. 공자가 '어질 인仁'을 강조했고 '군자君子의 길'을 제시했고 윤리 도덕을 주창했고 해도 말이야. 어디까지나 공자는 진정한 왕도王道 정치를 꿈꾸며 천하를 돌아다녔던 정치 사상가였어. 자신의 정치적 이상을 실현시키려고 말이야.

맹자는 또 어땠는데? 만약 군주가 탕왕湯王이나 주왕紂王처럼 엄청난 폭군이라면 역성혁명易姓革命도 가하다고 주창했잖아? 대단히 혁신적인 정치 사상가 아냐?

　그런데 점차 왕조의 권위를 강조하고 사회의 신분차별을 고착화시키려는 기득권층이 이와 같은 정치적인 의미를 배제하고, 자기 수양이나 윤리 도덕 같은 것만 주구장창 주장하거든? 왜냐하면 정치적인 의미를 강조하다 보면, 자칫 자기 기득권이 침해받을 수 있거든? 그러기에 충효忠孝입네, 양반과 상놈은 원래부터 다르다네, 남녀 7세 부동석입네, 하면서 기존의 왕조질서나 신분차별 같은 걸 고착화시키려 하는 거지.

　아무튼 내 의견은, 이와 같은 과정을 거슬러 올라가 유학의 본류에까지 가보면 '정치적인 의미'가 다 담겨 있다는 거야. 사임당이라는 당호도 그렇고, 태교도 그렇고. 태임이나 신사임당은 매우 현명하고 덕 있는 여성들이라, 분명히 태교에도 정치적인 의미를 집어넣었을 거야. '정치적으로 바른 것'을 보고 듣고 말하고 행동한다, 뭐 이런 식이었겠지."

　"그래…? 뭔가 그럴 것 같기도 하고 아닌 것 같기도 하고, 알쏭달쏭하네. 암튼 내 머리로는 너무 어려운 내용인데."

　"아마 지금은 좀 어렵게 느껴질 수도 있겠지. 하지만 다음 주제를 살펴보면 좀 더 그림이 명확해질 거야."

　"다음 주제?"

　"사임당은 7세 무렵부터 외할아버지 이사온에게 가례嘉禮도 배웠거든. 이후에는 신명화로부터도 교육을 받았지."

　"가례? 그건 또 뭔데?"

　손혜교는 불쑥 장난치고 싶은 단어가 나왔는데 억지로 참는다는 표정이었다. 유사한 발음의 다른 단어를 내는 개그를 하고 싶었던 모양이다.

"조선 시대에도 지금과 마찬가지로 혼례婚禮는 인간사의 큰 행사였거든. 그런데 왕실의 혼례는 뭐라고 불렀을까? 그걸 가례라고 부른 거야."

"아!"

"조선왕조실록에 의하면, 조선 시대 전기부터는 왕실에서 이뤄지는 혼례를 치르기 위해 '가례도감'을 만들었고, 또 『가례도감의궤嘉禮都監儀軌』를 만들어서 그 모습들을 그림으로 남겼거든. 그런데 아쉽게도 조선 시대 전기에 만들어진 의궤 중에 전해지는 것은 없어. 그나마 전해지는 게 1627년(인조 5년) 12월 27일 소현세자1612~1645와 문신 강석기의 딸 강빈姜嬪의 혼례를 기록한 『소현세자가례도감의궤』(소현세자 가례 반차도 : 규장각 도록)[20]가 있어."

"근데?"

"응?"

손혜교는 뭔가 궁금한 게 있기는 한데 우물쭈물만 할 뿐, 입 밖으로 쉽게 꺼내지 못하는 모습이었다.

"괜찮아, 말해봐."

"그래, 뭐. 궁금한 건 궁금한 거니까. 가례라는 게 조선 왕실의 혼인 예법이었다며?"

20 서울대학교 규장각한국학연구원, 의궤이야기, 조선왕실 결혼의 이모저모- 가례도감의궤(신병주 글)
kyujanggak.snu.ac.kr/center/content/kingdead1_view.jsp?id=1808&type=37

"맞아."

"그런데 신명화는 왜 가례를 사임당에게 가르친 거야? 조선의 왕실은 아니었잖아? 차라리 고려의 왕실에 가까웠다면 몰라도."

나도 가졌던 의문이었다.

고려 개국공신 가문의 전통을 따른다면 고려의 혼인 풍습대로 서류부가혼婿留婦家婚을 따르는 게 맞다. 혼인을 한 후 신랑이 처가에서 일정 기간 사는 방식이다.

게다가 고려 시대에는 여성들에게도 재산 상속이 이루어지기도 했고 남녀평등이 어느 정도는 보장되기도 했다는 걸 확인할 수 있는데, 신명화 가문에서도 사위가 신부 집에 들어와 사는 이와 같은 풍습을 따랐다.

고려의 뒤를 이은 조선 초기 무렵엔 고려 풍습을 그대로 유지하는 사람들이 많았음을 짐작할 수 있는 대목이다.

그리고 고려 시대엔 왕실에서 근친혼을 하는 경우가 많았다.

왕족끼리 혼인을 한다는 의미다. 신명화나 이사온, 강릉 최씨 모두 고려 개국공신 가문의 후손이라는 점에서도 이와 같은 풍습이 어느 정도 행해졌음을 알 수 있다.

고려 왕실의 근친혼 방식은 왕권을 강화하기 위한 결속력을 다지기 위해서라는 평가도 있는데, 그렇다면 신명화와 이사온, 그리고 이원수에 이르기까지 모두 고려 개국공신 가문의 후손들이었다는 점에서 보자면 그들 가문의 결속력을 다지기 위한 혼인이었다고 볼 수도 있다.

그런데 왜 '가례'일까?

신명화가 사임당에게 가례를 가르친 이유가 무엇일까? 조선 시대에 살고 있으니 조선의 양반 사대부 가문 여성으로서 왕실의 혼례에 대해 알아야 한다는 기초교양으로서 가르쳤을까? '가례'란 건 무엇이고, 사대부들에게는 어떤 영향을 미쳤을까?

손혜교의 반문을 들으며 나도 한동안 의문을 품었던, 사임당이 '가례'를 배운 이유에 대해 다시 생각하게 되었다.

"응. 가례라는 건 왕실의 혼례 의식을 뜻하는 말이지. 그런데 재미있는 건 왕실에서 혼례를 치를 때는 법도를 따라야 했대."

"법도?"

"응. 우선 전국에 금혼령禁婚令이라고 해서 백성들에게 혼인하지 말라는 명을 내렸고."

"세상에!"

손혜교가 기가 막히다는 표정이었다.

"전국의 처녀들의 이름을 적어 왕실로 보내라는 '처녀단자'를 만들라고 했대."

"처녀단자?"

"처녀들이 누구누구가 있는지 왕실로 올려라, 이것이지."

"왜?"

"왕실에서 고르겠다 이거야. 왕비로 삼겠다고."

"뭐래? 조선판 신데렐라야? 신분 급상승이야?"

손혜교가 커피를 홀짝였다. 아무래도 혼인 이야기가 나오자 조금이나마 관심이 생겼던 모양이다.

"하지만 본부인의 딸이 아닌, 둘째 부인이거나 셋째 부인처럼 종실(둘째 부인부터 지칭하는 단어)의 딸이거나, 전주 이씨의 딸이거나, 과부의 딸이거나 첩의 딸 등은 처녀단자에 이름을 올리면 안 된다는 거였어."

"이야, 대박이네. 완전차별 아냐, 그거? 왕실 혼인이라서 그런가?"

"아무튼. 근데 처녀단자에 이름을 올리려는 처녀들이 많지 않았다는 게 문제야."

"왜? 그거 한 번 잘되면 졸지에 왕비가 될 수도 있던 거 아냐?"

"물론 가능한 일이었지. 하지만 워낙 복잡하고 돈도 많이 들어서 많은 사람들이 하고 싶어도 실제로는 할 수가 없었대."

"예나 지금이나 그놈의 돈이 문제네."

"그런데 처녀단자에서 왕실의 선택을 받는 걸 '간택'이라고 불렀는데, 간택을 받기만 하면 팔자가 확 달라졌다는 거야."

손혜교가 나를 바라보는 그 자세에서 자신도 모르게 침을 꼴깍 삼키는 듯했다. 긴장되었을까? 마치 자기가 왕실의 간택을 받는 상상을 했는지도 모른다.

"사도세자의 아내로 간택을 받은 여자가 있었지?"

"혜경궁 홍씨?"

"그래. 혜경궁惠慶宮 홍씨洪氏가 지은 글이 '한중록'에 기록된 내용[21]인데, 간택을 받게 되자 갑자기 찾아오는 손님들이 엄청 많아졌다는 거야. 조선 시대나 지금이나 권력에 줄을 대려는 사람들이 많았던 것은 똑같아."

"혜경궁 홍씨는 헌경왕후獻敬王后를 말하는 거 아냐?"

21 서울대학교 규장각한국학연구원, 의궤이야기, 조선왕실 결혼의 이모저모 - 가례도감의궤(신병주 글)
　　kyujanggak.snu.ac.kr/center/content/kingdead1_view.jsp?id=1808&type=37

"맞아. 1735년부터 1816년까지 살았으니까 조선 시대 후기의 인물이지. 영조의 둘째 아들인 장조莊祖, 사도세자의 아내이자, 정조의 어머니로 유명하잖아?"

"아니, 내가 혜경궁 홍씨에 대해 잘 아는 이유는, 전에 사귀던 오빠가 풍산 홍씨豊山 洪氏라고 그러면서 자기네 가문이 유서 깊은 양반가라고 엄청 허풍을 떨어댔거든. 세상에! 이래서 사람 일이란 게 모른다니까. 어쩜 옛날에 사귀던 남자에게 들은 말이 이럴 때 생각이 나냐? 참내!"

"대박사건이네."

손혜교는 잠시 생각을 하는 듯 입을 꾹 다물었다. 그리고 잠시 후, 나를 바라보며 다시 입을 열었다.

"그럼 뭐야? 신명화는 사임당이 조선 왕실에 간택이라도 받길 바랐던 거야?"

"전혀 불가능한 일은 아니었겠지?"

"어쩜!"

"사임당 가문은 시댁이나 친정을 둘러보더라도 고려 개국공신 가문이야. 고려 시대에 권세를 누렸던 집안이라는 것이지. 그러면 조선 시대에 들어서서는 어떤 생각을 했을까? 가문을 부흥시키려면 과거에 급제하여 높은 관직에 오르거나, 아니면 권세 있는 가문과 인척관계를 맺거나 해야 하거든. 그런데 이사온이나 신명화가 그 두 가지를 다 달성하지 못했다면?"

"딸을 내세워서 왕권 가까이 간다?"

"전혀 아니라고는 말 못하겠지."

"근데 신명화는 왕권 접근이라는 목표가 있었다고 보기엔 너무나 동떨어진 이원수를 사위로 받아들였는걸. 신명화 스스로가 진사에 올랐던 게 전부여서 그런지 사윗감을 데려왔지만 사위도 결국 과거시험 공부를 포기했잖아?"

"신명화는 1519년 기묘사화에 엮여서 옥살이를 하고 나온 이후부터 강릉 처갓집에 눌러앉았고, 3년 후에는 사임당을 혼인시켰지. 이즈음부터 뭔가 권력에 대한 접근방식을 달리하게 되지 않았을까?"

이사온과 사임당, 신명화와 사임당의 관계를 외할아버지와 손녀 사이이거나 아버지와 딸의 사이만으로 보기보다는 조금 더 큰 그림을 그릴 수 있었다.

힘을 잃은 가문의 남자들이 사임당을 통해 권위와 권세를 되찾고자 했던 것은 아닐까? 여성의 사회 진출이 막혀 있던 시대인데도 한사코 사임당에게 글을 가르치고 그림을 가르친 이유가 그것이 아닐까?

성리학을 가르치고 가례를 배우고 익히게 한 것은 후일을 대비하기 위해서가 아니었을까?

손혜교와 헤어진 후 집으로 돌아와, 사임당 관련 자료를 뒤적거릴 때였다. 이사온과 신명화 시대의 정치적 배경을 훑어보다가 그 시기의 정치적 격변이나 왕비의 이야기가 눈에 들어왔다. 연대로는 1430년~1500년경이 될 것 같다.

'아, 정희왕후貞熹王后.'

그러고 보니 생각났다.

정희왕후는 파평 윤씨 윤번의 딸로서 1418년생으로 1483년까지 생존한 인물이다. 한 가지 특이한 점은 11세이던 해 1428년에 세종대왕의 둘째 아들인 진평대군(훗날의 수양대군)과 혼인을 했다는 점이다. 그리고 1469년부터 1476년경까지 어린 나이에 왕위에 오른 손자 '성종'을 대리하여 수렴청정垂簾聽政을 한 여성 아닌가?

'어쩌면 이사온이나 신명화는 세월이 흐르다 보면 언젠가는 여성도 나랏일을 할 수 있는 날이 올 것이라는 생각을 했는지도 몰라. 세조의 왕비 정희왕후의 역사를 이사온이 몰랐을 리가 없거든. 가례를 가르친 이유? 그래, 기대해볼 만하지. 정희왕후라면 어떤 인물이야? 수양대군이 계유정난癸酉靖難을 망설이는 걸 보고 직접 갑옷을 입혀서 뜻을 실행에 옮기라며 등까지 떠민 여성이잖아? 나중에 수양대군이 왕이 되면서 왕비가 된 인물이고.'

이사온과 신명화는 신사임당에게 현모양처 이상의 큰 이상을 품으라고, 그들 자신이 신사임당에게 기대를 크게 하면서 글을 가르치고 유학과 가례를 배우게 했는지도 모른다. 호를 사임당으로 지은 것도 신인선 본인이 아니라 아버지와 외할아버지가 아닐까, 의문이 든다.

신사임당이 어머니 용인 이씨를 그렇게 그리워한 이유도 애초에 자신의 뜻과 다른 길을 걷는 자신의 삶을 돌이켜 보면서 아내로, 엄마로 살아가는 친정어머니가 부러웠을 수도 있다. 어머니 앞에서 바느질을 하길 원하는 평범한 딸로서 말이다.

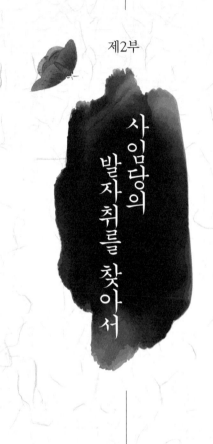

제2부

사임당의 발자취를 찾아서

파주 두문리에 사임당 묘소가 있었다는 기록은 송시열이 쓴 '신사임당 묘갈'에 명확하게 기록되어 있어서 정말 다행이야. 그 지명은 바뀌지 않았거든. 신사임당 묘갈의 첫 구절이 '파주의 두문리'라는 위치를 명확하게 표기하고 있어. 하지만 문제는 옛 지명과 현재 지명이 다르다는 거야. 그래서 옛 지명이 요즘 어느 곳을 말하는지 그것을 알아야 하는 게 중요하지.

남편 '이원수'와의 줄다리기
강해지셔야 합니다

申

師

任

堂

"우리 2차 미팅 하셔야죠?"

김영수에게 연락이 온 것은 첫 만남 이후 몇 주가 흐른 뒤였다.

일전에 사임당 관련 자료가 있다며 불쑥 연락을 해와 반가운 마음에 만나긴 했었지만, 정작 그는 에스프레소만 홀짝이다가 다음에 자료보충을 더 해가지고 다시 만나자며 헛헛하게 헤어졌었다.

"작가님. 제가 이번엔 사임당 관련 자료를 찾으면서 신명화와 이원수에 대해 좀 알아봤어요."

"그래?"

"지금 상태로는 신명화에 대한 자료는 아직 좀 더 찾아야 하고요. 그보다 먼저 사임당의 남편 이원수에 대해 궁금해서요."

혹시 사임당 관련 영화를 준비하는 중일까?

김영수는 사임당 관련 자료를 찾으면서 이원수에 대해 궁금하다고 말했다. 내가 집필 중인 사임당 관련 추가 자료가 아니라 김영수 스스로가 궁금한 부분이 생겼다는 의미다. 영화감독이 궁금하다는 건 뭔가 작품을 준비한다는 것과 마찬가지가 아닐까.

"이원수는 사임당과 왜 혼인했을까요?"

물음부터 색달랐다.

김영수는 그동안 나의 허를 찌르는 질문을 준비한 걸까? 사람이 생각하는 방향을 조금만 틀어주기만 해도 이전의 통념들이 흔들린다는 것, 결과적으로는 같은 내용일지라도 그 순간만은 완전히 새로운 것으로 받아들여진다는 이치를 깨닫게 된 것인지도 모른다.

"질문이 신선한데? '사임당은 왜 이원수랑 혼인했을까?'가 아니고 이원수 입장에서 생각하는 거네."

"그러니까요, 제 말은."

김영수가 웃는다.

영화에선 이런 상상을 '반전효과'라고 한다. 관객의 예상과 정반대의 결과를 내놓는 것. 그 순간 영화감독들은 관객과의 게임에서 이기는 즐거움을 맛보고, 색다른 쾌감을 느끼게 마련이다.

김영수는 잠자코 내 얼굴만 또렷하게 쳐다봤다. 뭔가 기대하는 대답을 해달라는 눈치다.

"음, 그 문제는 이원수의 혼인 후의 삶을 통해서 생각해봐야 해."

"네? 혼인 후의 삶이요? 저는 이원수가 사임당과 혼인을 왜 했을까가 궁금한 건데요?"

"그러니까."

"무슨 이야기인지 이해가 잘 안 되어서요."

이원수가 어떤 마음가짐으로 사임당과 혼인하게 되었는지 기록이 없는 탓이다.

이원수가 홀어머니랑 살아가는 상태였다고는 하지만 신명화의 혼사 제안을 듣고 기다렸다는 듯 흔쾌히 받아들였다는 건 상식이 아니다.

이원수로서도 자신의 현재와 미래, 자신의 삶에 대한 목표가 있었을 게 아닌가? 이원수가 사임당과 혼인을 하게 된 이유를 짐작해내기 위해서는 이원수와 사임당의 혼인 이후의 삶이 어떠했는지를 살펴봐야 한다는 의미다.

혼인 이후에 이원수가 살아간 궤적에 따라 혼인 전의 그의 마음을 되짚을 수가 있기 때문이다.

"이원수의 아버지는 이천李蕆, 할아버지는 이의석李宜碩, 외할아버지는 홍귀손洪貴孫이야. 이원수는 1501년에서 1561년까지 살았는데, 이 시기는 연산군 7년부터 명종 16년에 해당하고. 집은 경기도 파주시 법원읍 동문리 산 5-1번지로서 '자운산紫云山'이라고 부르는 곳이라고들 하는데, 이원수의 원래 집터가 이 주소지였는지는 좀 의문이긴 해. 아무튼 덕수 이씨는 이돈수를 시조로 해서 4대까지는 충남 아산, 7대까지는 파주 두포리, 9대까지는 사복리, 11대까지는 율곡리, 12대 이원수랑 13대 이율곡은 자운서원이라고 해서 파주의 율곡선생유적지에 묘소가 있어."

"역시. 이원수에 대해서도 공부를 많이 하셨네요."

김영수는 내가 이원수의 집터 위치에 '의문'을 가졌다는 데에 별다른 반문 없이 다음 이야기로 넘어갔다.

"22살이던 1522년에 사임당과 혼인하는데……."

이야기를 나누는 간간이 농을 치듯 웃음을 짓기도 하였는데, 나를 바라보는 김영수의 시선이 내게서 떠나질 않았다. 이전과는 다르게 김영수가 뭔가 심각하게 탐구를 하고 있다는 느낌을 받았다. 정말 영화를 준비하고 있는 것일까?

"과거에 급제하지는 못했지만 음서蔭敍로 벼슬길에 나서게 되는데, 정6품에 해당되는 사헌부 감찰에 올랐다가 1550년에는 그보다 한 단계 더 높은 종5품 수운판관水運判官[22]에 오르거든. 그리고 1561년 5월 14일에 세상을 등지는데, 사임당이 죽은 후 꼭 10년째야. 사후에는 종1품에 해당되는 좌찬성에 증직되었어. 아 참, '증직'이란 건 알지?"

"그럼요. 사후에 벼슬을 올려주는 거잖아요?"

"그런 의미지."

나의 생각이 크게 다르지 않았다. 김영수는 이원수에 대해 나름대로 많은 자료를 찾아 연구를 했음에도 구태여 나를 찾아와 묻고 있다는 느낌이 들었다.

"그런데 신명화가 이원수를 사위로 받아들인 가장 큰 이유는 '사임당의 재능을 발휘할 수 있게 해주어야 한다'는 거였어."

"아내가 내조를 하는 게 아니라 남편이 외조를 해야 한다, 뭐 그런

22 조선 시대 경기도관찰사 소속 직책으로 세곡의 운송 지휘/감독 등 한강수운 담당
    한국학중앙연구원, 한국민족문화대백과사전

의미겠네요?"

"그런 셈이지."

"그렇다면 사임당과 혼인하기 전에는 이원수의 가정 형편이 많이 어려웠나 봐요."

"아버지를 일찍 여의어서 홀어머니 밑에서 자랐고, 벼슬길에 나가지도 못했던 터라 당연히 생활 형편이 어려웠겠지."

"신명화가 그런 사위를 들이려 한 데 대해 가족들이 반대하진 않았을까요?"

"반대했겠지. 사람을 제대로 볼 줄 모른다고 하기도 했겠고."

"사임당 당사자도 불만족스러웠을 것 같아요."

"신명화의 아내인 용인 이씨도 크게 만족스런 사윗감은 아니라고 여겼을 거야. 어린 사임당에게 안견의 그림까지 직접 구해다가 그림 공부를 시켰을 정도인 걸 보면 이 가문의 재력을 가늠해볼 수 있거든."

여기서 신명화가 딸의 사윗감으로 이원수를 선택한 이유를 생각해보자면, 표면적으로는 '사임당의 재능을 발휘하게 해줄 만한 사윗감을 골랐을 것이다'라고는 하지만 그건 그렇게 쉽게 납득될 수 있는 부분이 아니다.

아버지도 여의고 돈도 없는 남자가 능력 있는 여자를 위해 해줄 수 있는 일은 과연 무엇이었을까? 그저 아내가 추구하는 길이 옳다고, 아내의 재능이 뛰어나다고 믿으면서 묵묵히 성원해주는 것 외에 다른 무엇이 있었을까? 신명화는 사임당을 이끌어줄 사위를 고른 게 아니라, 사임당의 뜻에 순종할 수 있는 사위를 찾았을 것으로 생각된다.

또 이원수를 사윗감으로 선택한 두 번째 이유로는 이원수의 가문 배경을 들 수 있다. 신명화는 고려 개국공신 가문의 후손이라는 점을 무척 중시했기 때문에 사위의 가문도 고려해야 했을 것이다. 권위와 가문의 세를 중시할 줄 아는 사람이어야만 했는데, 이원수의 덕수 이씨 가문이 그 조건에 맞아떨어졌을 것이다.

만약 사위의 가문이 너무 초라하거나 품위를 알지 못하면, 사임당의 재능을 키워주기는커녕 오히려 무시하고 홀대할 게 분명했다. 이와 반대로 너무 지체 높고 떵떵거리는 권세를 갖춘 가문이라면, 가문의 체면을 우선시하면서 며느리의 예술적 재능 따위는 한낱 부녀자의 소일거리로 전락시킬 수도 있었을 것이다.

"그런데 이원수의 할아버지가 이의석이었잖아? 이의석은 세종 시절의 집현전 학자였던 해주 최씨 최만리崔萬理의 사위로서 종6품 현감 벼슬을 지냈어. 최만리가 누구냐 하면, 해주 최씨의 시조인 최충崔沖의 12대 후손이었거든."

"해주 최씨요?"

"응. 해주 최씨의 시조인 최충崔沖: 984~1068[23]은 고려 문종 대의 명재상으로서 고려에 유학 열풍을 일으킨 장본인이지."

"아하!"

김영수가 그제야 고개를 끄덕였다.

신명화가 이원수를 사임당의 배필로 택한 이유는 고려에 유학 열풍을 일으킨 정승의 후손이자 고려 개국공신 덕수 이씨의 후손이라는 점

23 박영규, 한권으로 읽는 고려왕조실록 (도서출판 들녘, 1996) 178쪽

도 있었다는 이유다.

학문을 알고 가문의 품위를 지킬 수 있는 사람이지만 홀어머니 밑에서 외아들로 자랐던 이유도 컸을 것이고, 장인 집에서 처가살이하는 것을 받아들일 수 있는 사윗감으로서 사임당에게 시집살이를 시킬 만한 가족들도 없었다는 점을 장점으로 생각하게 되었을 것으로 보인다.

"이원수로서는 신명화의 제안을 거절할 이유가 없었겠네요. 홀어머니 슬하에서 어렵게 살던 터라 별다른 선택의 여지도 없었을 것 같고요. 그래도 저라면 홀어머니 걱정돼서 처가살이는커녕 신부에게 '친가로 들어가서 살자'고 강력히 주장했을 것 같은데 말이죠."

"그럼 사임당은 흔쾌히 남편감으로 받아들였을까?"

"삼강오륜도 배웠고 소양교육도 받았는데 아버지 분부라면 좋든 싫든 거의 받아들여야 하지 않았을까요?"

"글쎄, 그건 조금 더 연구를 해봐야 할 거야. 우선 사임당이라는 당호를 봐. 지난번에 우리 이야기했었잖아? 신사임당에 대해선 우리가 아직 모르는 게 더 많을지 모른다고."

내 말에 김영수는 가타부타 하지 않고서 다음 화제로 넘어갔다.

"결국 이원수는 1522년 8월 20일, 사임당과 혼인을 하게 돼요. 그런데 같은 해 말에 신명화가 그만 세상을 떠나고 말죠."

"공교롭게도 그렇게 됐지."

"자신을 사위 삼았던 장인이 세상을 떠나서였을까요? 이원수는 혼인 초엔 당시 풍습대로 처갓집에서 살았지만 얼마 후엔 한양으로 올라오잖아요? 사임당도 남편과의 관계가 멀어지는 걸 염려해서 아버지 3년 상을 마치고 한양으로 올라오죠."

"정확히 말하면 한양(서울)이라기보다는 시댁이 있는 경기도 파주군 율곡리로 오지. 이원수의 선대부터 살던 곳이라, 그래서 시댁이었던 거야. 하지만 기록이 명확한 게 없어서 사임당이 언제부터 언제까지 파주 어느 곳에 살았는지는 확실하게 알 수가 없어. 이원수랑 사임당이 살던 곳이 율곡리 어느 위치인지, 정확한 번지수 기록이 없어서 그래."

"아하."

김영수가 고개를 끄덕였다.

그리고 자신의 스마트폰 화면을 켜고 메모장 기능을 실행시키더니 이런저런 자료를 훑어본다. 이전처럼 서류봉투를 들고 오지 않은 걸 보면 자료를 스마트폰에 입력시켜놓은 모양이다.

"그러니까 다시 추리를 해보면……."

"추리?"

"역사는 미스터리잖아요? 그래서 한번 추리를 해보려고요."

"출처가 없고 기록이 없는 경우라면 모르지만, 역사는 어디까지나 인문학이야. 철저히 고증된 기록에 의해서만 역사로 인정하는 게 요즘 추세거든."

"네, 알았어요. 아무튼 추리를, 아니 생각을 해보면……."

"그 정도 표현이 적당할 것 같군."

"강릉에서 혼인을 했는데 마침 그 해에 장인이 죽는 바람에 이원수가 곧장 파주로 올라오지 못하고 강릉에 머물렀다는 거예요. 사임당도 부친의 3년 상을 마치고 파주로 왔다는 것이고요."

"강릉에 친정어머니 용인 이씨가 있었지. 그래서 파주하고 강릉을

오가면서 생활할 수밖에 없었어. 그러다가 길이 너무 멀고 왕복하는
데 시간도 많이 걸리다 보니, 이원수에게 부탁해서 중간 지점에 집을
얻기도 했거든."

"거기가 강원도 평창군 봉평면 백옥포리, 맞죠?"

"딩동댕."

김영수는 내가 칭찬 겸 맞장구를 쳐주자 활짝 웃는다. 그동안 공부
좀 했다는 표시다.

"그러다가 사임당이 38세가 되던 1541년엔 시어머니 홍씨가 연로
하여 시댁 살림을 도맡아야 했기 때문에 친정어머니에게 하직 인사를
올리고 완전히 강릉을 떠나오게 돼요. 이 시기에 머문 곳이 한양의 수
진방壽進坊이라는 동네인데, 요즘으로 말하자면 서울 종로구 수송동하
고 청진동 일대에 해당되는 곳이고요."

"맞아. 그러다가 48세가 되던 1551년엔 서울 종로구 삼청동쯤으로
이사를 했는데, 마침 그 해에 남편이 수운판관으로서 큰아들 선과 셋
째 아들 이율곡을 데리고 평안도로 출장 갔을 때 그만 병이 도져 세상
을 떠나고 말았지."

김영수는 고개를 끄덕이며 '아하'하고 낮은 탄식을 내뱉었다.

"왜? 뭔가 알아냈어?"

"이원수는 어쩌면 대단한 사람이었을지도 모르겠네요."

"어째서?"

"보세요. 어느 날 신명화가, 훗날 장인이 되는 사람이 와서 사임당과
의 혼인을 제안하죠. 그 순간 이원수의 속마음이야 어땠을지 모르지만
일단 수락을 하고 혼인을 하는데, 강릉에서 처가살이를 합니다."

"그렇지."

"그런데 그 해에 장인이 세상을 떠나요. 그 후 이원수는 파주 친가로 올라와서 생활을 해요."

"그 이유는 신명화하고 이사온의 관계에 유추하여 생각해볼 필요가 있어. 처가에서 이원수에게 과거시험을 준비하라고 물심양면으로 도움을 준 것이거든. 그냥 파주 친가에서 산 게 아니고, 처갓집의 지원 아래 과거시험 공부에 매진한 셈이지."

"그러다가 아버지 신명화가 세상을 등지자 사임당은 3년 상을 치른 후 남편이 사는 파주와 강릉을 오가게 된 것이고요."

이번엔 내가 고개를 끄덕였다. 입가에 미소를 머금은 상태 그대로였다.

김영수는 내 얼굴을 쳐다보며 자신도 고개를 끄덕인다.

"이원수의 혼인생활을 보면 약속 하나는 확실히 지키는 사람이었던 것 같아요."

"왜?"

"장인이 세상에 없는 상황에서도 장인과의 약속을 지켰잖아요? 사임당이 친정에 머물 수 있도록 해주었고요."

"그런데 이원수는 과거에 급제하기 위해서 친가에 머물며 계속 공부를 하던 중이었어. 나이가 들면서 생각이 바뀌거나 하진 않았을까?"

"생각이 바뀌어요?"

이원수가 과거에 급제하기 위해 공부해야 할 분야는 실로 방대하다. 사서오경을 비롯한 유학의 기본 교재들뿐만 아니라 정치, 경제, 역사, 철학, 문학, 사회문화 등 여러 분야에 대해 폭넓은 식견을 쌓아야만 하는 것으로서 요즘의 고시시험 준비에 비교할 만큼 어려운 관문이다.

그 힘든 과거시험 공부 과정에서 어떤 일이 생겼을까?

처갓집 덕분이긴 했지만 예전보다 넉넉해진 생활형편도 그렇고, 별다른 잡념 없이 공부에 매진할 수 있다 보니 지식과 식견이 늘어갔을 것이다. 그렇지만 과거시험을 보는 족족 낙방해서 벼슬길이 요원해 보였을 것이다. 홀어머니 밑에서 가난하게 자랐던 어린 시절, 그리고 사임당과 혼인하여 처갓집의 도움으로 과거시험 공부를 해가면서 이원수는 어떤 생각을 하게 되었을까?

김영수가 조심스럽게 위아래 입술을 떼며 말했다.

"사임당의 재능과 현명함이 남편에게 꼭 힘이 되는 것만은 아니었겠죠."

"그리고 또?"

"유교에서 이야기하는 '현모양처'와 자기 아내의 모습은 사뭇 다르다고 생각했을 거예요."

이번에도 다시 내가 고개를 끄덕였다.

"아하! 그럼 지난번에 말씀하신 대로 사임당이라는 당호를 붙인 연유에서도 이미 엿보이네요. 사임당은 현모양처라기보다는 개혁을 꿈꾸는 여걸이라고 봐야 하지 않을까요? 어릴 때부터 사임당 스스로 자기 꿈을 키웠다기보다는 이사온이랑 신명화로부터 교육받은 대로 성장할 수밖에 없었을 것 같아요. 안 그래요?"

"그런데 공교롭게도 당대에, 그러니까 사임당이 살던 시기에는 장녹수, 황진이, 정난정, 문정왕후 등의 여성들이 이름을 날렸거든. 비교해 보면 사임당은 그들보다는 현모양처였던 것만은 사실이지."

"그런데 이원수에게 사임당이 그랬잖아요? 과거에 합격해야 되니 앞으로 10년 동안은 서로 보지 말자, 아예 입산해서 공부해라! 그런데 이원수는 아내가 너무 보고 싶어서 다시 돌아왔고요. 그래서 비구니가 되겠다고 협박 아닌 협박까지 해가면서 남편에게 과거시험 준비를 시켰는데도, 이원수는 과거시험 응시를 아예 포기하고 한량으로 세월만 보내다가 결국 음서薩敍를 통해 관직에 올랐잖아요?"

"맞아. 실력을 인정받는 과거시험을 통과하진 못했어. 하지만 덕수 이씨 가문의 위세 덕에 족보만 보고 벼슬에 등용시켜주는 음서제도의 혜택을 받은 셈이지. 중종 임금 시절에 경재 이기, 용재 이행이라는 형제 정승의 5촌 조카가 이원수였어. 그 당시 이기는 영의정, 이행은 좌의정에 올라 있었으니 대단한 권력자들이었잖아? 음서제로 관직에 오를 수 있는 요건이 충분했다고 봐야지."

김영수가 고개를 끄덕였다. 뭔가 자신이 의문을 가졌던 부분에 대해 이제야 해답을 찾은 모양이다.

"이원수는 사임당을 무척 사랑했어요. 하지만 홀어머니 밑에서 외아들로 자라면서 받은 사랑을 자기 아내에게서도 똑같이 받고 싶었을 거예요. 그런데 사임당은 현모양처라기보다는 한 걸음 더 나아간 여걸, 또는 여장부라고 해야 할까요? 나약한 남편의 모습을 똑바로 세워주고 과거시험에 통과시켜서 버젓하게 나랏일을 하게 만들고 싶었던 거죠. 하지만 실력이 딸린 이원수는 결국엔 과거시험을 포기하게 되는데, 그러자 아내 볼 면목이 있었겠어요? 아내에게서 어머니 같은 사랑을 원했지만 아내는 남편을 강하게 만들기 위해 사사건건 다그치는 부분이 분명 있었을 거예요."

"그럼 남편 이원수가 삐뚤어지기 시작했다는 건가?"

"네. 남자를 존중해주고 받들어주는 여자를 찾아 나섰을 것이라는 가정이 가능해요."

이율곡의 심경을 더듬어 보다
33세에 얻은 3남 '이이'

申
師
任
堂

며칠 후, 홍대입구 지하철역 2번 출구 앞.

"내, 오늘은 일찌감치 2번 출구 앞으로 왔어."

"왜요? 작가님, 오늘은 9번 출구 앞의 패스트푸드점에서 뵈려고 했는데요. 제가 거기서 커피 한잔 사려고 했다니까요. 아시잖아요? 요즘 제 주머니 사정. 게다가 거기 커피가 어찌나 맛있는지! 아마 원두가 좋은가 봐요."

"됐고. 늙었다며! 무릎 아파서 9번 출구엔 못 간다며?"

"아이, 그게 아니라요."

"알았어. 아무튼 그건 그렇고. 근데, 이원수가 아내 사임당을 무척 사랑했는데 나중에 다른 여자를 만나게 되었다는 거, 그거잖아?"

"뭐랄까, 재능이 뛰어난 여자의 반전효과라고나 할까요? 아버지 신명화에게는 둘째 딸 사임당의 재능이 더없이 소중해서 어떻게 해서든지 키워주고 싶었겠지만, 남편 이원수에게는 아내의 재능이 점점 더 부담스럽게 느껴질 수도 있었다는 거죠."

"그럼 그 부부의 아들에게는 어땠을까?"

"누구요? 이율곡이요?"

율곡 이이李珥: 1536~1584는 조선의 문신이자 대학자로서 사임당과 이원수의 셋째 아들로 태어났다. 외증조할아버지 이사온부터 외할아버지 신명화, 아버지 이원수에 이르기까지 친가와 외가 모두 고려 개국공신 가문에서 태어난 이율곡의 삶은 어떠했을까?

사임당이 남편 이원수가 살고 있는 파주와 친정어머니가 있는 강릉을 오가며 생활하던 무렵이다. 사임당은 다섯째 아이 출산을 위해 강릉에 머물게 된다.

그리고 1536년 섣달.

사임당이 33세 되던 무렵, 다섯째 아이이자 셋째 아들 이율곡이 태어난다. 총명함과 영특함을 일찌감치 선보인 이율곡은 벼슬이 정2품 이조판서·병조판서에까지 오르는데, 과거시험에 아홉 번이나 장원급제했다고 하여 구도장원공九度壯元公이라는 별명까지 얻었다.

공부 잘하는 천재성 하나만은 확실하게 인증받은 이율곡, 어려서의 삶은 어떠하였을까? 아버지 이원수와 어머니 사임당의 사이에서, 파주와 강릉을 오가는 어머니의 모습에서 이율곡이 느끼고 배운 것은 무엇이었을까?

"이율곡이 16세 되던 해에 사임당이 세상을 떠나거든요. 그러니까 연도가……."

"1551년."

"아, 맞다. 그때죠."

김영수가 멋쩍은 표정으로 나를 쳐다보며 머리를 긁적인다.

"그런데 한 가지 의문점이 생기는데요. 사임당이 세상을 떠나자 이율곡이 사임당의 묘가 있는 파주 자운산에서 3년간 '시묘侍墓살이'를 하는데요, 왜 아시죠? 돌아가신 부모님 무덤 곁에서 3년간 움막 짓고 무덤 앞에 식사도 올려드리면서 상복 입은 상태로 사는 거요. 머리와 수염도 안 깎고 그래야 해요."

"응. 움막이라고 해봤자 임시방편으로 허술하게 지은 집이라서 그냥 바깥에서 지내는 거나 다름없는 셈이지. 옛날엔 시묘살이를 잘한 자식에게는 나라에서 상도 내리고 그랬지."

"네, 역시 잘 알고 계시네요."

"그런데 나로서는 그 지명이 의문인데."

"지명이요?"

김영수가 등을 의자 등받이에 기대며 오른손으로 뒤통수를 긁적거렸다.

"사임당의 묘가 파주 자운산에 있다고 그랬지?"

"네. 그래서 자운서원이잖아요? 파주 법원읍 동문리? 아니에요?"

"그와 달리, 사임당의 묘가 파주 두문리斗文里에 있다는 기록도 있어."

"네? 두문리? 그거 발음도 비슷하고 그냥 동문리랑 같은 곳 아니에요?"

화석정
ⓒ한국전통문화사진작가 정창곤

임진강이 내려다보이는 경기도 파주 파평면 율곡리에 소재한 화석정(花石亭). 경기도 유형문화재 제61호. 팔작지붕 겹처마 구조에 초익공(初翼工) 형태로 되어 있다. 이율곡의 5대조 할아버지인 이명신(李明晨)이 세웠고, 1478년(성종 9년)에 이율곡의 증조할아버지 이의석(李宜碩)이 다시 세웠다. 화석정이라는 명칭은 몽암(夢菴) 이숙함(李叔咸)이 지었는데, 건물은 임진왜란과 6·25 전쟁 때 불타 없어졌다가 1966년에 복원되었다. 현존하는 현판 글씨는 박정희 전 대통령이 썼다. (참고: 초익공이란 보 밑에서 보를 받치는 부재를 새 날개모양으로 조각해놓은 것인데, 한 개이면 초익공, 두 개이면 이익공이라고 한다.)

김영수는 도무지 내 이야기를 이해할 수 없다는 표정이었다.

"그거 알아? 이율곡이 정확하게 파주 어디에서 살았는지는 기록이 없어. 화석정을 등지고 앞을 보면 율곡4리를 포함해서 율곡리 동네이거든? 당시 그곳엔 25가구 정도가 살았는데, 이율곡의 큰형 이선의 후손들이 살던 곳이야. 그들 후손 묘지도 많고."

"네. 그럼 그 근처 어디 아닐까요?"

"그런데 이율곡의 둘째 형인 이번의 묘소는 충북 괴산에 있고, 막냇동생 이우의 묘소는 경북 구미에 있거든."

"자운서원에 모두 모여 있지 않고요?"

"응. 자운산 자락에 있다는 묘소 말인데, 사실 그 땅은 이율곡의 큰

누나인 이매창의 남편, 그러니까 조대남趙大男이라고 양주 조씨 집안의 것으로 전해지거든. 그리고 그거 알아? 이매창은 직장直長: 종6품 조대남에게 출가하고, 이매화는 파평 윤씨 윤섭尹涉에게 출가했는데 이매화의 묘소는 황해도 황주에, 윤섭의 묘소는 경기도 평택에 있어. 그리고 이매실은 홍천우洪天祐에게 출가[24]했지. 이들의 이름은 송시열이 1670년에 쓴 신사임당 묘비에 다 실려 있어."

"아하."

"그래서 이율곡은 가족묘를 만들어야겠다는 생각을 하고 매형인 조대남에게 부탁해서 자운산 자락에 가족묘를 만들 수 있었지. 그런데 묘소 위치를 보면 사임당과 이원수를 합장한 묘 위아래로 이율곡과 후손들이 감싸고 보호하는 형상으로 되어 있어. 효심 깊은 이율곡이라 죽어서도 어머니 사임당을 지키겠다고 그렇게 배치한 거 아닐까?"

"그렇다면 이율곡이 살던 곳은 자운서원 근처가 아닐까요?"

"아까 파주 두문리 이야기 했지? 두문리는 요즘 지명으로 두포리에 해당[25]되는 곳인데, 파주 법원읍 동문리 쪽이 아니라 화석정 쪽으로 율곡리와 가까운 부근이야. 이율곡이 아버지 이원수랑 어머니 사임당과 함께 살던 곳은 증조할아버지인 이의석의 묘가 있는 부근[26]이라고 보는 것이 더 설득력이 있겠지. 아마 두포리쯤으로 생각돼."

"화석정 쪽이요?"

24 파주 율곡선생유적지 이종산 소장 인터뷰, 글 이영호, 2016.7.29.
25 고지도를 통해 본 경기지명연구, 이기봉, 2011., 국립중앙도서관
     http://terms.naver.com/entry.nhn?docId=2837031&cid=55760&categoryId=55760
26 파주 율곡선생유적지 이종산 소장 인터뷰, 글 이영호, 2016.7.29.

"응. 그 화석정은 이율곡의 5대조 할아버지가 지었는데, 이율곡이 여덟 살 때 거기서 공부도 하고 시를 짓기도 했지. 지금도 이율곡의 시가 돌에 새겨져 있고, 박정희 전 대통령이 쓴 현판도 있어. 근데 지금은 뭐 그 주변에 도로도 나고 깨끗하게 정리되어 있지만, 17여 년 전만 하더라도 임진강변이라서 찾아가기가 만만치 않았던 곳이었어."

김영수가 고개를 갸웃거렸다. 아직도 이해되지 않는 점이 있다는 표시다.

"그러면 여기 자운서원은 뭔가요?"

"지금 사임당과 이원수의 묘가 있는 곳? 그건 기록을 조금 더 찾아봐야 하겠는데, 1973년에 정부에서 이율곡 유적정리 사업을 펼치게 되었고,[27] 여기에 자운서원이 생기게 된 이유[28]라고 하더라."

"아, 그럼 정확한 건 아니네요?"

"뭐가?"

"이율곡이 살던 곳이 정확히 어디인지 아직도 기록을 못 찾은 거잖아요?"

"그렇지. 율곡선생유적지로 일컬어지는 자운서원은 1615년(광해군 7년)에 유학자들에 의해 세워졌고 1650년(효종 원년)에 자운이라는 사액을 내려받았는데, 1713년(숙종 39년)에 송시열의 스승이었던 김장생, 좌의정을 지낸 박세채까지 추가로 배향하여 선현배향과 지방교육을 담당하다가 1868년 흥선대원군의 서원철폐령으로 인해서 폐쇄되

27 출처: 중앙일보 〈실록박정희시대〉4. 제1부. 김일성·이후락 회담 (1), 입력 1997.07.21 00:00
28 파주 율곡선생유적지 이종산 소장 인터뷰, 글 이영호, 2016.7.29.

율곡리 ⓒ한국전통문화사진작가 정창곤
이율곡이 부모형제들과 함께 살았던 율곡리 일대. 정확한 지번은 전해지지 않으나, 지역 주민들의 이야기를 전해 들은 바로는 화석정을 등지고 섰을 때 바로 앞 지역마을이라고 한다.

였었지. 그 후 1970년대에 이르러 이율곡의 위패를 만들고 제사[29]도 다시 지내게 된 거야.

그런데 이와는 다른 곳, 파주 '두문리'에 사임당 묘소가 있었다는 기록이 있거든."

"네?"

김영수가 두 눈을 동그랗게 떴다.

"그럼 자운서원이 있는 동문리, 이곳의 옛 지명은 뭐였을까요? 파주 두문리가 두포리였다면 여기 동문리도 뭔가 옛 이름이 있어야 하잖아요?"

29 두산백과, http://terms.naver.com/entry.nhn?docId=1192965&cid=40942&categoryId=33084

멀리서 바라본 율곡리   ⓒ이영호

율곡리에 서면 곳곳에 율곡 이이의 흔적을 찾아볼 수 있다. 이곳의 가게들마다, 도로명에서도 이율곡의 흔적이 서려 있다.

"응. 그건 동막동東幕洞[30]이라고 불렸지."

"아! 그러면 동막리가 동문리가 된 것이고, 두문리가 두포리가 된 건 가요?"

"그런 셈인데 정확하진 않아."

"정확하지 않다니요?"

"자료[31]에 의하면 두문리斗文里와 장포리長浦里가 합쳐져서 두포리斗浦里가 되었고, 동막동과 적지동赤只洞이 합쳐져서 동문리가 되었다고 나

30 고지도를 통해 본 경기지명연구, 이기봉, 2011, 국립중앙도서관
    http://terms.naver.com/entry.nhn?docId=2837031&cid=55760&categoryId=55760
31 고지도를 통해 본 경기지명연구, 이기봉, 2011, 국립중앙도서관
    http://terms.naver.com/entry.nhn?docId=2837031&cid=55760&categoryId=55760

오거든. 그런데 파주시청에 문의해보니까 두문리와 동막동이 합쳐져서 동문리가 된 거라고 하더라고. 그러면서 신사임당 묘갈에 기록된 두문리는 현재 동문리라고 본다는 거야."

"너무 복잡해요. 어쨌든 뭔가 정확한 기록이 있어야 되는 거 아니에요?"

"그렇지. 그런데 1500년 무렵에는 요즘처럼 정확한 지적도가 있지도 않았으니 어쩔 수 없는 노릇이지. 당시엔 고지도나 지리지가 전부였는데, 그래도 다행인 것은 1531년에 활자로 인쇄되어 배포된 신증동국여지승람新增東國輿地勝覽이란 게 있어. 1481년에 제작된 건데 그 당시엔 동국여지승람東國輿地勝覽이라고 불렀지. 아무튼 '신증동국여지승람'에는 전국 고을 단위까지 자세히 기재되었는데 1600년대에는 일반인들도 이용할 수 있게 되면서 조선의 지식인들이라면 누구나 쉽게 접할 수 있었지."

"그러면 그 '신증동국여지승람'을 보면 두문리가 어디였는지, 어디서부터 어디까지였는지 알 수 있지 않을까요?"

"그럴 수도 있겠지. 하지만 문제는 옛 지명과 현재 지명이 다르다는 거야. 그래서 옛 지명이 요즘 어느 곳을 말하는지 그것을 알아내는 게 중요한데, 파주 두문리에 사임당 묘소가 있었다는 기록은 송시열이 쓴 신사임당 묘갈申師任堂墓碣[32]에 명확하게 기록되어 있어서 정말 다행이야. 그 지명은 바뀌지 않았거든. 묘갈墓碣이란 윗머리가 둥글고 덮개돌

32 한국금석문 종합영상정보시스템
  http://gsm.nricp.go.kr/_third/user/search/KBD007.jsp?ksmno=149

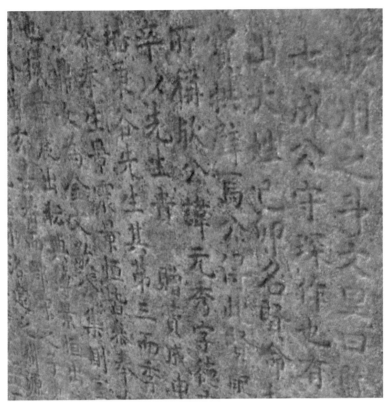

신사임당 묘갈의 뒷면 ⓒ이영호
신사임당 묘갈은 비석의 앞면, 좌우면, 뒷면에 씌어 있다. 사진은 뒷면을 찍은 것으로서, 오른쪽 맨 첫 줄에 '두문리(斗文里)'가 보인다.

이 없는 비석 또는 거기에 새겨 넣는 글을 말하는 건데, 신사임당 묘갈의 첫 구절이 파주지두문리坡州之斗文里로 시작한단 말이지. '파주의 두문리'라는 위치를 명확하게 표기하고 있어. 마지막 구절에는 ~遂立石于其前(마침내 묘 앞에 비를 세우다)이라고 씌어 있지. 이 글은 '숭정 경술년 윤2월에 송시열이 기술하고, 송준길이 쓰다'라고 되어 있는데, 시기적으로는 1670년(현종 11년)이야. 그 내용은 이렇지."

신사임당 묘갈
申師任堂 墓碣

坡州之斗文里曰監察李公申氏祔葬墓者栗谷先生之皇考妣①也 有
誌文焉聽松處士成公守琛作也 有云公悃愊無華不與物競休休樂善
有古人風噫盡之矣 申氏平山大姓己卯名賢命和之女 姿禀絶異習禮
明詩至其書畫之類亦臻其妙得之者如寶拱䮂焉 公得此賢配克生大
賢② 語云黃流不注於瓦哭意者 公之潛德不止於聽松所稱歟 公諱
元秀字德亨以蔭入官止司憲府監察 嘉靖辛酉五月十四日甲子周而
卒 以先生貴贈贊成申氏亦贈貞敬夫人 其系出俱在先生墓表 男長
璿參奉次璠栗谷先生其第三而季曰瑀亦有名於世 女壻直長趙大男
僉使尹涉士人洪天祐 參奉生景震景恒皆參奉女適別坐趙德容 璠生
景升景井 栗谷先生側出敎官景臨景鼎女爲金文敬公集側室 瑀生景
節官司議贈承旨女適鄭維城權尙正權察訪也 穫景震出秏典簿景恒
出翊府使景升出 翻䮂翔翻䮂景井出郡守䮂稿稛景節出 內外曾玄甚
蕃而郡守之子東溟文科侍從 東溟與京外儒紳議曰 栗谷先生之葬在
公墓之後 先生承洛建之淵源闡東魯之統諸將與天壤無窮則公之名
亦與之無窮 然衣履之藏不可以不識 遂立石于其前
崇禎庚戌閏二月 日恩津宋時烈謹述
恩津宋浚吉敬書
墓表中聽松處士成公守琛八字當作礪城尉濂菴宋公寅 下文聽松二
字亦當作濂菴 盖以當初請文者不免誤告而然也
今別記其事如此
庚戌後二十二年辛未五月 日潘南朴世采謹書

"이 묘갈 내용에서 <u>監察李公申氏祔葬墓者栗谷先生之皇考妣①</u>은 감찰 이공_{이원수}과 신씨_{사임당}가 함께 묻힌 묘이고 율곡 선생의 존귀하신 부모님이라는 뜻이야. <u>申氏平山大姓己卯名賢命和之女 姿禀絶異習 禮明詩至其書畫之類亦臻其妙得之者如寶拱璧焉 公得此賢配克生 大賢②</u>는 신사임당은 평산 신씨로서 기묘명현_{己卯名賢} 신명화의 딸이다, 태도와 품성이 뛰어나 예를 익히고 시에도 밝았다, 서화에서도 진기한 실력에 이르러 이것을 얻은 자는 구슬을 안은 듯이 보배로 여겼다, 이원수가 이렇듯 훌륭한 부인을 얻어 대현_{大賢 : 이율곡}을 낳았다는 의미야."

"그런데 위의 ①번 구절 중에서 황고비_{皇考妣}는 무슨 뜻인가요?"

김영수가 신사임당 묘갈의 한문 원문을 보며 한 단어를 손가락으로 가리켰다.

"황고비_{皇考妣}? 그건 돌아가신 부모님을 높이는 뜻으로 사용되는 단어야. 살아서는 아버지를 부_父, 어머니를 모_母라고 하지? 돌아가시면 아버지를 고_考, 어머니를 비_妣라고 불러드리는 거야. 고비_{考妣}라는 건 그래서 '돌아가신 부모'를 말하는 거야. 앞에 붙이는 '황_皇'이란 건 '존귀하신' '높으신'이란 존경의 의미인데 '현_顯'자를 붙이기도 해. 그래서 황고비란 '존귀하신 부모님'이란 의미지."

"아, 그런 뜻이었어요? 그럼 ②번 구절에서 기묘명현_{己卯名賢}은요?"

"아, 그건 기묘사화가 1519년(중종 14년)에 일어났잖아? 그때 희생된 인물들을 높여 부르는 호칭이지."

김영수가 고개를 갸웃거리며 다른 구절들도 대충 살펴보더니 이내 잠잠해졌다. 궁금한 부분이 웬만큼 해결되었다는 표시다.

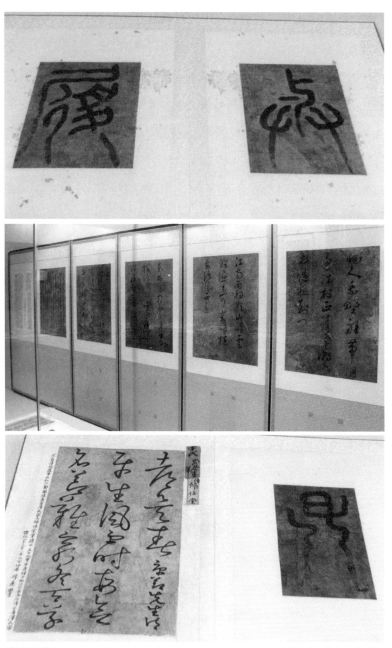

사임당의 글씨

오죽헌시립박물관에 전시된 사임당 글씨.

©한국전통문화사진작가 정창곤

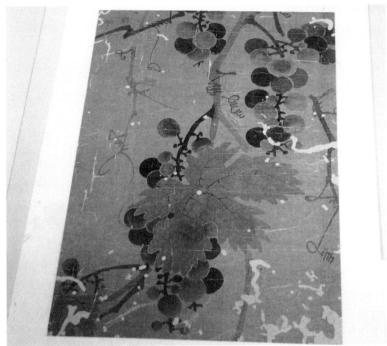

사임당의 포도도　　　　　　　　　　　　　　　　　　ⓒ한국전통문화사진작가 정창곤
오죽헌시립박물관에 전시된 사임당의 포도 그림.

　"그러면 두문리, 아니지, 두포리에 덕수 이씨 묘소가 있었는지 없었는지만 확인하면 되겠네요? 실제로 이원수와 신사임당 묘소가 이 글에서처럼 두포리에 있었다는 증거만 찾으면 되는 거 아닌가요?"

　"응. 근데 덕수 이씨 가계도를 보면, 7대까지는 파주 두포리에 묘소를 뒀다고 기록되어 있거든. 나중에 어떤 일이 있었는지는 기록을 더 뒤져봐야 되겠지만, 일단은 덕수 이씨 가문이 파주 두포리와 연관이 있다는 건 확인된 셈이지. 스마트폰 있지? 국사편찬위원회www.history.go.kr 검색해볼래?"

"국사편찬위원회요?"

"응. 거기에서 '한국사 데이터베이스'를 선택해봐."

"네, 했어요."

"했어? 그럼 다음엔 '일제강점기' 클릭하고, 제일 오른쪽 단락에 중간쯤에 있을 거야. '한국근대지도자료' 선택."

"오케이. 그것도 했어요. 우아! 이게 다 뭐예요?"

"그거? 일제강점기 시대의 우리나라 지도인데, 1 대 5만 비율 지도들이야. 거기에서 '문산汶山' 지역을 찾아봐. 목록 보이지? 밑에서 위로 네 번째. '朝鮮五万分一地形圖조선5만분일지형도(春川춘천, 京城경성, 甕津옹진, 白翎島백령도)'라고 된 글 보이면 '원문이미지'를 눌러. 17번째 정도에서 나올 거야."

"네, 찾았어요."

"그럼 확대."

"오케이. 확대했어요."

"어때? 보여? 임진강하고 율곡리 다 있지? 그 우측으로 조금 옆을 봐. 파평면에 해당되는 지역에서 괄호 안에 '두문리'라고 적힌 게 있어. 그 왼쪽엔 '두포리'라고 적혀 있고 바로 옆에 '장포리'라고도 있지."

"엥? 이게 뭐야? 이건 아까 말씀하신 자료랑 내용이 똑같네요? 근거가 명백하게 있잖아요? '고지도를 통해 본 경기지명연구'? 그 책이죠? 2011년 국립중앙도서관, 이기봉 선생님이 쓴 책."

나는 김영수 감독을 보며 다음 이야기를 이어나갔다.

"이번엔 고지도를 오른쪽으로 내려서 법원리 동막리 서원동 지역을

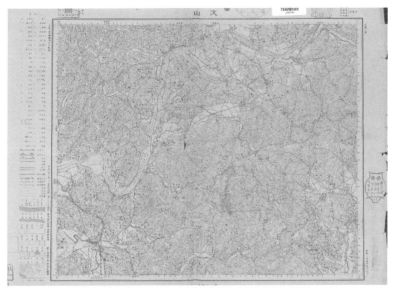

고지도(문산) 출처: 국사편찬위원회 한국사데이터베이스 일제강점기 한국근대지도자료
http://db.history.go.kr/item/imageViewer.do?levelId=jnm_017_0020

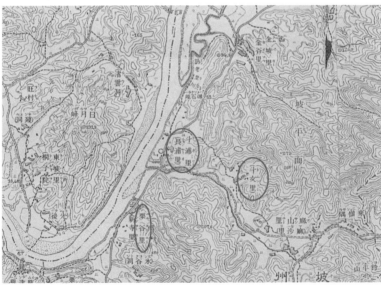

고지도(율곡리 두포리 두문리) 출처: 국사편찬위원회 한국사데이터베이스 일제강점기 한국근대지도자료
http://db.history.go.kr/item/imageViewer.do?levelId=jnm_017_0020

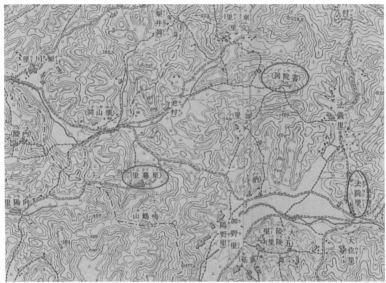

고지도(법원리 동막리 서원동) 출처: 국사편찬위원회 한국사데이터베이스 일제강점기 한국근대지도자료
http://db.history.go.kr/item/imageViewer.do?levelId=jnm_017_0020

고지도(두문리와 동막리 사이 거리) 출처: 국사편찬위원회 한국사데이터베이스 일제강점기 한국근대지도자료
http://db.history.go.kr/item/imageViewer.do?levelId=jnm_017_0020

볼래?"

"네, 보여요. 아까 율곡리하고 두문리 지역보다는 오른쪽으로 많이 이동하네요? 여긴 왜요?"

"거기서 서원동이란 곳이 지금 자운서원이 있는 지역이고, 아까 자료에서 동문리의 옛 지명을 뭐라고 했지? 동막이라고 했잖아? 그 지도에 동막리라고 나올 거야. 법원리는 요즘 법원읍인 거고."

"아하! 근데 아까 전화하면서 얻은 정보로는 동문리의 옛 지명이 동막리하고 두문리랑 합쳐져서 동문리가 된 거라고 하지 않았어요?"

"그랬지. 근데 어떻게 보여?"

"동막리하고 두문리는 거리가 너무 멀어요. 그 사이에 이천리梨川里? 이정동梨井洞? 마을이 더 있어요. 동막리하고 두문리가 합쳐져서 두포리가 되었다고는 보이지 않아요. 그렇다면 율곡선생유적지에 사임당 묘가 있는 이유를 이해하기가 힘들어지는데?"

"그럴 수 있겠지? 내 생각에는, 송시열이 신사임당 묘갈에 기록한 두문리는 요즘의 두포리에 해당되는 지역이라고 생각하는데."

"그럼 율곡선생유적지의 사임당 묘소는요? 원래 그 위치가 아니었던 거예요?"

"만약 송시열의 신사임당 묘갈에 적힌 '두문리'라는 지역이 요즘의 두포리가 맞다면 자운서원에 신사임당 묘가 있는 이유는 무엇일까? 묘소의 위치가 처음 위치와 나중 위치가 다르다면 그 이유야 많겠지? 처음 위치에서 어떠한 이유에서건 나중의 위치로 이장되었을 수도 있고."

"확답을 못하시는 이유가 있나요?"

"기록을 유추해서 생각해보자면 옛 두문리는 요즘의 두포리가 맞다고 봐야 해. 그리고 송시열의 묘갈에 따르더라도 사임당 묘소는 지금의 두포리 어딘가에 있어야 하는 거잖아? 이율곡이 부모와 함께 살던 친가 터도 두포리 어디쯤으로 생각되는 것이고. 하지만 내가 확답을 못하는 부분은 두포리에 있어야 할 사임당 묘소가 지금의 법원읍 동문리에 있게 된 과정을 남긴 기록이 없어서 그 이유를 명확하게 알 수 없기 때문이야."

"아! 역사란 게 정말이지 환상적인 미스터리네요."

김영수는 고개를 설레설레 내저었다. 그러더니 다시 자기 스마트폰 화면을 보며 뭔가 내용을 찾는 듯 집게손가락을 연신 위아래로 움직이고 있었다.

"아, 여깄다! 근데 사임당이 세상을 등지고 난 후 이원수가 계모를 집에 들이거든요. 사임당이 생전에 남편이 다른 여자를 만나는 걸 알고 자기가 죽더라도 계모를 집에 들이진 말라고 당부했는데, 이원수는 아내의 부탁을 안 들은 거죠."

"그랬지."

"그 후 아들 이율곡은 시묘살이를 끝낸 후 금강산의 사찰 '마하연摩訶衍'으로 들어가요. 그리고 얼마 후에 다시 나오긴 하지만요. 그게 의문이에요. 금강산에 입산해서 왜 중이 되려고 했을까요? 이율곡은 친가나 외가 모두 집안 대대로 유학자 집안이었잖아요? 그런데 참 대단하기도 해요. 이율곡이 16살 때 시묘살이를 시작해서 19살까지 했잖아요? 요즘으로 치자면 고등학생 시절쯤인데, 이율곡은 청소년기에도 생각이나 행동이 남달랐던 거예요, 그렇죠?"

"이율곡은 13세 때인 1548년에 진사시에 응시해서 장원급제를 했어. 본격적인 대과 시험은 아니지만 어쨌든 초등 과거시험에 수석 합격한 셈이지."

"세상에! 유학으로는 이미 과거시험에 장원급제하기 시작했군요?"

"시작하다? 하하. 그렇지. 여러 과거시험에 응시해서 아홉 번이나 장원급제를 했으니까."

어려서부터 학문 탐구에 천재성을 드러낸 이율곡은 어머니의 죽음을 맞은 충격으로 사람의 삶과 죽음에 대해 고민을 하게 된다. 사람은 왜 태어나는지, 왜 죽음을 맞이해야 하는지에 대한 답을 찾기 위해 불교 공부를 하러 금강산에 들어갔다고 전해지는데, 이율곡은 불교에서 해답을 얻지 못하자 다시 세상으로 나오게 된다.

"중이 되려고 한 이유가 의문인데요? 성리학과 유교에서는 답을 찾을 수 없었을까요?"

"이율곡이 어지간한 천재인가? 아무리 청소년기라 하더라도 성리학에 대해서는 웬만한 기초 소양 이상을 쌓은 상태 아니었겠어? 그런데도 혹시 다른 곳에 답이 있지는 않을까, 한번 모색했을 수도 있겠지. 이율곡이 금강산에 들어가서 불교 공부를 한 이유도 단순히 그 때문이었다고 생각해. 그렇지만 불교에서도 답을 찾지 못하자 다시 세상으로 돌아온 것이고. 그리고 중이 되려고 했다고들 하는데, 그것은 억측에 불과해. 머리카락도 안 잘랐을 뿐더러 금강산에 들어갔다 하더라도 불교 관련 책으로 공부만 한 것이었거든. 그 당시에 이율곡은 어머니 사임당의 죽음으로 인해 큰 충격을 받은 상태였잖아? 사람이 죽어서 어디로 가는지, 왜 태어나고 죽는지에 대해 의문이 들었던 거야. 그런데 유학에선 답을 못 찾았으니 불교에서 찾아보려고 한 건데, 거기에서도 답을 못 얻자 그냥 나오게 된 거지."

"입산하게 된 데는 혹시 사임당의 영향도 있었을까요?"

"응?"

김영수는 커피 한 모금을 마시더니 테이블 위에 다시 내려놓는다.

오늘은 아이스 아메리카노를 주문했는데 김영수의 커피컵에도, 내 커피컵에도 얼음이 거의 바닥나 있다. 두 남자의 이야기가 또 길어진 모양이다.

커피점 밖을 보니 어둑어둑하다. 오후 늦게 만난 탓도 있지만, 이상하게도 사임당 이야기를 하다 보면 시간관념이 사라진다.

"사임당도 유학 공부를 상당한 수준으로 했을 거잖아요? 아들 이율곡도 어머니가 공부하는 모습을 지켜보며 자랐기에 당연히 어려서부터 공부하는 습관이 몸에 배었을 것이고."

"그렇지."

"그런데 이율곡은 어머니의 죽음을 맞게 되자 삶과 죽음마저 아우르는, 뭔가 절대적인 가치를 유학 바깥에서 찾고 싶었던 게 아닐까요?"

"그럴 수도 있겠지."

"그리고 이율곡은 오죽헌에서 태어났지만 여섯 살 무렵부터는 한양에서 생활했는데요. 외할머니 용인 이씨와 편지를 주고받았다는 기록이 그걸 확인시켜주고요."

"아버지 이원수의 모습에서, 그리고 어머니 사임당을 통해서도 여러 가지를 배울 수는 있었겠지. 이율곡이 다섯 살 나던 해에 사임당이 아파서 자리에 눕자 돌아가신 외할아버지의 사당에서 기도를 드리기도 했어. 신명화가 사임당을 얼마나 아꼈는지 잘 알고 있었던 거야. 그런데 생각해봐."

"뭘요?"

"신명화는 1522년 말에 세상을 떠났어. 그런데 이율곡이 다섯 살이라면 1540년 무렵이거든. 그 당시 이율곡은 강릉 외갓집에서 살고 있었고. 그렇다면 사임당은 아버지 신명화가 운명을 달리한 이후에도 20년 가까이 줄곧 돌아가신 아버지를 기리며 집 한쪽에 기도하는 공간을 만들어놓았다고 볼 수 있거든. 그리고 이율곡이 어렸을 때 외할아버지 신명화에 대한 이야기를 들려주며 남다른 기억을 갖게 해주었을 것이고."

"이야, 신명화 입장에서는 딸이 자기를 극진히 기억해주고 외손자마저 기도를 하니 기분 좋았겠어요."

"신명화 입장에서는 그렇겠지. 하지만 이원수의 입장에선 여간 스트레스를 받지 않았겠어?"

"네, 아닌 게 아니라 작가님 말씀처럼, 이원수 입장에서는 좀 거북했겠어요. 장인이 세상을 떠난 지 20년이나 지났는데도 떨쳐내지 못하고 항상 장인을 기억해야 하는 처지에 놓여 있었으니 말이에요. 그게 아내 사임당의 의도였는지는 모르지만, 아니, 자기를 사위로 맞아들인 장인이었긴 하지만 그렇게까지 기리고 기도하는 모습을 줄곧 지켜보며 살아야 하는 자신의 처지가 몹시 처량했겠어요. 이원수 입장에선 혼인 전부터 신명화라는 이름이 줄곧 붙어다닌 거나 마찬가지잖아요?"

신명화를 기억하는 딸 사임당, 어머니 사임당을 통해 외할아버지를 추모하는 이율곡에게는 가족 사랑의 모범 사례를 보여주는 아름다운 이야기일 수도 있다. 딸이 아버지를 추모하고 손자가 외할아버지를 기린다는 점에서 가족 간의 끈끈한 유대관계를 짐작해볼 수 있겠다.

하지만 이원수 입장에서는 어떨까?

장인이 세상을 떠난 지 오랜 세월이 흘렀는데도 여전히 자기 곁에서 끈을 놓지 않고 있다는 느낌이 들었을 때, 과연 어떤 심경이었을까? 내 딸에게 잘해주게, 우리 집에 와서 생활하게, 내 딸의 재능을 더욱 키워주고 빛을 발할 수 있도록 해주게 식의 이야기가 항상 귓전을 맴돌지 않았을까?

"이율곡으로서는 어머니의 죽음을 겪으면서 정신적으로 혼란을 겪고 방황을 했다고 볼 수 있어. 천재의 방황이라 뭔가 대단한 곡절이 있을 것 같기도 하지만, 당시 상황에서는 그저 유학을 떠나 다른 공부를 해본다는 정도였겠지."

"그래서 금강산으로 들어갔군요?"

"그렇지 않을까? 어머니 시묘살이를 3년 하면서 사실 할 거라고는 글 읽는 것 외에 다른 할 일이 뭐가 있었겠어? 이때 불교 서적도 독파하고 그러면서 자연스럽게 불교에도 관심을 갖게 되었을 것 같아."

"어쩌면 이원수가 계모로 들인 권씨의 술주정에 진절머리가 났는지도 모르죠?"

"그 여자는 술집 여자였던 것 같아. 이원수가 한양과 강릉을 오가면서 들렀던 주막의 여자 아니었을까? 생각해봐. 능력이 뛰어난 아내가 있어. 거기에 돌아가신 장인도 자기 딸의 재능을 끔찍이 아꼈었지. 그런데 정작 자기는 가난한 집에 홀어머니만 있어. 혼인을 하고 나서 아내의 사랑을 원했지만, 만약에 아내가 매일 공부만 하라고 닦달한다면?"

"그러게요."

"그런데 아들이 태어났는데, 이게 무슨 일? 셋째 이율곡이 13세에 진사시에 수석 합격을 하네?"

"이원수 자신은 과거 응시를 포기할 정도로 어려운 관문인데도 말이죠."

"이래저래 주위를 둘러봐도 이원수를 다독여주고 사랑을 베풀어줄 사람이 없었을 것 같아. 이원수가 선택한 건 결국 자기를 사랑해주는 술집여자였던 것이지. 비록 그 술집여자의 사랑이란 게 돈을 보고 따라온 것이었다 하더라도 이원수 입장에서는 그렇게라도 자기 존재감을 확인하고 싶었을지도 몰라."

이율곡에겐 어머니 사후 집에 들어온 계모 권씨가 마음에 들 리 없었다. 어머니가 쓰던 방, 어머니가 쓰던 도구 등 모든 것을 다른 여자가 쓰고 있다는 것인데, 그것을 보며 살아야 하는 이율곡은 상실감과 허탈감, 그리고 마음의 상처가 깊어져서 방황의 길로 접어들 수밖에 없지 않았을까?

게다가 권씨라는 여자의 술주정[33]이 워낙 심해서 이율곡 형제들이 도저히 견디기 힘들었다는 이야기가 전해지는 걸 보면 이율곡이 사임당을 일찍 잃으면서 겪었던 상실감이 어느 정도 컸을지 이해가 된다.

33 김재영, 조선의 인물 뒤집어 읽기 (도서출판 삼인, 1999) 71쪽

"그런데요, 이율곡은 어머니 3년 상을 마친 후 1554년에 금강산에 있는 마하연이라는 절에서 불교를 연구했잖아요?"

"응."

"3년 시묘살이는 유교 예법 아니에요?"

"맞아."

"그러면 이율곡은 사임당의 상을 치르면서 이미 유학에서 마음이 떠난 상태라고 여겨져요. 불교 서적을 읽었다거나 절에 들어간 것만 봐도 그렇고요."

김영수는 이율곡이 유학에서 벗어나 불교를 택한 이유에 대해 많은 의문이 들었다고 했다. 유교에서 가르치는 3년 시묘살이를 하면서 불교 서적을 읽은 것도 의문이고, 3년 상을 마치자마자 절에 들어간 것도 의문이라는 얘기다. 이야기를 듣기에 따라선 이율곡이 애초에 유학보다는 불교에 더 심취한 게 아니냐는 추론도 가능했다. 과연 그럴까?

"이율곡이 불교 서적을 읽은 건 인간의 본질적인 문제, 삶과 죽음에 대한 답을 얻고 싶었기 때문일 거야. 사임당은 건강했다기보다는 병치레가 잦았고 그때마다 이율곡과 형제들이 병간호를 하곤 했거든. 이율곡으로선 어머니의 건강이 제일 중요한 문제였지."

"책에서 어머니의 건강을 지키는 방법을 찾으려고 했다는 말씀이세요?"

"가능한 이야기지. 나중에 마하연에서 나온 이유도 불교가 유학에 미치지 못한다고 여겼기 때문이거든. 그때가 1555년이야. 20세 되던 무렵이지? 봐. 1551년에 사임당이 떠났고 3년 상을 치렀어. 그럼 1554년이야. 금강산의 마하연에서 불교를 공부한 기간은 불과 1년 정도밖에 안 돼."

뿐만 아니다. 이율곡은 29세에 이르기까지 13세부터 아홉 번의 과거시험에 장원급제를 했다. 유학 공부에 매진하지 않고서는 결코 이룰 수 없는 대단한 업적 아닌가?

하지만 이율곡을 시기하고 질투하는 자들이 많았다. 편협한 유학자들이나 반대 당파의 관료들은 이율곡의 생전에도 율곡이 잠시 금강산에 입산하여 불교 공부를 한 것에 대해 비난을 일삼더니, 이율곡 사후에도 오래도록 한사코 그를 깎아내리려고만 했으니 말이다.

"이율곡이 자기 부모의 부부관계를 지켜보면서 뭔가 특별히 깨달은 점은 없었을까요?"

"글쎄… 미묘한 문제인걸. 아무튼 정확한 비유는 아니겠지만, 이율곡에 대해 전해 내려오는 에피소드들을 생각해보면 아버지 이원수와 어머니 사임당을 보면서 이율곡이 어떤 생각을 했는지 짐작해볼 수는 있어."

"어떤 사례인가요?"

"어느 날 선조 임금이 이율곡에게 어떤 사람을 써야 하는지를 물어본 적이 있어. 그런데 이율곡이 대답하기를, 임금에게 충성을 다하는 사람은 피하고 자기 일에 충성을 다하는 사람을 쓰라고 대답했지."

"그게 무슨 의미인데요?"

김영수가 입맛을 쩝쩝 다시며 나를 쳐다봤다. 쉽게 이해가 안 된다는 표시다.

"왕에게 충성을 다짐하는 사람은 왕이 아닌, 다른 사람에게도 그런 다짐을 할 수 있지만 자기 일에 충성하는 사람은 왕을 배신하는 일이 없다[34]는 거였어."

"그게 이율곡이 부모의 부부관계를 보고 깨달은 점일까요?"

"음… 이런 식으로 이야기해볼까? 자기 아내에게 좋은 남편이 되겠다고 충성을 맹세하는 남자가 있고, 남편으로서의 본분을 지키겠다고 맹세하는 남자가 있다는 차이라면 이해하겠어?"

"아!"

김영수는 그제야 이해가 된다는 듯 고개를 끄덕였다.

"이원수는 아내를 사랑하겠다고 맹세한 셈인데, 아내가 안 받아준다면 다른 여자를 찾더라도 거기 가서 다시 사랑을 맹세할 수 있다는 거군요? 그런데 그렇지 않고, 남편으로서 본분을 다할 거라고 생각하는 남자라면 남편이 지켜야 할 도리를 지키려는 마음에서 다른 여자를 찾지 않는다는 의미예요! 맞죠?"

"딩동댕."

김영수가 웃는다. 나도 덩달아 웃음이 나온다.

중년 남자 두 명이 서로 보고 웃는 묘한 상황이 연출되었다.

"그리고 이율곡은 양력으로 1537년 1월 7일에 태어나 1584년 2월 27일 한양에서 마지막 숨을 거두었어. 조선 시대엔 음력으로 계산하니까 음력 1536년 12월 26일에 태어나서 1584년에 운명한 것이니 49세가 되는 셈이지. 사임당은 1504년에 태어나 1551년에 운명했으니 48세에 세상을 떠났고, 이원수는 1501년에 태어나 1561년까지 살

---

34 백완기, 〈한국사학에 바란다 - 열린 마음으로 6 율곡으로부터 교훈을〉《한국사시민강좌 제37집》(일조각, 2005)

앗으니 61세에 생을 마감한 건데, 어찌 보면 장수 가족은 아닌 것 같아."

"그러게요."

"이율곡은 1564년(명종 19년) 호조戶曹 좌랑佐郎으로 처음 관직에 올랐는데, 무척 강직하고 직언을 서슴지 않았지. 이 당시 문정왕후의 동생인 윤원형의 첩 정난정이 문정왕후에게 소개하여 궁에 들어온 승려 보우가 승려에게 무한 공양하는 불교의식인 무차대회無遮大會를 열어 국고를 낭비하고 사리사욕을 채우는 등 패악을 저지르자, 이율곡이 거침없이 상소를 하여 보우를 궁에서 내쫓은 일도 있어. 그뿐인가?

명종의 왕비인 인순왕후 있지? 명종이 운명했지만 왕위를 이을 자식이 없었거든. 그래서 하성군河城君을 왕위에 올렸는데 이게 바로 선조 임금이야. 1552년생인 선조가 1567년에 왕이 된 거니까 실제 나이는 16살 정도에 조선의 임금이 된 셈이지? 근데 이율곡이 얼마나 올곧았냐 하면, 인순왕후가 어린 선조를 대신해서 수렴청정을 하게 되자 인순왕후의 종조부인 심통원沈通源이 세를 불리면서 또다시 권력을 농단하게 되거든. 그러자 이율곡은 참지 못하고 곧바로 외척이 권력을 남용한다며 선조 임금에게 상소를 올려 심통원을 탄핵시키기도 했지. 인순왕후도 얼마 지나지 않아서 수렴청정을 그만뒀고."

"선조가 이율곡을 무척 신뢰했군요?"

"그렇지. 이율곡이 1536년생이고 선조 임금이 1552년생이니까 이율곡이 16살 정도 더 나이가 많았어. 선조로서는 이율곡을 형처럼, 때로는 아버지처럼 따랐을 수도 있겠지."

"이율곡의 위치가 그 정도라면 명의를 쓸 수도 있었을 텐데, 좀 더

율곡선생유적지　　　　　　　　　　　　　　　　　　　ⓒ한국전통문화사진작가 정창곤
대한민국 사적 제525호. 경기도 파주군 법원읍 동문리에 소재. 이율곡의 위패와 영정이 모셔져 있고, 사임당의 묘를 포
함하여 이율곡의 가족묘 형태로 조성되어 있다.

생명을 연장시킬 수는 없었을까요?"

"선조 임금의 총애를 받았으니 혹시 그랬을 수도 있었겠지만, 백약
이 무효하다는 말도 있잖아? 이율곡은 어쩌면 관직에 염증을 느낀 나
머지 사직을 하고 마음 편한 삶을 생각했는지도 몰라. 그러면서 병이
점점 더 악화되었을지도 모르지. 어머니를 그리며 보고 싶다는 생각을
했을 수도 있고. 이율곡이 머물던 곳이 파주였는데, 병이 낫질 않아서
한양으로 다시 왔거든."

"아."

김영수가 안타까운 표정을 지어 보이며 입맛을 다셨다.

아무리 천재, 영웅호걸이라도 명을 다하면 세상을 하직해야 한다는
자연의 이치에 마음이 착잡해진 탓일까?

"지금도 경기도 파주 법원읍 동문리 자운서원에 가면 이율곡의 선영이 있어. 묘표에는 사후 증직을 받아 의정부 영의정이라고 되어 있을 거야."

"파란만장한 삶을 살다가 돌아가신 거네요?"

"그렇지? 말년인 1582년부터 병조판서·이조판서 직책을 번갈아 맡은 이율곡이었는데 과로로 쓰러진 후부터 병세가 안 좋아져서 요양을 거듭했지만 다시 관직에 기용되었거든? 그런데 무엇보다도 당쟁을 조절하려고 노력했는데 응하지 않는 관료들에게 환멸을 갖게 되면서 병세가 더욱 악화된 것 같아. 결국 병 때문에 관직에서 물러나고 병마와 싸우다가 1584년 음력 1월 16일 새벽에 삶을 마감하고 말았어."

"이율곡은 어머니 사임당의 영향을 안 받으려야 안 받을 수가 없었겠네요."

"그렇지. 이율곡의 평소 삶을 보더라도 사임당의 영향을 많이 받았다는 걸 알 수가 있지. 이율곡도 집안 여성들을 대할 때 인격체로 대했거든. 사임당처럼 세상에 남녀차별을 두지 말자고 한 것이야. 그래서 집안 여자들에게도 한문을 가르치고 그랬지. 그뿐인가? 사서삼경도 가르쳤어. 외할아버지 신명화가 사임당을 키워냈던 것처럼 이율곡도 집안 여자들에게 유학을 가르쳤던 거야."

"그런데 궁금하네요."

"뭐가?"

"이율곡의 자녀들은 어떻게 살았을까요? 아니, 아버지가 이율곡인데 후손들도 엄청난 명성을 누리지 않았을까요? 사임당의 아들 이율곡이 조선의 대학자가 된 거잖아요? 그럼 이율곡의 자녀들 중에서도 명성을 떨친 사람들이 나오지 않았을까 궁금해서요."

"이율곡의 자녀들? 이율곡은 성주목사星州牧使 노경린盧慶麟: 곡산 노씨의 딸과 혼인했는데 아이가 없었어. 그래서 둘째 부인으로 전주 김씨를 들였는데 또 아이가 없었거든? 그래서 다시 셋째 부인으로 용인 이씨를 들였더니 큰아들 이경림李景臨을 얻었지. 근데 이게 뭔 일인지, 둘째 부인에게서도 태기가 있더니 또 아들이 태어났어. 이경정李景鼎이라고 이름을 지었지. 그리고 셋째 부인에게서 다시 딸이 하나 태어났는데 나중에 김장생의 아들 김집에게 측실둘째 부인로 보내지."

"네? 이율곡이 자기 딸을 제자의 아들에게 첩으로 보냈다고요? 왜요? 그게 가능해요?"

"아니, 아니. 이해 못할 일은 아니지. 알고 보면, 김집에게 처음에 중매를 서서 혼인 시킨 장본인이 이율곡인데, 나중에 보니까 그 여성이 좀 여러 면에서 부족했다고 하거든. 그래서 기꺼이 자기 딸을 측실로 들여보냈다고 전해지고 있어.[35] 그렇다고 측실이라고 해서 홀대를 받았다거나 무시를 당했던 건 아니야. 김집은 본부인이 세상을 떠나고 난 후 재혼을 하라는 주위의 권유를 한사코 뿌리치고 이율곡의 딸과 더불어 여생을 끝까지 보냈다고 전해지거든. 아 참, 어떤 기록에는 이안눌李安訥, 1571~1627의 이모가 이율곡의 후실로 들어갔다[36]고도 씌어 있는데, 이안눌은 덕수 이씨로 예조참판까지 지낸 문신이거든. 자세한 건 다른 기록들도 참고해 봐야 돼. 어쨌든 이율곡에게 2남 1녀가 있었

35 파주 율곡선생유적지 이종산 소장 인터뷰, 글 이영호, 2016.7.29.
36 출처: 동악선생집 권26(東岳先生集卷之二十六) 祭亡舅李通政文

다는 기록[37]은 확실해."

김영수가 갑자기 생각났다는 듯이 눈을 동그랗게 뜨면서 나를 다시 쳐다봤다.

"그러고 보면… 이원수는 세상일에 별로 뜻이 없었던 것 같아요. 그렇죠? 이원수에겐 오로지 자기를 사랑해줄 여자가 필요했던 거예요."

"어려서부터 외롭게 자라서 그랬을지는 모르지만 이원수에게는 사랑을 주는 여자가 더 필요했다고 볼 수 있겠지. 그래서 이율곡으로서는 든든한 아버지가 그리웠을 수도 있고."

"든든한 아버지요?"

"응. 어린 이율곡이 성장할 때 교육을 누가 다 시켰겠어?"

"물론 사임당이겠죠."

"그럼 그 당시 아버지 이원수는 어디서 뭘 하고 있었을까?"

"과거시험 준비하거나, 나중에 음서제로 관직에 오르기 전까지는 무능하게 지내지 않았을까요? 조용히? 기죽어서?"

김영수가 조용하게 말했다.

실제 기가 죽어 힘없는 남자를 연기하듯이 들릴 듯 말 듯한 정도로 이야기했다. 영화감독이라서 그런가? 이건 뭐 대화를 하면서도 이따금 자기 감정을 실어서 이야기한다.

"근데 성리학에서는 뭐라고 가르치는데? 남자란? 아버지란?"

"그렇네요. 아버지는 아버지의 도리로, 어머니는 어머니의 도리로

37 왕실도서관 '장서각' 경주이씨국당공파보(慶州李氏菊堂公派譜) v1 23b~24a, v2 65b

가르치잖아요? 이율곡은 무력한 아버지를 바라보면서 인격과 배포를 갖춘 아버지를 그리워했을 수 있어요. 아니, 책하고 현실은 왜 이렇게 딴판일까! 왜 내 아버지는 저렇게 무력할까? 왜 내 어머니는 강할까? 이러지 않았을까요?"

"나중에 이율곡이 관직에 올라서는 그러한 성장배경 탓일지도 모르겠지만 선조 임금에게 집착하며 정사를 처리하곤 했어. 그런 이유로 이율곡을 못마땅하게 여기던 반대 세력들에게 오래도록 비난을 받기도 했지. 아까 이야기한 대로, 절에 잠깐 들어가서 불교 공부를 한 것까지 확대해석하고 부풀려서 말이야."

"맞아요. 유교 국가에서 불교를 공부했던 관료라면 공격 대상이 되기 십상이잖아요? 더구나 왕하고 가깝게 지낸다면 왕에게 그걸 집중해서 성토하는 거죠. 유교국가 왕인데 불교를 가까이한 자를 왜 옆에 두냐고 계속 물고 늘어지면 왕으로서도 할 말이 없게 되거든요. 아하, 그래서 이율곡이 말년에 스스로 사직을 한 거구나!"

김영수는 이제 나와 대화를 나누는 중에도 혼자 말하고 혼자 답을 내려버린다.

좋은 점에서 보자면 서로의 대화 패턴에 익숙해졌다는 의미다. 단점으로 보자면 내 뜻과는 상반되게 김영수 혼자서 제멋대로 결론을 내릴 수 있다는 점이다.

정박자든 엇박자든 간에 두 사람의 대화는 어둠이 내려앉을 때까지 이어지고 있었다.

시댁, 경기도 파주군 율곡리
화석정 그리고 파주 율곡선생유적지

申
師
任
堂

"사임당에 대해서 글을 쓰려고?"

"응."

"글감이 되겠어? 자료도 대개 엇비슷할 텐데, 그게 그거 아냐? 차라리 송시열에 대해 쓰지 그래? 내가 송씨잖아? 내 조상에 대해서나 좀 써봐."

"송시열 이야기도 나와. 사임당 하면 송시열을 빼놓을 수가 없거든."

"근데 사임당은 왜? 이미 누구나 다 알고 있는 바잖아?"

"어디까지 아는데?"

"현모양처. 그림 잘 그렸던 천재 화가."

"그리고?"

"율곡 이이의 어머니."

"또?"

"5만 원 권 지폐 인물."

"그리고?"

"……."

송선열(가명)에게 전화가 걸려온 건 합정역에 다다랐을 때다.

마침 파주에 갈 일이 있어서 합정역 2번 출구 앞에서 버스를 타려고 하는데, 정류장 위치가 달라진 걸 뒤늦게 알고 서둘러 자리를 옮기던 터였다.

"살되면 내가 목 좋은 땅 하나 소개해줄게. 그거 사둬."

"알았어. 일단 전화 끊어, 나 버스 타야 해."

"야! 아니다. 그러지 말고 나하고 같이 가. 마침 합정역에 거의 다 와 가니까 태워다 줄게. 내 차 타고 가."

송선열은 신촌에서 부동산중개소를 운영하고 있다.

공인중개사 자격증을 따겠다며 고시원에 들어가서 머리 싸매고 공부에 매진하더니 2년 만에 자격증을 따내는 데 성공했다. 사실 20대 나이였다면 1년만 파더라도 합격할 수 있는 시험이었다. 그러나 이제는 40대에 접어든 데다 학창시절에 공부 잘하는 축에 들지도 못했던 송선열의 머리로는 쉽지 않은 도전이었을 것이다.

'과연 저 친구가 자격증을 따낼 수 있을까?'

겉으로는 넌 할 수 있다며 응원해줬지만, 속으로는 '합격하기 만만 찮을 텐데'라고 생각하며 짠하게 여기던 친구로서 사회에서 만나 알게 된 전형적인 사회 인맥이었다.

그런데 송선열은 공인중개사 자격증을 따내자마자 사무소를 덜컥 차리더니 온갖 구실을 붙여 사방팔방으로 지인들을 찾아다니는 중이었다. 맞다. 영업력 하나는 인정해줄 만한 친구다.

얼마나 지났을까?

드디어 합정역에 모습을 드러낸 송선열. 버스 정류장에 서 있는 나를 발견했는지, 비상등을 켜고 차를 도로변에 댔다. 나는 다른 차량들에 방해 되지 않도록 서둘러 차에 올라탔다.

그러자 기다렸다는 듯이 송선열의 인근 부동산 설명이 시작되었다.

"합정동 주변 지역을 한번 훑어봐. 저기 있는 YG엔터테인먼트가 K-팝을 세계무대로 전파시킬 수 있었던 원동력은 뭐라고 생각해? 이 부동산 전문가는 딱 보면 알거든. 합정동, 홍대입구, 신촌, 이대입구 등으로 이어지는 문화 그물망에서 이곳 합정동이 어떤 위치를 차지하고 있는지 그것만 알아내게 되면 YG엔터테인먼트의 성공 비결을 파악할 수 있다고!"

이런 식으로 별 실속 없는 큰소리를 곁들여 가면서 말이다.

"너, 서교동 알지? 서교동은 서쪽에 있는 작은 다리라는 뜻의 서세교에서 유래된 동 이름인데, 즉 서세교가 있는 동네라는 의미에서 서교동이 된 것이야. 그 동쪽에 있는 다리 이름은 동세교였어. 작은 다리란 뜻의 한자말이 '세교細橋'인데, 세월이 흐르면서 '작다'는 의미보다는 '다리'를 강조하게 되어 서교동, 동교동으로 정착된 것이지."

송선열의 이야기는 맞다.

신촌전화국 주위로 지금은 복개천이 완성되어 자동차들이 지나다니지만, 예전에는 연희동에서 합정동으로 흐르던 개천이 있었고 신촌전화국 근처에 도당꿀이란 마을이 있었다. 부근에 '세답바위'라고 불렸던 큰 바위 하나가 있었는데, 이곳에서 조선 시대 아낙들이 빨래도 하고 배추나 무를 씻어서 김장을 담그기도 하면서, 여자들이 삼삼오오 모여 사람들 흉을 보기도 했다는 것이다. 그런데 세월이 흐르자, 빨래터에 모인 아낙네들이 수다를 떨던 그곳에 전화국이 들어섰다는 게 참 흥미롭지 않은가?

"근데 파주출판단지? 거긴 왜 가는 거야? 우리 거래처 중에 출판사 하시는 분들이 좀 있는데, 여기 마포구에도 많이 있던데? 출판협동조합 건물인가도 이 근처에 있고. 파주출판단지는 좀 멀지. 안 그래? 거기 출퇴근 시간대에 가봤어? 차 엄청 막혀."

"출판단지는 아니고, 그냥 파주에 갈 일이 있어서."

"그래? 뭔데? 뭐지? 파주에 뭐가 유명하나? 임진각은 더 멀고."

"파주에 사임당의 남편 이원수의 본가가 있어."

"아하! 아까 사임당 뭐라고 그러더니, 그 일 때문에 가는 거구나? 하여튼 열심이다, 열심. 그건 인정한다, 내가."

아무튼 송선열의 해박한 부동산 지식, 이런저런 지명들에 얽힌 옛이야기들이 조선 시대, 구한말, 군사정권 시절을 가리지 않고 마구 튀어나왔다. 그는 나름대로 뜻을 품고 부동산 중개업에 뛰어들더니 지명이나 역사, 그 밖의 교양지식도 틈틈이 쌓아둔 모양이었다.

그의 말에 맞장구도 쳐주고 모르는 부분에 대해서는 질문도 던지고 하다 보니, 송선열의 부동산 강의는 한도 끝도 없이 이어졌다.

"다 왔어?"

송선열이 모는 차가 어느새 파주 인근 지역으로 접어들고 있었다.

"나 지명만 알지, 위치는 몰라."

"그런데도 버스 타고 오려고 했어? 나 아니었으면 찾느라고 고생 좀 했겠네?"

"그래, 내가 신세진 거야. 아무튼 내비게이션에 주소 좀 찍어봐."

"알았어. 자, 봅시다. 우리 작가님이 찾는 율곡리가 어디인가?"

"정확히 찍어. 경기도 파주군 파평면 율곡리."

"알았어. 잠시만……."

경기도 파주군 파평면 율곡리는 자유로를 타고 가다가 문산 방면 나들목으로 빠져야 했다. 임진각으로 가는 길의 마지막 나들목이 바로 그곳이다.

길 이름은 율곡로.

문산대교를 넘자마자 나타나는 나들목이니 찾기도 쉬웠다. 한 가지 주의해야 할 점은 자유로를 타고 달리다가 문산 시내로 빠지는 진입로와 헷갈리면 안 된다는 점이다. 물론, 이 길로 가도 율곡리에 갈 수는 있겠지만 시내를 거쳐 가야 하기 때문에 번거로워질 수가 있어서다.

"저 앞에 통일고가차도 보이지? 그쪽으로 계속 직진."

"네네, 작가님."

"아이쿠, 그 작가님 소리 좀 빼줘."

"왜 그래? 작가는 작가지. 그리고 사임당에 대해서 쓴다는 게 보통 일이야? 이렇게 직접 찾아다니면서 글 쓰는 작가는, 내가 말이지, 그 누구냐? 그래, 맞다. 헤밍웨이 이후로 처음 본다 이거야."

"헤밍웨이?"

"그 아저씨가 쓴 소설 중에 '누구를 위하여 종은 울리나?' 있잖아? 그 소설은 헤밍웨이가 전쟁터를 쫓아다니면서 쓴 거라고 하더라고. 작가라면 최소한 그 정도는 되어야 하는 거 아냐? 응? 상상력으로만 쓰는 건 한계가 있지. 안 그래?"

"언제 그렇게 또 해외 명작을 읽었대? 갑자기 흥분하는 이유가 뭐야?"

"생각해봐. 현장을 쏘다녀야만 밥 먹고 사는 사람들이 어디 한둘이야? 나 같은 부동산 중개업자들도 쌔빠지게 현장을 누비고 다녀야 그나마 밥술이라도 얻어먹을 수 있는데, 책상 앞에서 키보드나 두드리면서 대충대충 상상만 해서 글 쓰고 그러면 안 된다는 이야기지. 암, 그렇고말고."

차가 통일고가차도를 지날 무렵, 율곡리 표지판이 나타나기 시작했다. 송선열과 내가 탄 차는 율곡리에 접어들어 화석정 표지판을 따라 계속 나아갔다.

파주坡州군 파평坡平면 율곡리.

파주군은 고구려 장수왕 때에는 술이홀현述爾忽縣이라고 불렸고, 고려 명종 때에는 서원현瑞原縣이라고 불렸는데, 이후에 '주내'라고 일컫다가 1459년(세조 5년)에 이르러 파주목[38]이라는 이름을 얻게 된 곳이다. 그래서 '파주'란 명칭의 유래에도 정희왕후세조의 왕비가 세조에게 도

38 《글로벌 세계 대백과사전》〈파주의 연혁〉

움이 되었다고 하여 세조가 나중에 이름을 정하기를, 파평 윤씨에서 '파坡'를 가져오고 '고을 주州'를 붙여서 파주라고 이름 지었다고 전해진다.

이곳의 역사를 알려면, 영조 시대부터 고종에 이르기까지의 140여 년의 기간에 이르는 동안 채제공, 신경준, 김택영, 장지연 등의 학자들이 지은 『증보문헌비고增補文獻備考』[39]의 기록을 찾아보아야 한다.

그 기록을 보자면, 처음엔 고조선의 땅이었다가 '마한'을 거쳐 '백제'가 최초로 차지한 지역이었고, 이후엔 고구려가 475년에 이르러 파주 전역을 영토로 삼았다가 나중에 신라와 다투면서 신라와 고구려가 뺏고 빼앗기는 쟁탈지역이 되었다고 전해진다.

한편으로는 개인적인 생각이지만, 파주坡州라는 한자말을 풀어보면 언덕이나 고개, 또는 둑으로 이뤄진 고을이란 의미로 해석할 수 있다.

그래서일까?

파주군에서 굳이 언덕을 찾자면 '광주산맥'을 떠올리게 되는데, 임진강 하류 쪽과 한강 연안에서 벼농사에 적합한 평평한 지역으로 농경지가 넓으므로, 결국 파주란 곳은 광주산맥이 감싸고 있는 평야지대라고 생각하게 된다. 고조선 시대부터 백제, 고구려, 신라가 서로 차지하려고 치열하게 다투던 지역이란 게 이해가 된다.

또한 파평坡平 면이라는 명칭은 어떤가?

'파평산坡平山'과 '영평산永平山'의 명칭에서 한 글자씩 따다가 지었는

---

39 동국문헌비고의(東國文獻備考) 증보판. 총250권으로 상고 시대부터 조선 시대까지 모든 제도와 문물을 16개 분야로 구분하여 연대순으로 정리한 백과사전

데, 전 지역이 골고루 평평하다고 해서 파평면으로 불린다고 전해진다. 이를테면 파주의 평야지대라는 의미 아닐까?

이곳의 유래도 찾아보면, 세조 임금의 왕비 '정희왕후'가 바로 '파평윤씨'였고 그 시조인 '윤신달尹莘達'은 고려 개국공신이기도 하였으니, 밤나무 골짜기란 뜻의 '율곡栗谷'이 나중에 이이의 호가 되어 '율곡 이이'라고 불리게 된 것이다. 그래서 파주 파평면 율곡리는 이름에서 기대해 보더라도 큰 인물이 나올 법한 곳이라고 보기에 부족하지 않다.

"여기가 화석정花石亭이라네?"

송선열이 차를 멈췄다. 눈앞에 정자 하나가 나타났다.

"아, 여기구나."

"여기? 이게 사임당이야?"

"아니. 이건 화석정이야."

"화석정? 뭐야? 꽃 화花에 돌 석石에 정자 정亭이네?"

"이건 이율곡이 머무르던 정자인데, 이율곡의 친가, 그러니까 사임당하고 남편 이원수가 살던 곳이 여기 율곡리이거든? 그런데 이율곡이 이 화석정 겉에다 기름을 바르게 했어."

"왜?"

"음, 미래를 내다보는 안목이 있었을까? 아무튼 임진왜란이 터졌을 때 왜군들이 한양으로 쳐들어오자 선조 임금이 궁궐을 떠나 잠시 평양으로 피난을 가게 되거든. 그때 이곳을 지나치게 되었던 거야."

"그래서?"

"저 앞이 임진강인데, 마침 캄캄한 밤중이라 강이 안 보이는 거야. 그때 여기 보니까 화석정이 떡 자리 잡고 있었어. 그런데 이율곡이 겉에다 기름을 바르게 했었잖아? 그래서 이 정자에 불을 붙였더니 임진 강 저편까지 밝게 비추더라[40]는 거야."

"뭐야? 이율곡은 그럼 임진왜란이 일어날 것까지 예상하고, 또 선조 임금이 이 길로 피난 갈 것까지도 미리 내다봤다는 거야?"

"글쎄. 이율곡이 정자를 처음 봤을 당시에 대해서는 자세한 사정을 모르지. 아무튼 이율곡의 혜안 덕분에 선조 임금이 무사히 임진강을 건너 피난을 갈 수 있었으니까."

화석정은 사실 이율곡이 직접 지은 곳이 아니다.

최초로 건립된 시기는 세종 25년인 1443년에 이명신李明晨이란 사람 이 지은 것인데, 이명신은 이율곡의 5대조 할아버지다. 이이의 호 율 곡이란 호칭도 이곳 율곡리에서 따온 것인데, 이곳에 정자를 지은 이 유는 고려 말의 유학자인 '길재吉再, 1353~1419'의 유언에 따른 것으로, 1478년에 이이의 증조할아버지인 이의석李宜碩이 다시 지었다.[41]

"임진왜란 때 피난 가던 선조가 불을 질렀다면 다 타고 없어졌어야 하는 거 아냐?"

"그래, 맞아. 그때 다 타서 없어졌어. 터만 남았었지."

"근데? 저건 뭐야?"

"1673년에 이이의 증손자인 이후지李厚址, 이후방李厚坊이 다시 지었 거든."

"아하."

40 오천년 우리 역사 이야기 2, 열린원, 채주현, 대교출판, 1998.10.10.
41 문화재청 / 파주시청 / 『경기문화재총람-도지정편1』

"근데 6·25 전쟁 때 또 불타서 소실되었고."

"엥?"

"그러다가 1966년에 파주의 유생들이 돈을 모아서 다시 지었어. 지금 저 모양을 갖추게 된 건 1973년에 사임당과 율곡 이이의 유적 사업을 정부에서 펼치게 되면서 다시 새롭게 복원한 거야."

송선열이 고개를 끄덕이며 정자 주위를 둘러본다.

화석정의 현판 글씨는 박정희 전 대통령이 쓴 친필[42]이라고 하니, 우리나라에서 율곡 이이와 그의 어머니 사임당을 기리는 마음이 오래도록 지속됨을 알 수 있다.

"이거 보러 온 거야?"

"아니."

"그럼 어디 가게?"

"이번엔 파주시 법원읍으로 가야 돼. 거기에 자운서원紫雲書院이 있는데, 광해군 7년(1615)에 지은 것이거든."

"서원? 근데 거긴 왜 가는데?"

"거길 가야 이율곡의 묘소랑 사임당, 이원수의 묘소를 볼 수 있어."

"뭐? 이율곡의 묘소는 강릉 오죽헌에 있는 거 아냐?"

"아냐. 거긴 사임당의 고향이자 이율곡이 태어난 곳이지, 묘소가 있는 곳은 아냐. 이율곡이 여섯 살 때부터는 한양으로 올라와 살았지."

송선열은 연신 고개를 갸웃거리면서도 내비게이션에다 '법원읍 동

42 임현각 (편집). 《전국여행 슈퍼정보》 초판. (주)교학사. 1쪽.

자운서원
ⓒ한국전통문화사진작가 정창곤
광해군 7년(1615)에 세워졌고, 효종 원년(1650)에 '자운(紫雲)'이라는 사액이 내려졌다. 숙종 39년(1713)에 김장생
과 박세채를 추가 배향하였으나, 고종 5년(1868) 흥선대원군의 서원철폐령이 내려지면서 묘정비(廟庭碑)만 남았다가,
1970년대에 복원되었다.

문리'라고 찍고 차를 몰기 시작했다.

사임당에 대해, 이율곡에 대해 잘 알고 있다고 생각했었는지 오늘 파주에 와서 새로 접한 내용들이 그동안 알고 있던 바와는 많이 차이가 난다는 걸 받아들이기 어려운 표정이었다.

"여기야."

자운서원에 도착하자 내가 먼저 차에서 내렸다.

율곡선생유적지.

한눈에 봐도 유적지임을 알 수 있는 솟을대문이 눈에 들어온다. 대문으로 들어가는 한쪽 옆엔 내부위치 안내도를 세워놓아 이곳을 방문한 사람들이 목적지를 쉽게 찾아갈 수 있도록 배려해놓았다.

그리고 안에 들어서면 첫눈에 보이는 게 율곡기념관이다.

이곳에선 율곡 이이와 사임당의 서화 작품들을 볼 수 있고, 이매창李

梅窓과 이우李瑀의 작품도 볼 수 있다. 사임당의 맏딸 이매창은 '작은 사임당'이라 불릴 정도로 시와 그림에 통달했고, 막내아들 이우는 시, 글씨, 그림, 거문고에 모두 능하여 사절四絶이라 칭송받았다.

"어이, 작가님! 여기 좀 봐. 이매창? 이 사람은 조선 시대에 유명했던 기생 아니야? 사임당의 딸이 기생이 되었던 거야?"

"아냐, 동명이인이야. 기생 이매창은 1573년부터 1610년까지 살았던 사람인데, 홍길동전을 쓴 허균과 각별했던 사이였지. 전북 부안 출신으로 거기서 나고 자란 여성이야. 하지만 사임당은 1551년에 운명했잖아? 연대로 봐서도 기생 이매창이 사임당의 딸이 될 수가 없지."

"그래?"

송선열은 고개를 끄덕이며 이매창의 작품들을 자세히 훑어보았다.

웅장한 태극 문양이 중앙에 자리 잡은 자운문을 통해 안으로 들어오면 '강인당講仁堂'이라는 건물이 하나 나타나는데, 자운서원에서 유학을 배우는 사람들이 모여 강의를 듣기도 하고 공부도 한 곳이었다.

자운문 안쪽에서 강인당을 훑어보고 있을 즈음, 한쪽에 서 있는 비석 하나가 눈에 들어왔다.

"저기 있다!"

"응? 뭔데?"

"송시열의 흔적!"

자운서원 묘정비紫雲書院廟庭碑였다.

1683년(숙종 9년)에 세워진 비석인데, 이율곡을 추모하고 자운서원에 대해 기록해놓은 비다. 중요한 건 이 비문을 우암 송시열이 지었다

자운서원 묘정비　　　　　　　　　ⓒ한국전통문화사진작가 정창곤
율곡선생유적지에 소재. 묘정비 비문은 송시열이 짓고, 글씨는 김수증(金壽增)이 예서체로
썼으며, 명칭은 김수항이 지었다. 자운문을 나서자마자 오른쪽에 위치해 있으며, 묘비를 세
우기 위해 받침돌을 깔고 묘비 위에 지붕을 얹은 구조다. 겹쳐지는 2개의 단으로 된 받침은
4개의 돌로 아랫단을 만들고, 윗단에는 구름과 연꽃 문양을 새겼다.

는 점이다.

"송시열의 흔적은 왜?"

나는 시선을 고정시킨 채 비에 새겨진 글자 하나하나를 눈여겨보고
있었다.

"너희 조상님이지?"

"물론, 그렇지. 우리 먼 할아버지. 기억하네? 하하."

"사실 이율곡하고 사임당에 대해 적극적으로 기록을 남긴 사람은 송
시열이야. 송시열이 없었더라면 요즘 우리가 기억하는 이율곡이나 신
사임당은 없었을지도 몰라."

"아, 진짜?"

송선열은 이율곡과 사임당에 대해 지금까지 몰랐던 새로운 사실들

이매창 「묵매도」 (오죽헌시립박물관 소장)

이매창 「참새」 (오죽헌시립박물관 소장)

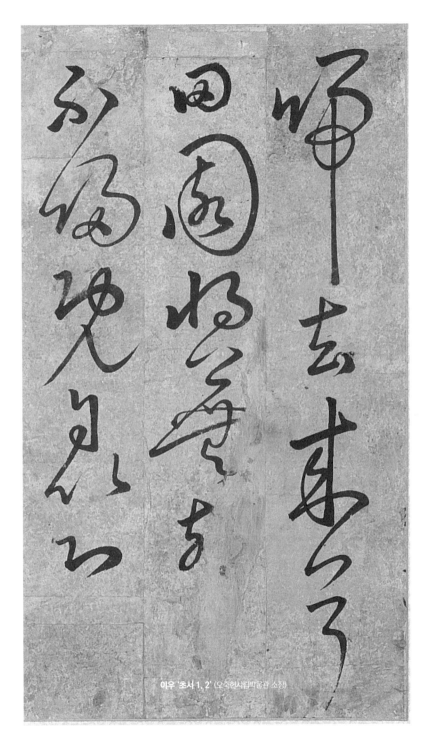

이우 '초서 1, 2' (오죽헌시립박물관 소장)

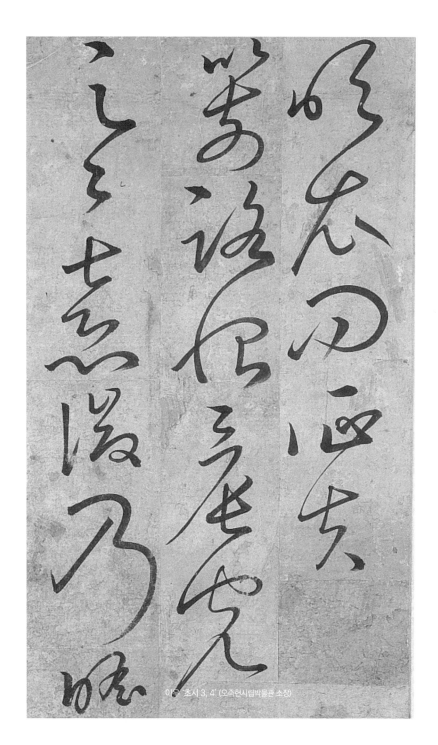

이우 초서 3, 4' (오죽헌시립박물관 소장)

을 접하게 되자 약간 놀라는 눈치였다.

송시열의 시문집『송자대전』을 보면 1668년에 당시 병조판서 홍중보에게 사임당 묘소 정비사업을 제안하는 내용이 실려 있는데, 이원수와 사임당의 묘에는 묘표가 없어서 누구의 묘인지 후손들이 모를 것이라고 지적하고 있었다.

어찌 된 일일까?

사임당은 이율곡이 16세 되던 1551년에 세상을 떠났고, 이원수는 1561년에 운명했다지만 그들의 아들 이율곡이 고위 관직에 올라 있으면서도 부모의 묘소를 돌보지 않았다는 이야기가 타당한 것일까?

"율곡선생유적지 우측에 여견문如見門이라는 문이 있어. 이 안으로 들어가면 여러 계단을 올라가야만 나타나는데."

"뭐가?"

모처럼 계단을 오르는 운동을 해서인가? 내 뒤를 바싹 따르는 송선열이 가쁜 숨을 몰아쉬면서 약간 쉰 목소리로 물어본다.

"이율곡 가족묘."

부모의 묘소를 돌보긴 했지만 묘표 하나 세워놓지 않아서 누구누구의 묘소인지 모를 것이라는 건 무슨 의미일까?

"1668년이면 이율곡이 세상을 떠난 지 84년째인데? 그 오랜 세월 동안 이율곡 부모의 묘에 누구의 묘인지 묘표가 없었다는 건 무슨 경우야?"

"그 이유는 이율곡이 관직 생활을 할 무렵에는 정치 세력들 간에 알력이 심했기 때문에 나중을 대비하기 위해 일부러 묘표를 세우지 않았을 것으로 추측해볼 수도 있어. 이율곡은 실제로 직언을 많이 하던 터

여견문(如見門)　　　　　　　　　　　　　　ⓒ한국전통문화사진작가 정창곤
자운서원으로 알려진 율곡선생유적지는 크게 두 곳으로 구분된다. 하나는 율곡의 영정과 위
패가 모셔진 자운서원 쪽이고, 다른 한쪽은 이율곡의 가족묘를 조성해놓은 곳으로 여견문을
지나가야 한다.

라서 그를 음해하려는 세력들이 적지 않았거든. 이율곡이 어머니 3년
상을 치르고 잠시 금강산의 사찰에 들어가서 불교를 공부하고 나온 것
도 흠으로 삼아 트집 잡는 세력이 많았으니까. 그래 이율곡이 여러 가
지를 걱정해서 일부러 묘표를 만들지 않았을 수도 있지.

　"하지만 무엇보다도 여긴 가족묘야. 이율곡의 큰누나 이매창의 남편
조대남 쪽의 가족묘. 그런데 굳이 누구의 묘이고 이러저러한 생애를
살았다고 하는 묘표를 서둘러 설치할 이유는 없었기도 하고."

　"그럼 송시열도 사임당 묘의 묘표를 만들면 안 되었던 것 아냐?"

　"그건 좀 시대상황이 다른 이야기야. 세월이 많이 흘렀고 송시열의
위상이 조선에서 추앙받던 상황이었기 때문에 얼마든지 이율곡과 사
임당을 보호할 수 있는 위치에 있었거든. 조선 정치사에서 이율곡의

덕수이씨 율곡선생 직계선조내역시제일정표
ⓒ한국전통문화사진작가 정창곤
파주 율곡선생유적지 이종산 관리소장의 자료. 율곡
선생 후손들로부터의 정보들과 자료들을 모아서 만
든 귀중한 자료이다.

제자가 된 사람들의 세력도 많았고. 어쩌면 송시열은 사임당의 묘표를
세우고 조선 조정의 지원 아래 이율곡과 사임당의 가치를 높이고자 했
던 것일 수도 있지."

　송시열은 사임당 묘표를 정비하는 것 외에도 사임당의 산수화에 자
신의 글을 붙이면서 그 높은 인품을 칭송하기도 했다.

　당시는 송시열이 70세 무렵이던 1676년경인데, 송시열을 따르는
유학자들 사이에선 어느새 이율곡과 사임당이라는 이름이 더욱 드높
여지는 분위기가 조성되었을 것임은 물론이다.

　이후에도 사임당의 글과 그림에 송시열이 평을 달고 의견을 남기면
서, 대학자 이율곡을 키워낸 현모양처 사임당의 이미지가 점점 더 견
고해지게 되었다.

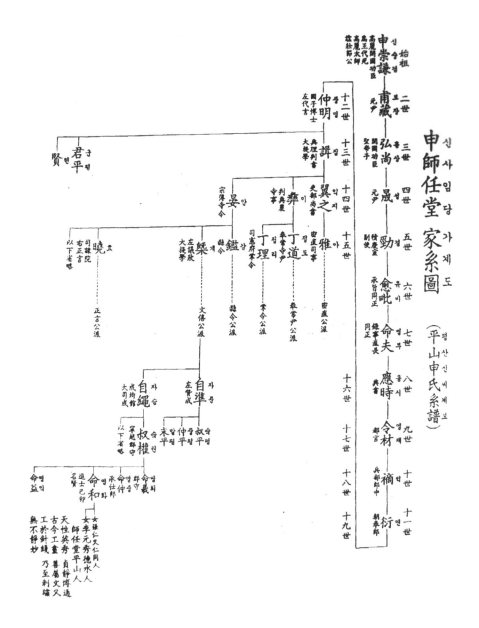

신사임당 가계도

ⓒ한국전통문화사진작가 정창곤

파주 율곡선생유적지 이종산 관리소장의 자료. 율곡선생 후손들로부터의 정보들과 자료들을 모아서 만든 귀중한 자료이다.

친정, 강원도 강릉부 죽헌리 북평촌
오죽헌을 반드시 가봐야 하는 이유

申
師
任
堂

"어디야?"

"여기? 강원도야."

"강원도? 강원도는 왜? 뭐 때문에 갔어?"

"원주 들렀다가 강릉 좀 다녀오려고. 나 지금 운전 중이니까 저녁에 서울에서 만나."

아침 일찍 출발한 덕분이었다.

서울에서 원주로 가는 고속도로는 주말임에도 불구하고 나들이객 차량들이 별로 붐비지 않아 이렇다 할 정체가 없었다. 영동고속도로를 접어든 지 얼마 지나지 않아 전화가 걸려왔다. 저녁에 만나기로 한 김

원주 ⓒ이영호
서울에서 영동고속도로를 타고 가다 보면 만나는 원주 방향 표지판. 천년의 도시 원주를 가리키는 표지판을 볼 때면 역사의 숨결을 거쳐 가는 삶을 기억하게 된다.

박사였다. 그의 본명은 김재성이지만, 고등학교 동창생들이나 주변 사람들은 그를 가리켜 김 박사라고 불렀다.

"이 땅의 역사를 통틀어 보더라도 여자에 대한 정확한 기록은 정말 찾기 어려워. 왜? 거 있잖아? 심지어 유명한 화가들일지라도 기록을 남기기는 힘들었어. 김홍도랑 신윤복. 응? 김홍도의 작품에 대한 기록이나 설화 등은 어느 정도 찾아볼 수 있는데, 신윤복에 대한 기록은 거의 없다니까. 조선왕조실록에 딱 두 번 이름이 기록되었을 뿐이야. 유명한 남자 화가도 이런 실정인데, 가문의 족보에 이름조차 못 올리는 여자들이 대부분이던 조선 시대에 여자에 대한 기록을 남긴다? 어림도 없는 일이지. 그러니까 내 말은, 여자들의 역사는 기록되지 않았다는 거야. 내가, 응? 내가 여자들의 역사를 찾아서 기록하려는 이유가 바로 그거라고.

생각 안 해봤어? 나도 그렇고 너도 그렇고, 이 세상의 어느 누구라도 엄마랑 아빠 사이에서 태어나는 건데, 왜 우리가 보고 배우는 건 대부분 아빠들 역사만 있냐 이거야? 도무지 제대로 된 엄마 역사는 찾아볼 수가 없어요, 엄마 역사는! 황진이, 장녹수, 허난설헌 이런 여성들? 기생 역사나 권력 다툼의 희생자, 아니면 시대를 한탄하다 요절한 시인 같은 그런 역사 말고. 그러니까, 이제부터라도 제대로 된 엄마 역사를 좀 기록하자 이거지. 그걸 내가 먼저 하겠다는 거야. 그러니까 너는 나를 좀 도와야 된다는 것이고. 암, 그렇고말고."

전화를 끊은 게 분명했다.

운전대 옆에 세워둔 스마트폰 화면 속에는 내가 이 날 찾아가는 목적지를 표시한 내비게이션이 작동 중이었다. 그런데도 김 박사의 목소리가 여전히 귀에 쟁쟁한 것 같았다.

오늘 저녁에 꼭 만나서 해줄 이야기가 있다는 김 박사와 약속을 정한 건 지난주 월요일 퇴근 무렵이었다. 역사상 이런 법은 없다며 전화기 저편에서 벌써부터 목소리 톤이 높아지는 그를 향해 자세한 이야기는 다음 주 토요일에 만나서 이야기하자고 해둔 터였다.

그리고 토요일 아침이 되자 어김없이 전화가 걸려왔다.

오늘 저녁의 약속을 잊지 말라는 당부이기도 했고, 김 박사가 이 약속을 중시한다는 걸 재확인하는 전화이기도 했다. 하도 많이 만나서일까? 아니면 대화를 오래 나누어서일까? 전화를 끊은 뒤에도 김 박사의 목소리가 귓전을 때리며 맴도는 것처럼 느껴졌다.

「역사쟁이」

고교 동창생인 김 박사는 학창 시절부터 유명한 '역사박사'였다.

친구들이 먼저 그를 '역사박사'라고 부르기 시작하자 선생님들도 그 별명을 따라 불렀었다. 반면에 내가 김 박사를 부를 때는 '주석박사'라고 불렀는데, 역사책 하단의 주석들의 출처를 일일이 찾아서 사실 여부를 확인해야 직성이 풀리는 그런 성격의 소유자였기 때문이다.

사실 뭐 그렇지 않은가?

대학입시나 공무원 시험 등 그 어떤 시험에서도 역사책 하단의 주석들이 시험에 출제되는 경우는 드물었다. 그런데 그 깨알같은 주석들의 출처를 일일이 찾아서 사실 확인을 기필코 해내야 직성이 풀리는 김 박사, 역사쟁이 김재성의 유명세에 대해 이해하자면 당시 우리가 다니던 고등학교를 넘어 인근 학교의 역사 선생님들에게까지 최소한 이름 석 자는 알려졌을 정도였다고 해둘까?

더 아이러니한 사실은 김재성, 이 친구가 지금은 역사학자가 아니라는 점이다. 경영학을 전공하고 사회에 진출한 뒤 현재는 조그마한 무역회사를 운영하고 있다.

그런 그가 요즈음에도 역사에 관심을 갖고 꾸준히 자료를 찾으며 공부하는 원동력은 무엇일까? 어쨌든 어지간한 역사학자들보다도 더 많은 사료를 찾고 식견을 갖춘 그가 대단하다는 생각이 들었다.

'연구 대상이야, 아무튼.'

자세한 내용은 저녁에 만날 때 듣게 될 터였지만 전화 한 통만으로도, 어느새 강원도로 향하는 여정에 김 박사가 함께 따라 다닌다는 느낌마저 들고 있었다.

'여기가 고구려 때는 평원군平原郡으로 불리다가 신라 문무왕 때는 북원北原으로 불렸거든. 고려 태조 23년(940)에 이르러서야 원주原州로 불

리기 시작했지. 그러고 보니까, 940년경부터 벌써 1천년 넘은 역사를 가진 곳이네. 이야, 대단한데!'

달리는 차창 밖 풍경이 물결치며 눈에 들어왔다.

운전을 하는 중에 아는 지역을 지나칠 때면 지역 명칭과 그 유래가 떠올랐다. 내 눈동자 안에는 고즈넉한 자연 풍경이 하나 둘 슬라이드 사진처럼 넘겨지고 있을 터였다.

'날씨가 맑아서 참 좋다. 공기부터가 서울하고 확 다르네.'

서울에서 기차를 타더라도 한 시간 30분 정도면 올 수 있는, 그렇게 멀지 않은 곳이다. 오늘의 목적지는 강릉이었는데, 아침 일찍 출발한 데다 시간적 여유도 있어서 원주를 들러 강릉으로 갈 참이었다.

'강원도江原道라는 지명은 강릉江陵과 원주原州의 명칭에서 한 글자씩 따온 건데. 이중환이 지은 『택리지擇里志』[43]에도 나오지. 원주라는 지역은 나라에 난리가 나면 숨어들기 쉬운 반면, 세상이 평안할 때에는 한양과 가까워서 벼슬길에 나아가기도 쉬운 곳이라 조선의 사대부들이 선호하던 곳이었다는 거잖아.'

이중환이 손꼽은 명당으로도 잘 알려진 원주에 대한 설명은 이외에도 무수히 많다. 이를테면 명당의 조건 중에, 뒤에는 산이 있고 앞에는 강이 흐르면서 산도 아니고 들도 아닌 곳이 '사람 살기 좋은 곳'이라고 했는데, 바로 원주에 해당되는 설명이기도 하다.

'원주를 병풍처럼 감싸고 있는 산이 있으니까, 살기 좋은 곳이라고

43 조선 후기의 학자, 이중환(李重煥, 1690~1756), 『택리지(擇里志)』 <복거총론(卜居總論)>에서 복거(卜居)의 조건으로
      지리, 생리, 산수, 인심 네 가지를 지목

치악산   ⓒ한국전통문화사진작가 정창곤
강원도 원주와 횡성의 경계에 위치한 치악산(雉岳山). 비로봉(1,288미터)을 중심으로 남북
방향으로 이어져 있다. 1988년 6월 11일에 국립공원으로 지정되었다.

할 만도 해. 저 앞에 보이네. 백두산에서 태백산맥으로 이어져 온 차령
산맥이 서남 방향으로 달리다가 강을 만나면서 멈추는 바람에 우뚝 솟
아났다는 그 유명한 산, 치악산雉岳山이거든. 가장 높은 봉우리가 비로
봉으로 1,288m라고 했지? 1,187m 높이인 남대봉까지 14km 정도를
능선으로 이어져 내려오면서 원주를 감싸고 있다니, 대단하다. 진짜.'

　며칠 전, 강릉으로 가기에 앞서 원주를 들러봐야겠다고 마음먹은 결
정을 잘했다고 여기는 순간이었다. 사실 치악산에 대한 내 기억은 대
학 시절, 코리아헤럴드 신문사에서 편집 아르바이트를 할 때 단합대회
를 하러 오게 된 곳이기도 했다. 지치지 않는 체력으로 똘똘 뭉친 청춘
들이 모였으니 얼마나 혈기왕성했을까! 밤새도록 술을 마시며 젊음을
이야기하고 꿈을 공유하던 시간들이었다.

　문제는 그 다음날, 밤을 새우다시피 술을 마시고 난 뒤라는 걸 잊은

채 치악산 등정에 나서고부터였다. 이유는 간단했다. 밤새도록 이야기를 나누면서도 '우리 이렇게 술 마시고 있지만 내일 아침에 일어나서 치악산 정상에 오를 수 있다!'고 서로 객기를 부린 결과였다. 엎친 데 덮친 격으로 구두를 신고 온 게 더 문제였지만 말이다.

이른 아침, 구두를 신고 땀방울을 비 오듯이 떨어뜨리며 치악산을 올라가 보니, 정상에서 초코파이와 컵라면을 파는 남자가 나를 보며 한마디 내뱉는다.

"나는 이게 직업이라서 매일 치악산 정상에 온다지만, 이 아저씨는 구두 신고 정상으로 출근했소?"

지금도 그 남자는 치악산 정상에서 장사를 하고 있을까? 돌을 지고 올라 치악산 정상에 쌓아올려 세 개나 되는 커다란 봉우리를 만들어놓은 곳, 그곳에서 자리를 잡고 앉은, 흡사 젊은 산신령 행색으로 보이던 남자의 모습이 떠오른다.

'구렁이에게 잡아먹힐 뻔한 꿩을 구해준 어느 선비 이야기도 있지. 암꿩을 칭칭 감고 있는 구렁이를 쫓아내어 꿩을 구해준 선비가 죽게 될 위험에 빠지자 그 꿩이 자기 머리를 종에 부딪쳐 소리를 내어 선비를 구해주고 죽었다는 내용이 '은혜 갚은 꿩 이야기'로 전해지지. 그 전설이 남아 있는 곳이 치악산이잖아. 이와 비슷한 전설이 전라북도 진안에 '은혜 갚은 까치 이야기'로도 전해지는 게 있지만 말이야. 그러고 보면 자연 경관이 빼어난 지역엔 저마다 신비스런 이야기들이 전해지곤 하기 마련이야.'

차창 밖 공기를 마시고 싶었다.

운전석 쪽 창문과 조수석 쪽 창문을 모두 내렸다. 상쾌한 산골 공기가 차 안에 가득 찼고, 싱그러운 흙내음이 머릿속마저 정화시켜주는 느낌이었다. 강릉에 가까워질수록 사임당과 나의 거리감이 점점 더 좁혀지는 듯한 착각마저 들었다.

'사임당과 오죽헌, 그리고 율곡 이이. 강릉으로 향하는 지금 이 길이 오래 전 사임당과 율곡 이이가 지나다니던 길이었던 셈이야. 강원도 강릉부 죽헌리 북평촌이 지금의 강릉시 죽헌동竹軒洞으로 지명만 바뀐 것이고 산과 들, 공기와 자연은 그때 그대로라고 할 수 있잖아?'

차량이 강릉 시내로 접어들자 오죽헌으로 가는 표지판이 곳곳에 보였다. 초행길 여행자일지라도 길 찾기가 어렵지 않을 게 분명했다.

'사임당의 친정이자 율곡 이이의 외갓집이고, 이원수의 처갓집인 곳에서 사임당의 이야기가 시작돼야 마땅할 터.'

사임당의 발자취를 따라가는 여정을 기록하기로 계획하면서 그 시작은 강릉 오죽헌에서 출발하기로 마음먹었다. 그 이유는, 기록상 보더라도 사임당이 태어나고 자라난 곳이며, 자녀들을 낳고 기른 곳이기 때문이다. 게다가 사임당이 친정인 강릉에서 파주의 시댁으로 향할 때 거쳐 간 길을 한번 되짚어 볼 때도 강릉에서 시작하는 게 더 편리했다.

강릉시청을 지나면 원주대학교 강릉캠퍼스가 나타난다. 이곳에도 사임당관으로 불리는 건물이 있지만 이 날의 행선지는 아니다.

차로 조금 더 달리다 보면 죽헌교 다리가 보이는데, 바로 그 못미처에 오죽헌 푯말이 나타난다. 이윽고 오죽헌 앞에 당도했다.

'오죽헌烏竹軒이란 글자에서도 알 수 있지만 여기 뒤뜰에 오죽烏竹:까만 줄기를 가진 대나무이 자라고 있어서 오죽헌이라 부르게 되었지. 오죽이란 게 일반 대나무와 비슷하긴 하지만 대나무 대가 검정색이라서 붙여진

오죽헌
강원도 강릉시 죽헌동 소재, 1963년 1월 21일에 보물 제165호로 지정되었다.

©한국전통문화사진작가 정창곤

이름이거든.'

언제 왔었는지 기억이 가물가물하다. 중·고등학교 현장학습 때인가 싶기도 하고, 여름 휴가철을 이용하여 강원도를 고향으로 둔 지인의 집에 잠깐 방문했을 때일 수도 있다.

그런데 새롭다.

제법 그럴듯하게 규모도 갖춰지고 주차장이나 박물관도 깔끔하게 단장해놓았다. 분명 사임당이 살던 그 시절엔 소박한 조선 양반가였을 뿐이었을 텐데 말이다. 사임당은 먼 훗날 자기의 고향집이 나라의 보물이 되고 후세 사람들이 구경하러 올 것이란 생각을 하기나 했었을까?

'그런데 오죽헌의 건축구조를 자세히 살펴보면 주심포柱心包 양식이야. 주심포라는 게 지붕의 무게를 골고루 나누기 위해서 기둥들 위에 짜임새(공포)를 만든 걸 말하는데, 저기 봐. 전형적인 팔작八作집이잖아. 지붕 네 귀퉁이에 소 혀 모양의 추녀까지 만들었어.'

내가 눈여겨본 부분은 사임당 생가의 건축양식이었다. 이 집의 소유

오죽헌 내부 ©한국전통문화사진작가 정창곤
오죽헌 내부 구조. 고려 시대의 건축양식을 엿볼 수 있다.

는 원래 사임당 가문의 것이 아니라는 사실을 알고 있기 때문이다.

'사임당의 생가인데도 원래 소유주가 사임당 가문이 아니라니? 이율곡도 거기서 태어났는데?'

벌써부터 김 박사의 질문 공세가 속사포처럼 귓가에 쏟아지는 듯했다. 저녁에 김 박사를 만날 때 해줄 이야기와 하지 말아야 할 이야기를 나눠야겠다는 생각이 든 것도 그 순간이었다.

'사임당은 용인 이씨 어머니와 평산 신씨 아버지 사이에서 태어났거든. 그런데 평산 신씨인 아버지 신명화는 사임당의 외할아버지인 이사온의 사위였다는 것이지. 이 집은 사실 이사온의 것이니까, 엄밀히 말하자면 사임당 아버지의 것은 아니었던 셈이지. 그런데 더 따지고 보면 이사온의 것도 아니었어."

사임당의 생가에서 온돌방과 대청을 둘러보며 떠오른 생각이다.

신사임당 초상
작가: 이당 김은호(金殷鎬, 1892~1979)
오죽헌시립박물관 소장
ⓒ한국전통문화사진작가 정창곤
1965년에 김은호 화백이 그렸으며 1986년 표준영정으로
지정된 신사임당 초상화.

'사임당의 외할아버지 이사온은 강릉 최씨 최응현의 사위였거든. 최응현은 최치운의 차남이었고. 최치운은 1390년생으로 세종 때 집현전 학자이자 이조 참판을 지냈는데, 강릉 최씨의 선조들 중에는 고려를 건국하는 데 공을 세운 개국공신 최필달이 있는 가문이거든.'

주심포 양식과 강릉 최씨.

사임당의 생가는 애초부터 외할아버지 이사온의 것도 아니고, 신명화의 것도 아니었다는 얘기다. 집 구조에서 보는 것처럼 주심포 양식인데 이건 고려 시대의 건축양식이다. 맞다. 사임당의 생가는 고려 시대에 공을 세운 명문가로서 강릉 최씨 가문의 것, 최치운의 것이었다.

오죽헌　　　　　　　　　　　　　　　　　　　　　　ⓒ한국전통문화사진작가 정창곤
사임당이 태어나고 자란 곳.

오죽헌　　　　　　　　　　　　　　　　　　　　　사진제공: 오죽헌시립박물관
신명화가 오죽헌에 머물 시기에 드나들던 양반 사대부들의 모습은 어떠하였을까? 신명화가 낳은 둘째 딸 사임
당의 그림 실력에 탄복하고 글에 감명 받은 사람들이 반드시 거쳐 가는 곳이 아니었을까?

율곡 이이 초상
작가: 이당 김은호(金殷鎬, 1892~1979)
오죽헌시립박물관 소장
ⓒ한국전통문화사진작가 정창곤
율곡 이이(李珥: 1536~1584)는 조선의 문신이자 대학자
로서 사임당과 이원수의 셋째 아들로 태어났다. 총명함과
영특함을 일찌감치 선보인 이율곡은 벼슬이 정2품 이조판
서에까지 이르는데, 과거시험에 아홉 번이나 장원급제했다
고 하여 구도장원공(九度壯元公)이라는 별명까지 얻었다.
율곡 이이의 초상화는 이당 김은호 화백의 1965년 작품이
며 1975년 표준영정으로 지정되었다.

'고려 시대부터 이어져 내려온 명문가에서 이사온을 사위로 들였고, 이사온은 신명화를 들였고, 신명화는 이원수를 들인 것이지. 고구려를 계승한다는 기치를 내걸고 국호도 고려로 지었기 때문에 모든 풍습을 고구려의 것 그대로 계승했다고 봐도 틀리지 않을 거야.'

나는 온돌방으로 향했다.

사임당이 아들 율곡 이이를 낳았다는 '몽룡실'이 있는 곳이다. 남편 이원수와의 사이에서 4남 3녀를 두었는데, 자녀들을 모두 강릉에서 낳은 것은 아니었다지만 대학자 율곡 이이를 낳은 곳이라고 하니 눈길이 머무는 것도 당연했다.

'생각보다는 소박한 곳이네. 그런데 왜 오죽헌에는 대청하고 여기 온돌방뿐이지? 별채가 몇 개 있다고는 해도 굴뚝도 소박하고 그래서인가? 권력을 누리던 사대부 집안처럼 보이진 않아. 이사온의 사위 신

명화가 서옥제데릴사위제 때문에 여기서 살았다면 사임당을 포함해서 딸들을 출산한 곳이 있어야 할 텐데? 그럼 여기서 사임당도 태어나고 이율곡도 태어났다는 건가? 어머니가 태어난 곳에서 아들도 태어났다는 거네? 율곡기념관에 가서 간찰[44]이라도 보면 적혀 있을까? 이런 이야기들을 기록해둔 자료들이 풍부하면 얼마나 좋아?'

서옥墻屋이란 '처갓집 뒤에 따로 만든 사위의 집'이란 의미로서, 서옥제는 고구려 시대부터 전해진 데릴사위 풍습을 말한다. 사위가 신부의 집 뒤꼍에 작은 거처를 짓고 거기서 자식을 낳아, 자식이 성장한 후에는 아내를 데리고 본가로 돌아가는 풍습이었다. 이사온의 사위가 신명화였으므로 신명화도 용인 이씨의 집 한 곳에 거처를 지어야 했다는 얘기다.

그게 온돌방 이곳, 몽룡실이다.

'아, 아니다! 신명화도 이사온의 사위였지.'

내 생각이 짧았다는 걸 깨달은 순간이었다.

'강릉 최씨 가문에 장가를 온 이사온부터였어. 외할아버지가 용인 이씨를 이곳에서 출산한 거고, 용인 이씨가 사임당을, 사임당이 이율곡을 낳은 곳이야.'

그제야 이해가 되었다.

이사온이 강릉 최씨 최응현의 집에 살게 되면서부터 머문 곳이다. 그리고 처갓집 장인이 세상을 떠나거나 어떤 이유로 이사온이 거처를

44 생활, 신변잡기 등의 기록

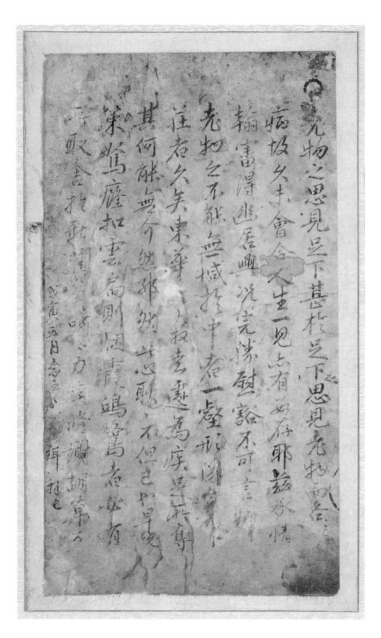

이이간찰 　　　　　　　　　　　　　　　　　　　　　오죽헌시립박물관 소장

간찰(簡札)이란 안부나 용무, 이런저런 일상 이야기를 적은 글을 말하며 편지와 같은 의미로 사용된다. 간찰
에 기록된 내용은 당시 시대상이나 인물들의 삶을 엿볼 수 있어서 역사적으로도 소중한 자료가 된다.

오죽헌 전경 ⓒ한국전통문화사진작가 정창곤
이율곡과 사임당을 기억하는 곳 '오죽헌'. 발자국들을 따라 거슬러 올라가 보면 송시열의 발
자국도 저 어디쯤에 남아 있지 않을까?

옮기게 되면 나중에 사위 신명화를 들여 살게 한 곳이었고, 신명화가
다시 거처를 옮기게 되면 사위 이원수를 들여 살게 한 곳이었다. 시대
가 다르긴 하지만 조선 시대에 고려 명문가의 집에서 이율곡이 태어난
셈이다.

'그래. 이제 말이 되네. 신명화나 이원수, 이사온도 단순히 처갓집에
데릴사위 노릇을 하러 들어온 게 아니었어. 이 가문 자체가 고려 개국
공신을 시조로 둔 강릉 최씨 명문가라는 점이 중요했던 거야. 사임당
이 어려서부터 학문을 배울 수 있었던 이유도 마찬가지야. 당시엔 소
박한 양반가문에 불과했지만 그 선조가 고려 개국공신 가문이라면 후
손들 입장에선 자부심도 상당했을 것이고, 가문에 대한 부흥 욕구도
없었을 리 없거든. 고려에 이어 조선에서도 나랏일을 하기 위해 많은
준비를 했을 텐데, 여러 사건도 터지고 벼슬을 멀리하게 된 이유도 생

겼던 거야. 그렇더라도 학문을 멀리한다는 건 있을 수 없는 일이니까, 후손들이 학문을 가까이하고 벼슬에 나아가려고 노력했던 거야. 그래, 그거야.'

우리가 아는 사임당은 율곡을 키워낸 어머니가 전부가 아니라는 의미다.

고려 시대에는 강성했었지만 조선 시대에 들어와서는 권세가 상대적으로 줄어든 양반가문에서 집안을 다시 일으킬 후손으로서, 자식들이 나랏일을 제대로 할 수 있도록 키워낼 수 있는 능력을 갖춘 어머니로서, 교육받고 자라난 여성이라는 이야기가 더 신빙성 있었다.

'훗날 송시열도 이곳에 와서 봤던 거야. 자신의 스승 이율곡이 태어나고 자란 곳, 오죽헌을 말이지. 그런데 이율곡에 대해 학문적 성과를 기록하고 이론을 정립하다 보니 뭔가 더 많은 자료가 필요했을 거야.

이율곡이 어려서부터 학문에 매진할 수 있었던 이유는 무엇일까? 송시열이 이율곡의 아버지 이원수에 대해 조사해보니 별것 없었거든. 그래서 외할아버지 신명화까지 거슬러 올라갔을 것이고, 그러다 보니 전형적인 어머니상인 용인 이씨를 자연스레 알게 되었을 거야. 물론 이들의 딸이자 이율곡의 어머니인 사임당까지 내려오게 된 것은 당연한 순서일 테고. 결국 송시열은 이율곡을 대학자로 키워낸 데는 어머니 사임당의 역할이 중요했다는 사실을 간파했을 거야.'

오죽헌을 돌아보고 얻은 소득은 사임당의 모성애뿐만이 아니었다. 사임당이 태어나고 자란 곳, 그곳에서 다시 이율곡을 낳고 키우면서 사임당이 느끼고 생각했던 자녀교육의 목표, 그리고 사임당 스스로의 역할과 임무에 대해서도 나름대로 이해가 되었다.

고려를 건국한 개국공신의 후손으로서, 조선 시대엔 권세가 줄어든 가문을 다시 일으킬 후손으로서 사임당이 지녔을 본분이 어떠하였을지 짐작되는 부분이었다. 사임당이 어머니 용인 이씨를 그리워하며 항상 어머니 앞에서 바느질하며 지낼 수 있던 날을 그리며 지은 시구도 이해가 되었다.

집안 뒤뜰에 빽빽이 자라난 오죽을 바라보며 사임당은 무슨 생각을 했을까? 집안에 드나드는 사대부들이 자신을 바라보는 시선에서 사임당 스스로 삶의 목표를 갖게 되고 인생의 지침을 세우게 된 건 아니었을까?

'아, 맞다. 드라마 촬영지가 이 근처 어디라고 했는데?'

사임당에 대한 이야기가 화제가 되면서 오죽헌에서도 촬영을 하고 인근 지역에서도 촬영을 했다는 소문을 들은 기억이 났다. 오죽헌 바로 옆에 있는 강릉예술창작인촌, 하슬라아트월드, 선교장船橋莊이 바로 그곳이다.

'그래, 마침 시간 여유도 있고 돌아가는 길에 들르는 것도 나쁘지 않겠지. 사임당이 드라마에선 어떻게 비춰지는지도 궁금하고.'

가장 먼저 오죽헌 옆에 붙은 강릉예술창작인촌을 둘러보고, 다음엔 근처 선교장에 들러 조선 사대부 아흔 아홉 칸 대저택도 둘러보기로 했다.

강릉예술창작인촌은 오죽헌시립박물관을 바로 옆에 두고 작은 골목으로 이뤄진 동네인데, 중앙에 현대식 건물이 자리 잡고 있고 강릉예술창작인촌이라는 표지판이 세워져 있다.

강릉예술창작인촌　　　　　　　　　　　　　©한국전통문화사진작가 정창곤

오죽헌시립박물관 바로 옆에 강릉예술창작인촌 거리가 있다. 아기자기한 골목과 눈길을 멈추게 하는 작품들이 들어선 이곳에서 신사임당은 어떤 모습으로 그려졌을까?

　　창작인촌에 들어서 있는 아기자기한 집들을 보는 것만으로도 재미가 쏠쏠하다. 집집의 벽들마다 그려져 있는 캐릭터들과 일러스트 삽화를 보노라면 만화 속으로 들어온 느낌처럼 정겨움이 넘쳐나고, 골목 어귀마다 세워진 조형물들을 보노라면 마치 살아 있는 예술품들과 함

선교장

조선시대 효령대군의 11대손 무경(茂卿) 이내번(李乃蕃)에 의해 1760년경부터 짓기 시작한 후 지금의 모습을 갖추기까지 증축을 이어왔다. 명칭에 '배(船)'가 들어간 이유는 오래 전엔 경포호수를 가로질러 배를 타고 들어와야 했던 이유라고 전해진다. 그리고 조선 시대 양반가의 풍습과 다르게 이 집은 '장'이라는 명칭을 붙였는데, 집의 규모가 크다 보니 목수(집수리 및 가구 제작 인력)와 침모(옷 만드는 사람)들이 함께 기거했을 것으로 짐작된다. 선교장은 일반적으로 조선의 사대부 가문의 집으로 99칸이라고 전해지지만 실제로는 102칸의 규모이고, 부수적으로 딸린 건물들까지 합하면 12개의 문에 300칸에 이르는 규모의 집이다.

하슬라아트월드   ⓒ한국전통문화사진작가 정창곤
강원도 강릉시 강동면 율곡로에 소재한 복합문화예술공원이고 숙박시설을 갖추고
있다. '하슬라'는 고구려 및 신라 때 불리던 강릉의 옛 이름이다.

하슬라아트월드　　　　　　　　　ⓒ한국전통문화사진작가 정창곤
레스토랑에서 식사를 마치고 나오면 바닷바람이 넘실대는 멋진 풍경이 시야에 들
어온다. 건물 주위에서 인간의 예술작품을 만난다면 눈앞에서는 자연의 예술품을
만나는 기분이랄까? 주차장에 차를 세워도 그 자체가 예술품 속으로 들어온 듯한
기분을 선사하는 곳이다.

께 숨 쉬고 있다는 느낌마저 드니 말이다.

다음 목적지인 선교장에 도착했다. 이 입구에서 드라마 촬영지가 어
디였는지 알려준다. 정중앙에 보이는 본채다.

'어마어마하군. 본채만 해도 이 정도이니 도대체 얼마나 큰 거야?'

선교장에 들러 이곳저곳을 둘러보는데, 한 가지 더 놀라운 사실은

이곳에서 살아가고 있는 사람들이 있다는 점이다. 강릉 선교장은 정부 소유가 아니라 개인 소유지라는 점도 특이하다. 마침 내가 방문했을 때는 외국인 관광객과 한국 사람들이 선교장에 와서 숙박 체험을 하는 광경이 보였다. 조선의 사대부 집안에서 하룻밤 머무는 기분은 어떠할까?

나는 이내 차를 몰고 하슬라아트월드로 이동했다.

동해안을 끼고 바다가 바라보이는 언덕에 위치해 있는 하슬라아트월드에 올라서자 넘실거리는 동해의 푸른 바다가 한눈에 들어온다. 그야말로 시 한 수가 절로 읊어진다. 그저 숙박시설을 갖춘 호텔인 줄로만 알았는데 상상 이상이다. 레스토랑 곳곳에 장식되어 있는 온갖 종류의 예술품들이 더욱 눈길을 끈다.

이곳저곳을 감탄하며 살펴보다가 직원에게 물어보니, 레스토랑에서 드라마 촬영을 하고 갔다고 알려준다. 커다란 통유리 창을 배경으로 삼고 바로 앞 테이블에서 식사하는 장면을 찍은 것으로 보인다.

그리고 밖에선 무지개 계단을 배경으로 촬영을 했다고 하는데 경사진 위 언덕에서 아래로 내려오는 모습이었을까? 무지개 색상이 겹친 계단이 시선을 즐겁게 한다.

잠시 머물다,
강원도 평창군 봉평면 백옥포리
발길 멈추는 고개 하나 사이에 머물다

申
師
任
堂

오죽헌을 뒤로하고 서울로 향하면서 돌아가는 길엔 구도로를 타고 원주를 거쳐서 가기로 했다. 강릉에서 한양으로 향하던 사임당의 발자취를 따라 가보고 싶었기 때문이다.

사임당은 강릉을 떠나며 어떤 심정이었을까?

강릉을 자주 다녀본 사람들은 알겠지만, 영동고속도로는 대관령을 관통하는 터널을 바로 통과하게 되어 있고, 옛날에 다니던 구대관령도로는 아직 그대로 남아 있다. 그리고 이 대관령 구도로는 지방도 456번 도로라고도 부르는데, 이 구도로는 눈이 많이 내리거나 기상 악화가 심할 때에는 운행을 삼가야 한다.

대관령에서 내려다본 강릉   ©한국전통문화사진작가 정창곤

대관령 고개에 서서 강릉을 바라본다. 굽이굽이 고갯길 너머 강릉 시내가 저 멀리 시야에 들
어온다. 도로가 생기기 전, 가마를 타고 대관령고개를 넘던 사임당의 눈에 비친 강릉 친정집
은 저기 어디쯤에서 그녀의 눈에 밟혔을까?

   운전이 서투른 사람은 물론이고 운전이 능숙한 사람일지라도 대관
령고개는 회전도로가 많고 굴곡이 심해서 운전을 할 때 세심한 주의가
필요하다.

   '대관령고개 중간쯤에서 본 것 같아.'

   신사임당 사친시비를 들러 사임당의 심정이 되어 강릉을 보고 싶었
다.

   사임당의 시선으로 강릉을 바라보고 싶었고, 사임당이 어머니 용인
이씨를 그리며 지었다는 「사친思親」 시구도 빨리 보고 싶었다.

   자동차가 대관령고개를 타고 오르기 시작한 지 얼마나 지났을까?
드디어 신사임당 사친시비에 도착할 수 있었다.

   이 자리일까?

사친시비 ⓒ한국전통문화사진작가 정창곤
강릉 친정집을 뒤로하고 대관령고개를 넘던 사임당이 결국
가마에서 내려 친정어머니 용인 이씨를 떠올리며 시를 지은
곳. 지금은 시를 기록한 비 하나가 사임당의 발자취를 대신
한다.

  사임당이 친정어머니 용인 이씨를 오죽헌에 홀로 남겨놓고 떠나는
마음이 너무 아파 시댁으로 향하던 발걸음을 차마 더 떼지 못하고 멈
춰 서서 그리움에 사무친 시구를 짓던 그 자리가? 어머니에 대한 그 깊
은 그리움을 아로새긴 시비 하나가 드높이 세워져 묵묵히 자리를 지키
고 있었다.

  그리고 조금 떨어진 곳에는 대관령옛길 반정半程을 표시하는 커다란
표싯돌이 보였고, 사임당이 실제 대관령을 넘어 다녔을 그때를 고스란
히 옮겨둔 듯 산골 자락 사이로 굽이굽이 친 산길을 그대로 유지해둔
게 보였다. 분명 저 길 어느 발자국들 중에는 사임당의 발자국이 있을
게 분명했다.

思親　친정어머니를 그리며
사　친

千里家山萬疊峯　천리 먼 집, 수많은 산봉우리
천 리 가 산 만 첩 봉

歸心長在夢魂中　돌아가고 싶은 마음은 꿈속 영혼 깊이 자라는데
귀 심 장 재 몽 혼 중

寒松亭畔孤輪月　차가운 소나무 정자에 둥그런 달이 걸렸고
한 송 정 반 고 륜 월

鏡浦臺前一陣風　경포대 앞엔 바람 한무리가 머물며
경 포 대 전 일 진 풍

沙上白鷺恒聚山　모래 위 백로는 산 위에 늘 모이고
사 상 백 오 항 취 산

波頭漁艇各西東　파도 머리는 고깃배도 이리저리 옮기는데
파 두 어 정 각 서 동

何時重踏臨瀛路　언제쯤이라야 강릉 길 다시 밟아
하 시 중 답 임 영 로

更着斑衣膝下縫　색동옷 다시 입고 어머니 무릎 아래에서 바느질할까
갱 착 반 의 슬 하 봉

신사임당 사친시비를 뒤로하고 대관령에서 서울 방향으로 달리다가 강릉과 원주의 중간 지점을 지날 때쯤, 봉평면이라는 표지판이 나타났다.

'강원도 평창군 봉평면? 아, 그래. 사임당이 잠시 머물던 곳이 이곳이지. 백옥포리. 파주와 강릉을 오가던 생활에서 남편에게 양해를 얻어 여기에 잠시 머물러 살았다고 했는데, 왜 하필 여기였을까? 파주와 강릉의 중간 지점은 아니었고, 대관령 자락에서 내려오자마자 바로 나타나는 마을이었을 뿐인데.'

서울로 향하던 차를 돌려 나들목으로 방향을 틀었다. 영동고속도로

대관령 길　　　　　　　　　　　　　　　　　　　　　　　　ⓒ한국전통문화사진작가 정창곤

산세가 급한 대관령 고갯길을 오르내리던 사임당의 마음속에서도 강릉 친정을 향할 때와 다시 친정을 뒤로하고 나올 때의 감정이 다르지 않았던가? 고갯길이 굽이칠 때마다 사임당의 절절한 심정 또한 애잔한 친정어머니에 대한 연민으로 그리움이 북받쳤을 것으로 느껴진다.

백옥포리　　　　　　　　　　　　　　　　　　　　　　　　ⓒ한국전통문화사진작가 정창곤

대관령고개를 넘자마자 만나는 작은 마을 백옥포리. 실개천 다리를 건너면 산자락에 자리 잡은 소박한 동네가 운치를 더한다. 사임당은 이곳에 머물며 친정집과 고개 하나를 사이에 두고 그리움만 더 쌓였던 것이 아닐까?

를 타고 평창휴게소를 지나 달리다가 봉평터널을 지나기 전이다. 자동차가 기분 좋은 속도감을 유지하며 백옥포리로 들어서고 있었다.

백옥포리는 대관령고개를 넘어오자마자 바로 보이는, 마을 앞에 작은 시내를 두고 집 몇 채가 모여 이룬 작은 동네였다. 마을 옆으로 국도가 펼쳐져 있어 이따금 자동차 소리만 들릴 뿐이었다. 도로변에 서서 마을을 바라보는데 산세에 둘러싸여 있어서일까? 어깨를 감싸는 듯 고즈넉한 기운이 가득하다.

'아, 그렇지. 사임당이 대관령 바로 밑에 있는 이 마을에서 머물렀던 이유는 친정과 조금이라도 더 가까이 있고 싶었던 거야. 강릉에서 파주까지는 너무 멀고, 사임당 자신도 자주 몸이 아팠던 데다 그렇다고 강릉을 매번 오가는 것도 대관령 산자락 길이 험해서 힘들었을 것이어든. 물론 가마를 지고 가는 노비들이 고생했다고는 하지만 가마를 타고 가야 하는 사임당도 편한 여정은 아니었을 테지. 그래 아쉬운 대로 고개 밑자락 이곳에라도 머물면 친정 가까이 있다는 안도감을 느낄 수 있었을 거야.'

제3부

사임당 그리고
네 명의 여성들

신명화가 신사임당에게 가르쳐주고 싶었던 요점을 간단하게 정리하자면, 문정왕후에게선 섭정의 전략을, 정난 정이나 황진이, 장녹수로부터는 여자의 재능이 출중하여 권력을 만났을 때 그들과 어울리는 방법 그리고 권력을 올바르게 사용하는 방법을 터득시켜주고 싶었을 거라고 생각해. 신사임당이란 여성을 설명하는 데 가장 중요하고 확실한 단서는 '사임당'이라는 그 당호 자체면 충분할 거 같아. '태임을 본받겠다', 바로 그 뜻이 신사임당의 정체성이지.

문정왕후의 수렴청정
서서히 드러나는 인연의 고리

申
師
任
堂

"왔어? 얼른 앉아봐."

"운전하느라 피곤했겠다고 좀 말해줘. 나, 집에 가서 옷만 갈아입고 바로 오는 길이야."

"그래 운전하느라 피곤했겠다. 근데 이리 좀 앉아봐."

김 박사는 약속장소에 미리 와서 나를 기다리고 있었나 보다.

합정역 6번 출구 앞에서 만나기로 했었는데, 시간보다 10여 분쯤 늦었을까? 지하철 출구를 나와 전화를 해보니 근처 커피점으로 오라고 했다. 지하철역 출구 앞에 있는 건물들 중에 은행 건물 2층이라고 했다.

"나 왔는데, 어디야? 여기 너무 넓잖아? 어디 있어?"

커피점 2층에 올라갔지만 다시 휴대폰을 들어야 했다.

커피를 주문하는 1층은 아담한 크기에 테이블도 서너 개밖에 없었는데, 계단으로 올라가서 본 2층은 예상 밖으로 널찍했다. 족히 수십여 개가 넘는 테이블 수도 그렇지만 손님들이 꽉 들어차 있어서 두리번거리지 않을 수 없었다.

"여기야! 나 안 보여? 난 이 작가 보이는데. 뒤로, 뒤로. 응! 보이지?"

가까스로 만남.

김 박사가 커피점 한쪽 자리로 나를 데리고 갔다. 2층 커피점 공간 중에서도 외진 곳이었다. 테이블도 달랑 한 개. 탁 트인 공간에서 건물 내부구조상 사용할 수 없는 작은 공간이었는데, 거기에마저 테이블이 놓여 있었고 김 박사는 애초에 이 자리를 점찍어 둔 듯했다.

만나기로 한 약속시간보다 훨씬 더 일찍 와서 이 자리가 나기만을 기다렸다고 했다.

"저녁 먹자고 부른 것 아니었어?"

"저녁? 그건 이따가 집에 가서 먹고. 집밥이 건강에 좋아. 일단 내 말 좀 들어봐. 내가 그동안 뭘 준비했는지 이 작가에게 꼭 말해줘야 해서 오늘 보자고 한 거야."

"뭔데?"

"요즘 사임당 책 집필하고 있다고 했지?"

"응, 내가 지난번에 말했잖아?"

김 박사는 잠시 내 눈을 빤히 쳐다보더니 자기가 앉은 의자 등받이 쪽에서 가방을 꺼내어 테이블 위에 올려놓았다.

"이게 뭐냐 하면……."

김 박사가 주위를 둘러보면서 낮은 목소리로 말했다.

"문정왕후, 정난정, 황진이."

김 박사는 서류가방을 가리키며 조선 시대 세 명의 여성 이름을 꺼냈다. 그런데 정난정과 황진이는 조선 시대 사람이 확실하지만 문정왕후는 고려 시대에도, 조선 시대에도 있었다. 그래서 두 명이다. 김 박사는 이 사실을 알까?

"그런데 문정왕후가 누군지 알아?"

"여기 문정왕후는 文定王后를 말해. 알지? 조선 중종 임금의 왕비. 고려 시대 문정왕후는 文貞王后라고 쓰잖아? 고려 예종 임금의 왕비이고."

역시 김 박사는 역사박사다.

내심 김 박사의 이야기에 점점 더 흥미를 갖게 되는 순간이었다. 김 박사는 세 명의 여자 이름을 말하면서 도대체 뭘 이야기하려고 하는 걸까?

"조선 중종의 왕비인 문정왕후는 파평 윤씨坡平尹氏지. 세조의 왕비였던 정희왕후랑 같은 가문이야."

"그래, 이 작가. 맞아."

김 박사가 나를 보면서 입가에 미소를 짓더니 안심하는 표정이다. 내심 자신의 이야기가 내게 먹히지 않으면 어쩌나 고민을 한 모양이다.

김 박사의 이야기가 이어진다.

"문정왕후는 1501년 12월 2일생으로 1565년 5월 5일까지 살았던 인물이지. 알지? 이 작가는 이게 뭘 의미하는지 알아?"

"잠깐. 아, 그렇네! 1501년생이지. 1565년에 세상을 떠났고. 아, 그럼? 이원수와 동갑이고, 사임당과도 동시대 인물이네."

"그래! 바로 그거야!"

김 박사가 활짝 웃으며 상체를 펴고 의자 등받이에 자신의 몸을 기댔다. 중요한 이야기가 내게 제대로 먹혀들었다는 표정이었다.

이번엔 내 차례였다. 김 박사가 제시한 실마리만으로는 뭔가 부족했다. 앞뒤 순서를 어느 정도 일목요연하게 정리해야 할 필요가 있었다.

하지만 이번에도 김 박사가 빨랐다.

"문정왕후는 중종의 정비인 장경왕후_{章敬王后} 사후에 세 번째로 왕비가 된 사람이야. 그때가 1517년이니까, 17세 될 무렵이지. 그런데 장경왕후는 1491년생이었는데 1515년에 운명했어. 하지만 중종은 1488년생이잖아? 1517년이면 이제 30세의 한창 나이였잖아? 그러니까 새 왕비가 당연히 필요했겠지. 안 그래?"

"장경왕후도 파평 윤씨이고."

"그렇지. 이제 이야기가 쏙쏙 맞아 들어가네. 역시 이 작가야! 생각해봐. 사임당과 비슷한 또래가 왕비가 된 거야. 신명화 입장에선 어땠을까? 파평 윤씨가 왕비가 된 건데? 사임당을 혼인시키면서 이원수, 응? 파평 윤씨의 파주 파평면에 가서 덕수 이씨를 사위로 데려온 데는 나름대로 이유가 있을 것이라는 의미라고!"

김 박사가 의미심장한 미소를 지었다.

김 박사의 이야기를 들으며 그럴 수도 있겠다는 생각이 들었다. 하지만 신명화가 이원수를 사위로 삼은 건 과거시험을 준비하며 한양에 머물 때 이웃집 선비와 친하게 지냈는데 그가 이원수의 친척이어서 소개를 받았다[45]고도 전해진다. 물론 어떻게 생각하느냐에 따라 김 박사의 논리도 충분히 설득력이 있었다. 세조의 왕비도, 중종의 왕비도 연이어 파평 윤씨였다면? 문정왕후랑 이원수는 1501년생으로 나이도 같다면?

김 박사는 이야기를 하면서도 오른손만은 서류가방 위에 올려두고 떼질 않는다.

조금씩 머릿속이 정리되는 듯했다. 김 박사가 하려는 이야기, 오늘 이 자리에서 내게 필요한 정보가 있을 것이라던 김 박사의 의중을 알 것만 같았다.

지금은 내가 먼저 이야기를 꺼내야 했다.

"근데, 김 박사."

"응?"

"중종은 1488년생, 왕위에 오른 건 1506년이야. 1544년까지 보위에 있었지. 하지만 중종반정으로 왕위를 얻은 사람이잖아?"

"그렇지. 잡은 게 아니라 얻은 것이지. 역시 작가다운 표현력이야."

"게다가 중종은 임기 초반엔 반정을 주도한 세력들에 의해 제대로 왕권을 펼칠 수 없었고, 후반기엔 외척세력들이 권력을 휘두르게 되면서 왕답게 힘을 써본 적이 없는 사람으로 생각했는데. 문제는……."

잠시 생각을 해야 했다.

45 파주 율곡선생유적지 이종산 소장 인터뷰, 글 이영호, 2016. 7. 29.

'중종, 장경왕후, 문정왕후. 이 시기가 언제인가? 조선의 이 시대가 어떤 시대인가? 중종을 왕위에 올린 훈구파들이 조광조를 쳐냈다? 기묘사화. 그래, 신명화가 억울한 옥살이를 하고 강릉으로 내려온 시기, 정치세력의 다툼에 환멸을 느낄 즈음이지. 그 후 1544년에 중종이 세상을 떠나자 인종이 즉위했지만 재위 8개월 만에 죽게 되어, 1545년에 어린 경원대군이 왕명종이 되었지. 그때가 12살이었어. 그러면서 문정왕후 역시 정희왕후처럼은 아니더라도 마찬가지였잖아? 명종의 뒤에서 수렴청정垂簾聽政을 했는데, 그게 아마 1545년부터 1553년 정도까지지?'

한창 나름의 실마리를 꿰어갈 즈음, 김 박사가 불쑥 끼어들었다.

"문정왕후의 무덤이 어디 있는지 알아?"

"그거? 태릉泰陵이잖아? 노원구에 있는 거."

"맞아! 역시 이 작가야."

"존호는 성렬대왕대비聖烈大王大妃라고 하지."

김 박사가 고개를 끄덕이며 미소만 지었다.

그 순간 내 눈에는 김 박사의 오른손이 서류가방에서 떨어져 있는 게 보였다.

안심했던 건가?

김 박사는 가방에서 자료를 꺼내 놓진 않았지만 그 내용을 이미 다 이야기로 꺼내고 있었다. 김 박사의 이야기가 입 밖으로 나올수록 서류가방에서 김 박사의 오른손이 조금씩 멀어지고 있다는 느낌을 받았다.

"이사온과 신명화는 어린 사임당을 보면서 어떤 생각을 했을까?"

김 박사의 질문에 나도 모르게 정신이 화들짝 들었다.

"응?"

조금 전까지 여유로웠던 김 박사의 얼굴이 아니었다. 이번엔 사뭇 진지했다.

김 박사는 내가 사임당 책을 쓰고 있다는 걸 알고 난 후, 2주 정도가 지나서야 전화를 걸어왔었다. 그리고 오늘 만날 약속을 하게 된 건데, 길다면 길고 짧다면 짧은 시간 아닌가?

김 박사는 하지만 내 의중을 간파하고 있다는 눈빛이었다. 내게 해줄 이야기가, 꼭 내가 들어야만 하는 이야기가 있다는 게 무엇인지 대강 짐작되는 순간이었다.

"사임당은 1504년생으로서 그 외할아버지는 이사온, 아버지는 신명화지? 자, 사임당이 어렸을 적의 조선 정치 상황을 잘 그려봐야 하는 거야.

첫째, 이사온이나 신명화 시절의 조선 정치 상황을 이해하려면 두 번의 반정反正, 즉 세조반정과 중종반정에 주목해야 돼. 이 두 번의 반정으로 조선의 정치상황이 급변하게 되고 조정의 실권이 확 뒤바뀌니까 말이야.

둘째, 반정으로 왕위에 오른 세조와 중종, 이 두 임금의 왕비들에 또 주목할 필요가 있다고. 세조의 왕비인 정희왕후, 그리고 중종의 왕비인 문정왕후 말이야. 정희왕후랑 문정왕후 하면 뭐가 떠오르지? 뻔하지. 둘 다 파평 윤씨로서 나중에 대비大妃가 되어 수렴청정을, 섭정을 한단 말이지. 어린 임금을 대신하여 대비가 정사를 관장했다고. 정희왕후가 1469년부터 1476년까지 섭정을 했는데, 1476년은 무슨 연도야? 바로 그 해에 신명화가 태어나거든. 그리고 훗날의 문정왕후는? 또 섭정을 했단 말이야. 1545년부터 1553년까지인데, 이 시기에 사임당이 죽고 이율곡이 청소년기를 보내거든?

이런 정치 상황은 이사온이나 신명화, 그리고 사임당에게 영향을 주지 않을 수 없었을 거야. 두 번의 반정, 그리고 파평 윤씨인 두 왕비들의 섭정. 이게 중요한 포인트란 말이지."

파평 윤씨가 조선의 왕비가 되었고 섭정을 했다? 어린 사임당의 천재적 재능을 일찌감치 간파한 이사온이나 신명화의 눈에는 이건 사임당에게 더없이 좋은 기회가 될 수 있었다. 그래서 이들은 사임당의 재능을 계발하여 역사에 남을 인물로 키우고자 교육을 시키지 않았을까.

거꾸로 생각해보자. 신인선. 당호를 '사임당'으로 지었는데, 중국의 '태임'을 본받겠다고 했다. 중국의 태임이 누구인가? 주나라의 기틀을 닦은 주 문왕의 어머니다. 사임당은 물론 천재 이율곡의 어머니이고.

정희왕후, 문정왕후, 태임, 사임당.

어린 성종, 어린 명종, 주나라 문왕, 천재 이율곡

그리고 섭정.

나는 이런 논리전개를 간추려 김 박사에게 들려주었다.

"세상에!"

김 박사는 탄성을 내뱉었다. 내 생각이 맞다는 표시, 아니, 최소한 내 생각에 동의한다는 의미였다.

김 박사는 이번엔 선조 때의 이야기를 꺼냈다.

"그리고 또 있어. 조선의 14대 임금 선조宣祖는 1552년 11월 26일부터 1608년 3월 16일까지 살았어. 왕위에 오른 시기는 1567년이지. 뭔가 이상하지 않아? 선조 임금은 이율곡보다 나이가 어렸다고. 이율곡은 1536년에 태어났거든. 알지? 선조 임금보다 16살 많아. 선조 때 조선의 국경을 지킨 '신립', 외교문서를 담당한 '신흠'도 그러고 보면 신명화의 후손이었잖아?"

"이율곡이 선조와 가깝게 지내면서 나랏일을 관장했다는 거야? 또 다른 의미의 섭정이었다는 뜻이야?"

"신하가 왕의 지시를 받거나 의견을 내어 조언하는 건데, 하나도 이상할 건 없지. 섭정이라고 부르기엔 좀 과한 표현이고, 옳지 않거나 잘못된 일을 하지 말라고 말씀드린다는 의미에서 '간언諫言'이라고 해둘까?"

"김 박사 이야기는 그럴듯해. 이율곡이라면 우유부단했던 아버지 이원수와 강단 있는 어머니 사임당 사이의 불편했던 부부생활에 대한 기억을 떨쳐내지 못했을 거야. 물론 겉으론 이야기하지 않았겠지만, 선조 임금에게 온갖 정사의 옳고 그름에 대해 사사건건 간언하는 일이 버거웠을 수도 있지 않았겠어? 이율곡은 스스로 사직을 청하고 물러난 적도 많잖아? 그때마다 선조가 다시 불러들였지만."

김 박사는 서류가방을 내 앞으로 밀었다.

자기가 이야기를 할 테니, 궁금하거나 의문스런 점이 있으면 열어서 확인해도 좋다는 표정이었다. 그만큼 자기 이야기에 확신을 가졌다는 의미다.

"문정왕후의 아버지 집안은 선대엔 고위 관료였지만 아버지 대부터는 관직에 나간 사람이 없어서 어렵게 살던 상황[46]이었어. 당시에는 몰락한 양반가라고나 할까? 아무튼 그런 상황이었어. 게다가 11세 무렵엔 친정어머니 상을 당했는데, 어린 나이에도 철이 들었던지 어른스럽게 행동[47]했다고 하거든. 3년 시묘살이는 아니더라도 3년 동안 그에 걸맞도록 검소한 생활을 하고 상을 치르는 일을 도왔다는 거야."

김 박사는 고개를 절레절레 저으며 말을 이어나갔다.

"근데 그게 말이 돼? 11세에 불과했는데? 후대에 쓴 기록이니까 일부러 꾸며서 미화시킨 게 아닌가, 뭐 그런 의문이 들긴 해. 아무튼. 그때 마침 문정왕후가 왕실의 간택을 받게 되었던 거야. 근데 문제가 뭐였는지 알아?"

이번엔 내가 대답할 차례였다.

"문정왕후는 사실 뒷배경이 든든하지 못한 상황이었지. 빼어난 외모도 아니었고 뒤에서 밀어줄 만한 세력도 없었는데, 게다가 딸만 계속 낳았잖아. 1534년에 왕자 '경원대군^{명종}'을 낳을 때까지 무려 17년 동안이나 온갖 따가운 시선을 견뎌내야 하지 않았겠어?"

"그렇지. 딸 넷에 아들 하나. 문정왕후가 35세 때에야 아들[48]을 낳게 되지."

이번엔 다시 김 박사가 먼저 이야기를 꺼냈다.

"1550년을 전후하면서 문정왕후는 불교를 육성[49]하기도 하는데 이

46 김재영, 조선의 인물 뒤집어 읽기 (도서출판 삼인, 1999) 79쪽
47 김재영, 조선의 인물 뒤집어 읽기 (도서출판 삼인, 1999) 94쪽
48 김재영, 조선의 인물 뒤집어 읽기 (도서출판 삼인, 1999) 81쪽
49 김재영, 조선의 인물 뒤집어 읽기 (도서출판 삼인, 1999) 90쪽

때 봉은사, 봉선사奉先寺가 지원을 받고 성장하게 되었던 거야."

"유교 국가였던 조선에서 불교를 육성한다는 것 자체가 어지간한 세력 없이는 무척 어려운 과제였을 텐데, 문정왕후가 섭정을 하고 있었기 때문에 가능했을 거야. 하지만 유생들의 반발이 빗발치듯 심했고, 불교육성 방침의 폐단을 지적하는 사람들도 많았어. 주인을 배반한 노비들이 절에 모여들었다고[50]들 하니까."

"자, 그럼 생각해봐."

"뭘?"

1550년 전후에 숭불정책.

1534년 35세가 된 문정왕후의 아들 출산.

절세미인도 아니고 든든한 배경도 없는 여성의 왕비 간택.

"이것만 봐도 뭐 감이 안 와?"

김 박사가 나를 보며 입가에 살며시 미소를 짓는다.

나를 믿는다는 의미다. 내가 맞춰야 된다는 표시이기도 했다.

그때였다. 역사는 합리적인 인문학이라고 생각하면서도 이따금 미스터리처럼 느껴지는 순간도 있었는데, 바로 이 순간이 그랬다.

"조금 억지처럼 들리기도 하겠지만, 우연찮게 아귀가 딱딱 들어맞을 때도 있는 게 사실이야."

50 김재영, 조선의 인물 뒤집어 읽기 (도서출판 삼인, 1999) 91쪽

"어떤 점이?"

"35세에 아들 낳은 문정왕후, 33세에 이이 낳은 사임당."

"그렇고말고!"

"빼어난 미인도 아니고, 든든한 배경도 없는 여성의 왕비 간택. 그런데 혼인 전부터 어린 사임당에게 가례嘉禮를 교육시킨 신명화."

"그렇지!"

"사임당이 당시 불교의 대명사였던 금강산에 들어가게 된 일이 있었지.[51] 원인은 남편 이원수의 외도 때문이었다고 전해지고 있지만. 또 사임당 사후에 3년 상을 마친 이율곡도 금강산에 들어가서 1년간쯤 불교 공부를 한 적이 있거든."

"맞아. 이율곡이 그 때문에 훗날에도 줄곧 트집을 삽히곤 했지."

"신명화는 1522년에 세상을 떠났어. 그렇다면 신명화가 그런 상황을 유도한 건 절대 아니지."

"사임당 주위에는 신명화와 이사온, 이원수만 있었던 건 아냐."

역사를 기록과 다르게 해석하는 것은 후손들의 몫일 것이다. 어느 사람의 역사를 기록하는 건 그 사람과 가까이 지낸 사람들의 눈과 입, 귀에 의존하는 경우가 대부분이기에 그렇다.

평소에 그 사람과 가깝게 지내던 이들이 나중에 그 사람을 비난하거나, 그 사람의 행적에 시비를 거는 일은 극히 드물지 않은가?

51 김태형, 《심리학자 정조의 마음을 분석하다》 (역사의아침, 2009) 154페이지

역사 기록의 사실성 여부는 제쳐놓더라도 역사가 미스터리일 수 있는 건 받아들이는 사람들마다 의견이 다르기 때문이다.

생각해보자.

우선 사임당이 어려서부터 이사온과 신명화로부터 요즘으로 치자면 대권을 향한, 그러니까 왕권을 염두에 둔 교육을 받았을까 하는 부분이다. 부정적으로 보는 시각에서는 사임당의 아버지 신명화가 40세가 넘어서야 진사시에 급제할 정도였다는 점을 근거로 들 수 있다. 그렇게 늦게까지 과거에 오르지 못한 것은 애초에 관직에 나아갈 의사가 없었던 것 아니냐는 의문을 갖게 된다는 이야기다. 일리 있는 지적이다.

그러나 신명화를 다시 생각해보자. 기묘사화 이후로 강릉에 머물게 되면서 자식들을 교육시킨 기록이 있다. 사서오경, 부덕, 소학, 가례를 가르쳤다. 물론 자식들에게 학문을 가르치는 것과 과거에 급제하는 것은 다르다.

하지만 관직에 뜻을 두고 공부를 하였는가 아니 하였는가를 놓고 생각하자면 이야기가 달라진다. 관직에 뜻을 두지 않은 사람이 자녀들에게 학문을 지도할 이유는 없다. 오히려 조선시대 중기에 이르러 고려 개국공신 가문들에 대한 역차별을 생각해봐야 한다. 신명화가 관직에 뜻을 두었는가, 아니 두었는가의 문제가 아니다.

두 번째, 사임당이 군주교육을 받았다면 자기 주장을 설파하기 위해서, 당시 기득권 세력들에게 자기 사상을 알리기 위해서라도 이론서를 쓰고 저술활동을 했어야 한다고 생각해볼 수 있다.

하지만 애초에 신사임당이 누구인가? 중국의 태임을 본받겠다고 하여 '사임당'으로 불리길 자처한 여성이다.

현대 사회에서도 보이지 않는 유리천장으로 고위직 진출이 좌절되는 여성들이 없지 않은데, 조선 시대엔 여성들의 사회진출 자체가 불가능하지 않았던가? 학식이 높은 신사임당이라면 불가능할 목표를 정하는 대신 자기가 이루고자 하는 목표를 정해서 노력했다고 보는 게 더 자연스럽다. 신인선이 '신사임당'이 된 이유다.

그 결과를 놓고 봐도 신사임당의 목표는 일견 이룬 것으로 보인다. 엄청난 양의 저술을 해온 이율곡, 선조 임금에게 신뢰를 받고 고위 관직에 올랐으며 대비나 왕비의 후광을 등에 업고 사리사욕을 채우는 외척 세력을 탄핵한 이율곡 아닌가?

세 번째, 사임당이 잘 그렸다는 산수화에 대해시다.

신명화나 이사온이 사임당을 왕비로 키우기 위해 교육을 시켰다면 구태여 사임당에게 산수화를 그리게 해서는 아니 하였어야 한다는 주장이 가능하다. 왕의 뒤에서 나랏일을 살펴야 하는 왕비가 산천을 넘나들며 산수화를 그린다는 게 어울리지 않는다는 지적이다. 이 역시 일리가 없는 건 아니다.

하지만 산수화를 그린다는 것은 산천을 다니며 빼어난 풍경을 그림에 옮긴다는 것 외에도 산수화를 즐기는 사람들의 성격과 기질을 알기 위한 목적이 있을 수 있다는 점이다. 어떤 사람을 알려면 그가 좋아하는 걸 알아야 한다는 것과 같다. 산수화를 그리며 공부했다는 것은 산수화를 즐기던 당시대 선비들과 남자들의 기질을 이해하기에 충분하다고 보는 이유다.

네 번째, 사임당의 자녀들 중에 혁명가가 보이지 않는다는 것도 사임당이 군주교육을 받지 않았음을 드러낸다는 주장이다. 신명화나 이사온이 사임당에게 군주교육을 가르쳤다면 최소한 사임당의 자녀들 중 누구라도 혁명가의 모습을 보였어야 한다는 지적이다.

그런데 이렇게 생각해보자. 혁명은 세력을 잡은 후에 도모할 수 있는 권력의 부산물이다. 아무 지위도 없이, 아무 세력도 없이는 아무것도 할 수가 없다. 그래서일까? 이사온은 신명화에게 관직에 오르라고 오랜 시간 물심양면으로 지원해주었고, 신명화는 이원수에게 지원을 약속했다. 그리고 그들의 공통점은 조상들이 고려 개국공신 가문이었다는 점이다.

그러나 신명화는 이원수에게 걸었던 기대를 보지도 못하고 세상을 떠나고 말았다. 이사온도 신명화에게 기대를 걸었었지만 역시 빛을 보지 못했다.

그럼 남은 기회가 누구에게 있을까?

사임당의 후손들에게 있다.

사임당에게 군주교육을 가르쳐둔다면 최소한 후대에 이르러서는 어느 누군가라도 군주의 지위에 오를 것을 기대해볼 수 있다. 최소한 교육을 시키지 않는 것보다는 낫다.

다섯 번째, 사임당이 군주교육을 받았다고 하더라도, 이건 외척 가문을 만들겠다는 의도가 있었다는 의미로 해석될 수 있고, 조선의 정치사에서 외척세력이란 좋은 의미가 아닐 수 있다는 지적이다.

과연 그럴까?

우선 출발선이 다르다. 신인선은 '사임당'을 호로 정했다.

태임을 본받겠다고 했다. 신명화로부터 가례를 지도받고 간택을 얻기를 기다린 게 아니라 사임당 주체적으로 자신의 아들을 왕으로 만들려는 비전을 가졌던 것으로 보이는 이유다. 사임당은 단지 외척세력이 아니라 한 나라의 대비가 된다는 지대한 목표를 가졌다는 것을 말한다.

사임당의 후손이 나라의 왕이 된다는 것은 이사온이나 신명화로서는 고려 개국공신 가문의 부활을 의미한다. 고려가 망해서 조선이 된 것이 아니라, 고려가 조선을 이기고 다시 고려를 되찾았다는 의미로도 해석될 수 있지 않을까?

어느 모로 보더라도 사임당을 현모양처의 상징으로만 보기엔 이해가 안 되는 부분이 많다는 이야기다. 현모양처였는가? 시대를 앞서 미래의 권력을 대비한 야심가였는가? 사임당의 비진에 대해 진지한 의견 교환을 다시 해볼 시기가 아닐까?

정난정, 첩의 딸로서
신분제도를 철폐하다
남편의 의미

申
師
任
堂

"일단 커피를 한잔 더 시키고 다시 얘기하기로 할까? 시간을 너무 끌어서 눈치 보이네."

잠시 후, 김 박사가 커피 두 잔을 들고 올라왔다.

"다음은 정난정인데. 이 작가, 알지? 정난정."

"정난정?"

김 박사가 내 얼굴을 빤히 쳐다본다. 정난정을 모른다면 더 이상 아무 얘기도 안 하겠다는 표정이다. 자기와 얘기 상대가 되려면 정난정 정도는 알아야 한다는 식이다.

"정난정鄭蘭貞, 유명한 여자지. 태어난 연도는 기록이 없어서 잘 모르겠지만, 일단 세상을 떠난 시점은 1565년 11월 13일이라지?"

"그리고 또? 조선 왕실과의 관계는?"

"명종 시대잖아? 문정왕후가 수렴청정을 하던 섭정 시대. 문정왕후의 외척들이 무소불위의 권력을 휘두르던 시기이기도 하고. 처음엔 윤원형의 첩이었다가 나중엔 둘째 부인이 되었고."

"평가는?"

"당시 악녀로 유명했잖아? 물론 정난정 사후에 기록된 여러 평가들 중의 일부에 불과하겠지만. 정난정이 본부인을 독살했다는 소문이 돌면서 좀 어수선했지. 하여간 안 좋은 소문들이 많았어. 근데 정난정은 왜?"

김 박사가 서류가방을 기리기며 말했다.

"사임당 이야기랑 겹치는 부분이 있어서 그렇지. 생각해봐. 정난정은 당시에 누가 보더라도 안 좋은 면이 많았어. 하지만 문정왕후가 뒤를 봐주고 있어서 반대세력들이 함부로 못하였던 건데, 정난정이 벌인 일들 중에 그래도 한 가지는, 응? 신분제도 철폐를 눈여겨봐야 하거든."

"아, 그래. 서출庶出이라도 벼슬길에 나갈 수 있도록 했지? 물론 자기가 직접 한 게 아니라 남편 윤원형을 부추겨서 왕에게 상소를 한 것이지만 말이야."

그 자신이 첩의 딸로 태어났기에 미천한 신분에서 벗어나고자 스스로 기생이 된 여자 정난정. 이후에 윤원형에게 접근하여 첩이 되었고, 나중에 둘째 부인이 되면서 본격적으로 세력과 재물을 탐하기 시작한 여성으로 기억하고 있었다. 불교 승려를 문정왕후에게 소개하고 불교육성[52]을 하도록 물밑에서 움직이기도 한 여자, 권력의 중심인 왕실과 가까이 지내면서 맘껏 세력을 휘두른 여자로 익히 알려져 있지 않은가.

잠시 침묵이 흐른 후, 김 박사가 먼저 말문을 열었다.

"그런데 봐. 정난정의 남편인 윤원형이란 자가 누구야? 문정왕후의 동생이잖아?"

"그래."

"윤원형의 본부인은 김씨라는 여자였는데, 당시 좌의정이던 김안로 金安老의 조카딸이었어. 그리고 김안로가 1537년에 문정왕후 폐위를 도모하다가 사약을 받게 되거든. 이때 정난정 입장에서는 절호의 기회가 왔다 싶었겠지. 정난정은 그 기회를 놓치지 않고 바로 김안로의 조카딸이라는 이유를 들어 본부인을 몰아내고 자기가 그 자리를 꿰찼으니 말이야."

성난정의 이야기를 생각하자면 조선 시대의 복잡한 권력투쟁의 이면을 알게 되는 부분이 적지 않다. 예를 들어 정난정은 당대 사람들에게 조선사회의 질서를 어지럽힌 타락한 여자, 그리고 부패를 일삼은 악녀로 치부되기는 하지만 정난정 본인 스스로는 첩의 딸이라거나, 기생이 될 수밖에 없었던 비천한 여자로 생각하지 않았을 수도 있어서다.

정난정의 모친은 애초에 노비가 아니었고, 친인척이 역모에 연루되

52 박영규, 한권으로 읽는 조선왕조 실록 (도서출판 들녘, 1996) 207쪽

자 그 일족을 노비로 삼는 제도 때문에 정윤겸의 집에 들어가게 된 경우라서다. 정난정의 입장에서는 세상에 한을 품을 수도 있었다. 스스로 원하지 않았지만 세상이 자신에게 낙인찍은 '첩의 딸'이라는 딱지가 한이 되지 않았겠는가.

그런데 김 박사는 왜 정난정 이야기를 꺼냈을까?

"내가 정난정을 거론하는 이유는, 세상의 평가를 부정하는 건 아니지만 그래도 한편으론 정난정의 입장에서 세상을 보려 하기 때문이야. 정난정의 무덤이 경기도 파주에 있다는 거 알아? 파주군 교하면 당하리 산 4-20번지[53]. 그런데 죽은 후에는 본부인 대접을 못 받았어. 윤원형의 본부인 김씨가 윤원형이랑 같이 묻히고, 정난정은 그 부부가 묻힌 뒤쪽에 비석도 없이 묻혔거든. 어째 이야기가 좀 딱하지 않아? 그나마 나중에 정난정의 비석이 세워지긴 했지만 그것도 조선이 멸망한 후의 일이야."

"정난정도 그러고 보면 파평 윤씨와 얽혀 있기도 하고, 경기도 파주 지역이랑 관계도 있네?"

"바로 그거야."

김 박사가 나를 쳐다보며 환한 미소를 지었다.

"그럼 김 박사의 의견을 듣자면, 신명화 가문 사람들이 정난정에 대해 알고 있었다는 거야?"

53 [이규원 객원전문기자의 대한민국 통맥풍수]⑨파평 윤씨 문중 묘와 보학 예절
세계일보 | 입력 2006.11.03. 14:04
http://media.daum.net/culture/art/view.html?cateid=1021&newsid=20061103140413945&p=segye

"몰랐다면 그게 더 이상하지."

"봐. 정난정은 이원수랑 같은 또래이거나, 어쨌건 비슷한 시기의 사람이거든. 그런데 정난정이 어떤 사람이야? 자기가 타고난 신분에 순응하기보다는 신분제도 철폐라는 역사적인 일을 해냈잖아? 남편을 통해 왕실에 다가간 덕도 있었지만, 어쨌든 주어진 상황 속에서 정난정이 해낸 일들이 당시 사람들에게 어떻게 받아들여졌겠어? 대단한 여자로 생각되지 않았겠어?"

"하지만 결말이 좀 안됐잖아? 김안로라는 사람도 기묘사화 당시에 조광조 측 인물이었거든. 그래서 귀양도 갔고. 그럼 1519년인데, 신명화는 1522년에 세상을 떠났어. 정난정이 본격적으로 활약을 펼친 시기는 1537년 김안로가 문정왕후를 폐위시키려다가 사약을 받아 죽게 되자 윤원형의 측실이던 정난정이 본부인을 김안로의 조카딸이라는 이유로 몰아낸 시점부터가 아닐까?"

1537년경이면 사임당의 가족으로는 신명화가 진작 세상을 등졌고, 친정어머니 용인 이씨가 생존해 있던 시절이었으며, 남편 이원수와의 사이에 셋째 아들 이율곡이 태어난 무렵이었다. 물론, 왕실과 정난정의 관계, 세상 속에서 듣는 정난정의 이야기를 사임당이 몰랐을 리는 없다고 하겠지만, 그렇더라도 사임당에게 정난정이라는 존재가 그다지 크게 영향을 미쳤을 것이라고는 생각되지 않았다.

"아니지."

"응?"

김 박사가 마치 내 생각을 다 읽고 있다는 표정을 지었다.

"정난정 이야기는 사임당에게 권력이 무엇인지, 그리고 행복한 여성의 삶이 어떤 것인지 생각할 수 있는 기회가 되었을 거야."

"아!"

"사임당의 '사친思親'이라는 시, 언제 지은 거라고 했지?"

"1537년. 이이를 낳고 친정에서 시댁으로 돌아가던 길. 대관령고개."

김 박사가 오른손으로 자기 무릎을 탁 쳤다. '그것 봐라!'는 의미다.

김 박사가 말을 이었다.

"사임당이 '사친' 시를 지은 대관령고개에도 갔었다며? 봐. 이이를 낳은 건 1537년 1월 7일이지. 음력으로는 1536년 12월 26일이야. 그런데 사임당이 산후몸조리나 제대로 했을까? 해산한 지 얼마 안 된 몸으로 왜 강릉에 머물지 않고 대관령고개를 넘어야 했을까? 파주로 향하던 사임당이야. 파주에는 누가 살아? 파평 윤씨 가문이 있지. 파평 윤씨는 누구누구가 있지? 세조의 왕비 정희왕후, 중종의 아내이자 명종의 어머니 문정왕후. 아직도 모르겠어?"

그래서일까?

신명화는 파주에 살던 이원수를 사위로 맞아들이면서 이 모든 걸 고려했던 걸까? 계유정난癸酉靖難은 1453년이고, 기묘사화는 1519년이었다.

이원수랑 사임당이 혼인한 시점은 1522년 8월 20일이었고, 신명화는 그로부터 몇 개월 뒤 같은 해에 세상을 등진다.

이 모든 게 신명화가 자기 딸 사임당을 위해 계획한 일이었을까? 아버지가 딸의 앞날을 위해 의도했던 일이 아닐까? 갑자기 머릿속이 복잡해졌다.

"세조의 재위 기간은 1455년부터 1468년까지야."

"맞아. 이 작가, 생각해봐. 사임당에겐 이사온과 신명화가 있어. 이사온은 사위 신명화에게 전폭적으로 지원을 해주면서 과거를 보라고 한 사람이야. 강릉에 안 살아도 되고 한양에서 살면서 관직에 나가라고 한 인물이라고. 그 대신 강릉에서는 어린 외손녀를 일곱 살 때부터 교육시켰어. 안견의 산수화 그림을 구해다 주면서까지. 알지? 조선 여성들에게 산수화 그림은 어울리는 게 아니었어."

"사임당에게는 외할아버지 이사온, 그리고 아버지 신명화가 있었던 거야. 남편 이원수는 이러한 모든 일들을 나중에야 알았겠지. 기분이 어땠을까? 그건 남자로서 참담했을지도 몰라. 처갓집에서 딸을 키우기 위해 사위인 자기를 이용했다고 생각하진 않았을까? 이원수가 술집 여자에게 빠질 성격이 처음엔 아니었다면?"

김 박사는 고개를 가로저으며 말했다.

"거기까지 생각을 하는 건 오버센시티브_{oversensitive}! 지나치게 민감한 거야."

"왜?"

"사임당의 삶에 문정왕후랑 정난정이 영향을 미쳤을 거라는 것까지만 가정하고 생각을 해보는 거야. 나머지는 자료가 더 밝혀진 후에 생각해도 늦지 않아. 그리고 아직 한 명 더 있어."

"한 명 더? 누구?"

김 박사가 나를 쳐다보며 오른손으로 내 앞에 놓인 커피컵을 가리켰다.

목마를 텐데 나 보고 미리 마셔두라는 표시였다.

예능인 황진이에 대한 재평가
신분은 타고나지만 배움은 하기 나름이다

申

師

任

堂

"이 작가, 우리가 사임당의 시대를 크게 보자면 1501년부터 1551
년까지, 16세기 전반기에 해당되지."

"생애를 다룬다면 그렇지. 김 박사 말이 맞아."

"그런데 이 시기는 중종과 명종 임금의 시대거든."

중종中宗의 재위 기간은 1506년부터 1544년까지다.

중종은 조선의 제11대 왕이고 이역李懌이 본명이다. 그리고 명종明宗
은 조선의 제13대 왕으로서 본명은 이환李峘이며, 재위 기간은 1545년
부터 1567년까지다. 시대상으로는 중종과 명종의 치세 시기와 사임당
이 살았던 시기가 겹친다. 김 박사 이야기가 맞다.

"앞에서도 지적했지만, 이사온과 신명화의 시대까지 고려한다면 세조世祖 대까지 거슬러 올라가야 해."

세조는 조선의 7대 왕으로서 본명은 이유李瑈이고, 재위 기간은 1455년부터 1468년까지다. 김 박사의 말대로 이사온과 신명화 시대의 정치적 배경을 이룬다. 사임당에게 가르침을 주고 영향력을 미친 사람들을 꼽으라면 이사온과 신명화가 빠질 수 없으므로, 사임당의 삶에 영향을 미친 시기를 폭넓게 훑어보고자 한다면 세조부터 시작해야 하는 게 온당할 수 있다.

"그런데 사임당과 동시대에, 기록상으로 정확하다고 할 순 없지만, 1506년부터 1567년까지 살다 간 유명한 여성이 있어. 이 작가도 알지?"

"혹시 황진이를 말하는 거야?"

"맞아. 이 작가의 역사지식이 그렇게 짧지는 않네."

황진이黃眞伊는 사극 드라마와 영화로 적잖이 소개된 특출한 기생 아닌가? 중종 시절에 개성의 진사를 지낸 황씨 집안에서 첩의 자식으로 태어났다고 전해지는데, 그림과 시에 뛰어나고 유학에도 밝아서 양반들하고 어울리는 데 인기가 높았다.

"황진이는 시인이자 화가로도 유명했지. 그런데 기생의 작품이라고 해서 거의 평가 절하되어 대부분 전해지지 않는 게 안타깝긴 하지."

김 박사가 고개를 끄덕인다.

"그렇지. 나도 그런 생각을 했어. 황진이가 조선 시대 내내 색을 뿌리는 기생으로 손가락질 받았다면 도대체 황진이랑 어울린 그 수많은 벼슬아치들은 뭐라고 해야 되는 거야, 응? 나랏일은 뒷전으로 한 채 음

주가무와 미색에만 빠진 벼슬아치들이었다면 사대부가 체통도 없이 그깟 기생의 유혹에 넘어갔냐고 지탄받아야 마땅한 거 아냐?"

"그런데 유교를 떠받들던 조선 시대에는 체면과 격식을 매우 중요시했을 텐데, 과연 사대부들이 미색에만 홀딱 빠질 수 있었을까? 그건 너무 단순한 판단이겠지. 황진이에겐 여성스러운 매력은 물론이고 그에 못지않게 뛰어난 예술적 재능과 해박한 지식이 있었을 거야."

"이 작가, 역시 내 말이!"

"황진이에 대해선 나도 한때 의문을 품은 적이 있었어. 아까 정난정 이야기도 했지만, 황진이도 양반 가문에서 첩의 딸로 태어났거든."

"맞아. 양반 가문에서 태어난 첩의 딸이라……. 그렇게만 본다면 이율곡의 둘째 첩에게서 태어난 자식도 있었잖아? 김씨라는 첩하고 이씨라는 첩 중에서 이씨라는 첩에게서 난 딸이 이율곡의 제자 김장생의 아들인 '김집'에게 다시 첩으로 들어갔지만."

김장생金長生은 1548년부터 1631년까지 살았던, 조선의 유학자이자 정치인이다. 지금의 광주광역시 광산을 본관으로 하는 광산 김씨光山 金氏인데, 장생이라는 이름 덕분일까? 84세에 이를 정도로 당시로선 매우 장수했던 인물이다.

그의 아들 '김집金集'도 1574년생으로 1656년까지 살았는데, 김장생과 마찬가지로 83세에 이르는 장수를 누렸다.

"김 박사. 하지만 김집의 경우엔 그의 아내 유씨兪氏 부인이 몸이 아파서 후손을 잇기 어려웠다는 이유가 있었잖아? 사실 그 중매를 이율곡이 섰다고 하는데. 그래서 이율곡이 자신과 첩의 사이에서 태어난 딸을 김집의 측실로 들여보낸 것으로 판단돼. 김집은 첫째 부인이던 유씨 부인이 세상을 떠난 후에도 따로 재혼하지 않고 첩이랑 오래오래 잘 살았다[54]고 하잖아. 아마도 이율곡의 딸이라는 이유도 컸을 거야."

"그러게. 어쨌거나 이율곡의 사위라는 건 맞잖아?"

"응, 그렇지. 이율곡의 사위지."

"사임당의 손녀사위이고."

"아, 그런가? 친족관계가 또 그렇게 되네."

"그런데 첩의 자식으로 태어난 출신배경은 똑같은데, 이율곡의 첩의 딸은 평탄한 삶을 살았던 반면 황진이는 기생이 될 수밖에 없었다니, 이거 너무 불공평하지 않아? 안 그래?"

김 박사의 반문을 듣자 그런 생각이 들었다.

우리나라 여성의 역사에 대해 집중적으로 자료를 모으고 다시 쓸 것이란 그의 결심은 한낱 허장성세가 아니라 이미 행동으로 옮겨지고 있지 않은가?

문정왕후와 정난정, 그리고 이번엔 황진이까지. 김 박사는 사임당과 비슷한 시대를 살았던 여성 인물들에 대해 그동안의 역사를 조목조목 짚어보면서, 나름의 의문점을 정리해두고 새롭게 이야기를 풀어나가고 있었다.

"조선 시대에는 노비종모법奴婢從母法[55]이란 게 있었어. 어머니가 노비

54 이종묵 (2007). 조선의 문화공간 2. 휴머니스트. 460쪽.
    정연식 (2008). 일상으로 본 조선시대 이야기 1. 청년사. 171쪽.
    이용선 (2007). 청백리 열전(하). 매일경제신문사. 193쪽
55 「조선초기 노비의 종모법과 종부법」(이성무,『역사학보』115, 1987)
    「조선시대 노비의 신분적 지위」(이성무,『한국학보』9, 1987)

이면 태어난 자식도 노비가 된다는 건데, 아버지가 비록 양반일지라도 어머니가 노비 신분이면 그 자식도 노비가 될 수밖에 없었거든. 이율곡의 딸은 첩의 자식이었지만 노비는 아니었지. 이율곡의 딸과 황진이의 삶을 비교하기엔 의미가 달라."

"이 작가. 내 이야기는 황진이나 이율곡의 딸의 인생에만 해당되는 게 아니야. 황진이처럼 뛰어난 인물들이 나오는데 조선에서는 왜 여성 억압 내지는 종모법이란 제도를 만들어 기득권 세력 보호에만 혈안이 되었고, 재능 있는 여성 인재를 키워주지 않았느냐 그거야! 알지? 양인과 천민이 혼인할 경우 그 자식의 신분을 어떻게 정할 것인가 하는 문제는 조선 시대 초부터 골치 아픈 난제였고, 시대상황에 따라 그 제도가 이랬다저랬다 뒤바뀌게 돼. 정말 골치 아픈 문제였다고.

고려 시대엔 노비는 노비랑 혼인한다고 했지만 현실적으론 어땠어? 양인과 노비 간의 혼인이 잦아지면서 그게 지켜지지 않았지? 그래서 다시 바꾼 게 부모 어느 한쪽이 노비이면 그 자식도 무조건 노비라고 했는데 또 문제가 생겼잖아? 조세나 부역, 병역 등 국가적 의무를 부담해야 할 양인의 수가 줄어들고 노비만 많아지게 되었거든. 안 그렇겠어? 그러다가 아버지가 양인이면 그 자식은 양인이라고 정한 게 1414년(태종 14년)의 종부법從父法이었어. 아니, 국방의 의무를 져야 할 양인의 수가 점점 줄어들게 되자 나라에서도 어찌할 수 없었던 것이지."

"숨 좀 쉬고 말해, 김 박사. 물 한 모금도 안 마시고 목 막히겠어."

김 박사 앞으로 테이블 위에 놓인 커피컵을 밀었다.

아이스 아메리카노의 얼음이 다 녹아 있었다. 김 박사는 그 미적지근한 커피를 한 모금 마신 후 얼굴을 찡그리며 다시 말을 이어나갔다.

"어쨌든 그러다가 다시 1432년(세종 14년)에 종모법을 실시한 거잖아? 양인 아버지와 노비 어머니 사이에서 태어난 자식은 어머니를 따라 노비가 된다는 거야. 그런데 그 반대현상으로 양인 여자와 천민 남자가 혼인하게 되면서, 노비가 되어야 할 자식들이 양인이 되는 경우도 적지 않았거든."

"그러니까 결국 김 박사 말은…… 종모법일세 종부법일세 복잡하게 따지지 말고, 황진이가 양인 남자랑 혼인을 하면 그 자식의 신분이 종부법에 따라 양인이 되는 게 좋지 않은가, 이거야?"

"맞아. 내 말뜻이 그거야. 고작 몇 년이라는 연도 차이 때문에 그럴 게 아니라. 내가 조선의 임금이었다면 말이지, 응? 황진이나 이런 뛰어난 인물이 나오면 소급적용도 해줬을 거라고. 최소한 그 자식을 양인 신분으로는 만들어줘야지, 안 그래?"

김 박사가 자기 말에 다짐을 하듯 고개를 연신 끄덕였다.

황진이처럼 뛰어난 여성 인재를 사회의 신분제도 때문에 폄하시켜 버린 역사의 이면에 화가 난다는 표정이기도 했다. 그러면서 신분제 철폐의 역사를 알아보게 되었고, 정난정의 생애까지 살펴본 것 같았다. 김 박사는 여성의 역사를 제대로 기록하기 위해 기존의 역사를 그대로 따라 옮겨 적기보다는 나름의 생각과 의문을 통해 해결책을 모색하고 있는 듯했다.

그리고 김 박사의 이야기도 일리는 있었다.

남자들 중심의 관료제에서 사후증직을 통해 벼슬도 올려주는 게 가능했는데, 여성들의 경우에도 업적이 있는 경우라면 살아서는 비천한 신분이었을지라도 죽은 후에라도 신분을 올려주는 것이 불가능하지만은 않겠다는 생각이 들었다.

"황진이는 뛰어난 시조[56]와 그림으로도 유명했는데 지금은 제대로 찾아보기 어렵다는 게 문제 아니겠어? 황진이의 묘가 경기도 장단군 구정현 판교동에 만들어졌는데, 요즘 주소로는 경기도 장단군 장단면 판교리에 해당되지. 그런데 중요한 건 묘의 주소가 아니라⋯⋯."

"그 중요한 게 뭐지?"

김 박사가 잠시 입맛을 다셨다.

물 한 모금도 마시지 않고 오래 이야기를 해서 갈증이 났던 모양이다. 김 박사는 커피컵을 들어 입에 대는가 싶더니, 입술만 살짝 축이고 다시 테이블 위에 내려놓는다.

"황진이가 조선 팔도 곳곳에 유명세를 떨쳤다는 점이 중요한 거야."

"명성이 자자한 기생이었지."

"얼마나 유명했으면 명나라 사신이 왔을 때도 불렀다잖아. 그렇다면 이건 조선의 양반들은 물론이고 명나라 관리들에게까지 널리 알려졌다는 얘기거든. 이렇게 말하면 너무 비약한다고 하겠지만, 요즘 한류가 인기라고 하는데 애초에 한류 스타는 황진이였다고 봐야 하는 거 아니겠냐는 얘기야."

"그러면?"

56 배규범·주옥파, 외국인을 위한 한국고전문학사 (도서출판 하우, 2010)
   심재완, 역대시조전서 (세종문화사, 1972)
   김용숙, 이조여류문학 및 궁중풍속의 연구(숙명여자대학교출판부, 1970)
   이응백·김원경·김선풍, 국어국문학자료사전 (한국사전연구사, 1994)
   한국사사전편찬회 엮음, 한국고중세사사전 (가람기획, 2007)

"요즘 우리나라에 올림픽 메달리스트나, 국위선양에 공을 세운 사람들한테는 병역도 면제해주고 여러 가지 혜택도 주는, 왜 그런 제도 있잖아?"

"있지."

김 박사가 잠시 말을 머뭇거렸다.

"나는 황진이처럼 뛰어난 여성들에 대해서는 최소한 지위상승만은 시켜줘야 한다고 생각해. 지금은 더 이상 고려 시대도 아니고 조선 시대도 아니잖아? 그렇다면 황진이 같은 여성들은 지금 이 시대에라도 그들의 신분을 계속 기생으로 푸대접할 것이 아니라 최소한 예능인 정도로는 바꿔놔야 한다고 생각해."

김 박사가 하고 싶었던 이야기는 지금 그 말, 황진이처럼 당대에 뛰어난 여성 인물들의 이야기를 전하면서 옛날 그대로 기생이니 첩의 딸이니 하는 인식에만 머물러 있다면 후대에도 별로 나아질 게 없을 거라는 점이다. 자기가 처한 현실에서 벗어나기 위해 재능을 키우고 학문과 예술에 정진하여 일가를 이룬 여성 인물들에 대해서는 지금 시점에서라도 그들의 지위를 격상시켜주자는 주장이다.

김 박사의 말뜻은 후대들에게 황진이나 여러 여성 인물들을 전하면서 이를테면 선입견을 갖지 않게 해주자는 취지였다.

"이 작가, 사임당 책 집필 중이잖아."

"그래."

"이 작가가 사임당 책을 쓴다고 하니까 내가 생각하는, 내가 기억하는 사임당을 한번 떠올려 봤거든."

"그랬더니?"

"처음엔 현모양처. 그리고 이율곡의 어머니. 예술가. 그 정도였어."

"맞아. 많은 사람들이 그렇게들 생각하고 있지."

"그런데 내가 문정왕후, 정난정, 황진이, 이런 여성들에 대한 자료를 수집하면서 사임당도 우리에게 알려진 이미지와는 다르게 사임당만의 특별한 뭔가가 있을 것이라는 생각을 했거든. 그래서 이 작가가 사임당 책을 집필하는 데 나 나름대로 뭔가 도움을 주고 싶었던 거야."

"아, 그랬구나. 역시."

"그리고……."

김 박사의 주장이었다.

되풀이하는 이야기이지만, 요즘엔 고위 공직자의 자녀들도 연예계에 뛰어들고 있다. 노래도 부르고 연기도 하고. 누구나 재능만 있다면 스타가 될 수 있는 길이 열려 있다고 했다. 국회의원의 자손들도, 공무원의 자손들도 배우가 되고 가수가 되는 시대가 아닌가? 맞다. 그렇다고 했다. 한류 스타가 되고 인기인이 되는 시대다.

그런데 조선 시대엔 노래하고 춤추는 사람들을 광대, 기생이라고 부르며 천민으로 취급했던 게 사실 아닌가?

김 박사가 다시 자기 의견을 개진해나갔다.

지금의 한류 스타를 조선 시대의 시각에서 본다면 기생, 천민, 광대로 업신여겼을 뿐일 거라고 했다. 그러나 시대가 바뀌고 사람들의 생각도 진일보하여 한류 스타가 주목받고 대우와 존중을 받는 상황이 되었다면, 최소한 앞선 시대의 스타였던 사람들에 대해서도 재평가를 해야 한다는 것이다.

역사에서 인물을 이야기할 때, 최초의 누구, 최초의 어떤 일을 해낸 사람들을 기록하고 자랑스러워하는 것처럼, 황진이에 대해서도 최초의 한류 스타로서 자랑스레 재평가를 해주자는 얘기였다.

기생이라는 딱지를 앞에 붙일 게 아니라 시대를 선점한 스타라고 부르거나, 타고난 환경에 순응하는 대신 자신의 운명을 개척한 여인, 또는 재능과 학문과 지식을 높이 쌓아 해외에까지 유명세를 떨쳤던 여성 예능인이라는 이미지를 만들어주자는 얘기였다.

그래야만 요즘 한류 스타들과 공평하게 대우하는 셈이라고 했다.

출신성분과 상관없이 자신의 재능을 계발하면 한류 스타가 될 수 있는 요즘, 앞서 살다 간 황진이에 대해서도 재평가를 해주고 지위를 격상시켜 한류문화의 머나먼 한 원천으로 자리매김 시켜주자는 주장이었다. 그렇게 함으로써 한류 스타의 기원이 요즈음이 아니라 훨씬 오래 전으로 거슬러 올라가고 그 원류原流가 확인된다는 이야기도 덧붙였다.

김 박사의 이야기가 꼭 황당하거나 논리가 비약된 것만은 아니라는 생각이 들었다.

한류 스타의 원조 황진이. 조선 시대의 틀을 벗어나 21세기의 틀에 맞게 재해석된 여성 예능인.

어쨌든 이제는 기존의 시각에 머물러 있을 게 아니라 새로운 시각에서 역사를 조명하고 재평가해야 할 시점임은 분명했다.

권력 남용으로 몰락한 장녹수
정치 그리고 헛된 권력의 끝

申

師

任

堂

"그런데 말이야. 다룰 여성 인물이 아직 한 명 더 남았어."

"또 있다고? 그게 누군데?"

"장녹수."

장녹수張綠水.

그렇다. 정난정과 황진이 이야기를 하면서 장녹수를 빠뜨릴 수는 없다. 조선 시대에 노비 출신으로 태어났지만 비범했던 여러 여성들을 살펴볼 때에도 결코 빼놓을 수 없는 인물 아닌가?

"장녹수도 노비 태생이지?"

내가 먼저 물었다.

김 박사는 고개를 끄덕이면서 서류가방을 가리켰다. 가방 안에 장녹수에 대한 자료가 적지 않다는 표시였다.

김 박사가 다시 나를 쳐다보며 말을 이어나갔다.

"장녹수의 아버지는 충청도에서 현령을 지낸 장한필인데, 어머니는 그의 비첩婢妾이었어. 장녹수도 노비 태생의 한계를 안고 살아가야 할 여성이었지."

"결성 장씨結成 張氏의 장한필? 이 사람을 장녹수의 아버지로 보기엔 연대 차이가 좀 나는걸. 연산군의 재위 기간은 1495년부터 1505년까지이거든. 그런데 결성 장씨 장한필은 1498년 무오사화 때 처갓집으로 도피를 한 인물이거든. 이 사람이 아니라면… 동명이인으로 1468년에 문과에 급제한 장한필로 봐야 할 거야. 아쉽게도 이 장한필에 대해서도 기록이 없어서 제대로 확인하긴 어렵지만."

"무오사화戊午士禍? 그렇지. 연산군이 사림파를 제거한 사건이지? 1498년(연산군 4년)이었으니까. 그래, 서로 동명이인일 수도 있어. 시대상으로 보자면 황진이가 태어나던 1506년에 세상을 등진 것으로 나오는데, 당시에 여성의 삶과 죽음에 대해, 그것도 기생에 대해 제대로 기록했을 리가 만무하니 믿어지진 않기도 하고."

"그렇지."

"그런데 이게 진짜 재미있는 부분인데……."

"응?"

"장녹수 말이야. 황진이처럼 절세미인은 아니었거든. 하지만 춤도 잘 추고 노래도 잘하고, 예술적 재능이 높았던 건데, 이 소문이 연산군의 귀에 들어가면서 장녹수가 드디어 궁에 들어가게 되거든. 역사의 이면이지 않아? 황진이는 양반들하고 어울렸으면서도 누구를 등에 업고 권력을 휘둘렀다는 기록이 없는 데 반해, 장녹수는 연산군을 만나는[57] 행운을 잡으면서 단박에 권력을 휘두른 여성으로 기록되어 있거든."

장녹수의 일대기를 기록한다면 연산군과 어울린 이야기가 대부분이라고 해도 과언이 아닐 정도다. 그런데 장녹수가 단순히 예술적 재능만 갖춰 춤과 노래만 잘했다고 말한다면 그건 장녹수를 잘 모르고 하는 이야기다.

장녹수는 자식을 두었으면서도 춤과 노래를 배워 기생의 길로 나섰고, 궁중으로 뽑혀 들어오는 행운을 잡아 졸지에 후궁의 반열에 올랐다.

장녹수는 폭군으로 악명을 떨친 연산군을 등에 업고 권력을 휘두르긴 했지만, 한편으로는 권력을 제대로 사용할 줄 아는 여자이기도 했다. 그만큼 머리가 비상했다는 얘기다.

가령, 장녹수는 예전에 자신의 주인이었던 제안대군齊安大君의 장인에게도 연산군에게 청해서 특별히 지위를 올려주게 했는데, 이건 자기 출신성분에 대한 뒷말을 하지 말라는 표시이기도 했다. 예전에 장녹수를 노비로 거느렸던 주인이 연산군의 후궁 장녹수에 대한 험담을 뿌리고 다닌다면 그건 곧 자신의 미래가 불투명해질 수도 있다는 철저한 계산에서 나온 행동이었다.

57 《연산군일기》 47권. 8년(1502년) 11월 25일 2번째 기사

그뿐인가?

장녹수는 자신의 언니와 형부를 챙겼고, 자신의 집 하인에게도 다른 양반을 무시[58]할 수 있는 체면을 세워주기도 했다. 이런 일화만 보더라도 장녹수가 당시 연산군의 후광을 등에 업고 권력을 전횡하면서도 가장 먼저 자신의 측근들을 얼마나 잘 챙겼는지를 알 수 있다.

"권력이라는 게 10년을 채 못 간다는 말이 있잖아? 연산군에게 기댄 장녹수였지만, 연산군이 중종반정으로 왕위에서 쫓겨나게 되면서 함께 몰락하고 말았어. 1506년 중종반정이었지? 연산군의 권력을 등에 업고 자기 측근들과 함께 무지막지한 횡포를 부렸거든. 그로 인해 조정과 백성들의 원성이 높아졌고, 결국 중종반정이라는 일대 정변이 일어나게 되었지. 이때 장녹수는 연산군이 폭정을 하게 된 근원이었던 만큼, 중종반정을 일으킨 핵심 세력에 의해 참형에 처해지고 말았지. 장녹수에 대한 일화들은[59] 철저한 신분제 사회였던 조선에서 노비 태생인 여자가 무소불위의 권력을 쥐게 되면 그게 오히려 재앙이 된다는 걸 여실히 보여준 사례라고 봐야겠지?"

지칠 줄 모르고 이어지는 김 박사의 이야기였다.

58 《연산군일기》 55권. 10년(1504년) 8월 2일 2번째 기사
59 《연산군일기》 47권. 8년(1502년) 12월 8일 1번째 기사
    《연산군일기》 47권. 8년(1502년) 11월 25일 2번째 기사
    《연산군일기》 49권. 9년(1503년) 4월 13일 6번째 기사
    《연산군일기》 51권. 9년(1503년) 12월 24일 1번째 기사
    《연산군일기》 51권. 9년(1503년) 11월 13일 2번째 기사
    《연산군일기》 52권. 10년(1504년) 3월 8일 3번째 기사
    《연산군일기》 55권. 10년(1504년) 8월 2일 2번째 기사
    《연산군일기》 60권. 11년(1505년) 12월 23일 3번째 기사

나는 지금까지 김 박사가 이야기했던 여성들을 떠올리며 다시 한 번 사임당에 대해, 신명화와 이사온 그리고 이원수에 대해 생각하게 되었다.

'기묘사화로 신명화 자신에게 피해를 입혔던 중종 시대와 그 다음의 명종 시대의 문정왕후. 그보다 앞서 세조 임금 때의 정희왕후의 가문이기도 했던 파평 윤씨 가문을 고려하여 경기도 파주 파평면에서 살고 있던 이원수를 사위로 맞아들인 점은 신명화가 딸의 미래를 염두에 두고서 준비한 게 아닐까?'

김 박사는 잠시 화장실에 다녀온다며 자리에서 일어섰다.

나는 김 박사의 등을 물끄러미 바라보며 커피를 한 모금 더 마셨다.

'그뿐일까? 사임당과 동시대의 문정왕후와 황진이와 정난정, 그리고 장녹수의 삶을 살펴보게 되면서 그들과는 다르지만 더욱더 뛰어난 자신의 딸 사임당을 올곧게 키워내는 데 최선을 다한 아버지 신명화와 어머니 용인 이씨의 사랑이 절절하게 느껴지네. 한편으론, 이원수가 나중에라도 알게 되었을 신명화의 계획과 자신도 몰랐던 자신의 역할 같은 게 있었다면 천하의 현모양처 사임당을 아내로 얻었더라도 남자로서의 자존심에 상처 입었을 건 당연해 보이거든.'

화장실을 다녀온 김 박사가 다시 자리에 앉았다.

"내가 오늘 이 작가한테 꼭 해주고 싶었던 이야기는 바로 이거야. 신명화가 사임당에게 가르쳐주고 싶었던 요점을 간단하게 정리하자면, 문정왕후에게선 섭정의 전략을, 정난정이나 황진이, 장녹수로부터는 여자의 재능이 출중하여 권력을 만났을 때 그들과 어울리는 방법 그리고 권력을 올바르게 사용하는 방법을 터득시켜주고 싶었을 거라고 생각해."

"현모양처가 되라는 집안의 강요가 있었다거나, 현모양처가 될 수밖에 없었다는 상황도 아니었지? 어쩌면 사임당은 집안의 상황 때문에 자신이 큰 인물이 되어야 한다는 책임감을 가졌을지도 몰라. 왜 그런 거 있잖아? 아들 없는 집안의 맏딸은 스스로 느낀다잖아? 자신이 맏자식 역할을 해야 한다는 중압감 같은 거 말이야. 아마 그와 비슷한 책임감을 필시 가졌을 거야."

"난 이런 생각을 한번 해보았어. 내가 만약 신명화라면, 내가 이사온이라면? 내 딸, 내 외손녀를 어떻게 성장시킬까 하는 생각. 그런데 내가 이사온이라고 가정하는 것과 내가 신명화라고 가정하는 것은 또 다른 문제더라고."

"뭐가 어떻게 다른데?"

김 박사에게 질문을 하며 나는 커피 한 모금을 더 마셨다. 내 커피의 얼음도 다 녹아 있었다.

"딸과 외손녀는 엄연히 다른 문제이거든."

"그렇겠지."

"이사온이 어떤 사람이었어? 과거 공부에 매진하라면서 신명화를 한양으로 올려 보냈잖아? 이사온에게는 가문을 일으키겠다는 각오가 남달랐다고 보여. 사위를 한양으로 올려 보내게 될 경우 자기 외동딸이 과부 아닌 과부처럼 홀로 살게 되는 것쯤은 안중에도 없었거든. 이사온에게는 가문의 부흥이 더 중요했던 거야. 이사온이 딸을 더 생각했더라면 신명화를 한양으로 올려 보내지 않았겠지."

"일리 있네."

"그리고 내가 신명화라고 가정했을 때는……."

"그때는?"

"분명히 이사온에게서 가문을 일으키라는 요청을 받았을 거야. '내 딸이랑 혼인하게! 내, 자네를 밀어주겠네. 과거에 급제해서 집안을 일으키게!' 분명히 그런 주문을 받았을 거야. 아마 신명화로서는 자기의 역할이 이사온의 가문을 일으키는 도구에 지나지 않는다고 한탄을 했을 수도 있지. 하지만 신명화로서도 가문을 일으키고 싶은 마음이 전혀 없진 않았을 거야. 또 자기 아내가 친정에 홀로 떨어져 지내는 것도 마음에 걸렸을 테고, 그래서……."

"그래서 생각했다? 최소한 자기 딸만은 남편과 떨어져 살지 않게 해주고 싶다는?"

"그래, 아마 그랬을 거야. 신명화는 이원수를 강릉에서 살게 했잖아? 물론 혼인을 시키고 나서 얼마 지나지 않아 자기가 세상을 떠날 줄은 몰랐겠지만 말이야. 그 후 이원수는 과거 공부를 하러 파주 친가로 돌아갔고 가끔씩 강릉을 오가며 생활했는데, 그런 삶의 형태는 신명화의 삶과 거의 마찬가지였어. 사임당에겐 남편의 그런 삶의 방식이 자연스럽게 받아들여졌겠지. 그리고 신명화가 첩을 들이지도 않고 부부 금슬이 좋았던 것처럼 사임당은 자기 남편 이원수도 그럴 거라고 예상했겠지만 말이야. 이게 남자들과 여자들의 생각의 차이인 것 같아."

김 박사는 말을 이어나가며 커피컵을 들었다 놨다 반복하기만 했다.

"그리고 내가 문정왕후, 정난정, 황진이, 장녹수 등에 대한 자료들을 정리하면서 느낀 점인데, 사임당은 스스로도 일반 여자들처럼은 살지 않겠다는 각오를 다졌던 것 같아. 자신의 호를 사임당이라고 지으며 중국의 태임을 본받겠다고까지 했는데, 태임은 주나라의 기초를 닦는 데 공헌했던 여걸이잖아. 태임 자신은 못했더라도 그 손자가 해냈지. 손자가 해내면서 자기 아들은 자연스럽게 문왕으로 추존된 것이고. 이 작가도 많은 자료를 봐서 알고 있겠지만, 내 생각은 그냥 그래. 신사임 당이란 여성을 설명하는 데 가장 중요하고 확실한 단서는 '사임당'이 라는 그 당호 자체면 충분할 거 같아. '태임을 본받겠다', 바로 그 뜻이 신사임당의 정체성이지."

김 박사의 이야기를 들으면서 나도 모르게 고개가 끄덕여졌다.

그동안 많은 이들과 사임당에 대해 이야기를 나누었지만 대부분 신 사임당이라는 호칭으로만 기억할 뿐, 신인선이라는 본명을 아는 이가 드물었다. 본명조차 모를진대, 사임당이라는 당호의 뜻을 알 리가 만 무했다.

나는 사임당의 죽음 얘기를 꺼냈다.

"사임당은 1551년 5월 17일에 세상을 떠났지. 한양 생활 10년 만이 야."

"심장병이라던데?"

"남편 이원수가 나라의 세곡税穀 운송을 담당하는 수운판관이었잖 아? 남편이 장남 선이랑 셋째 아들 율곡을 데리고 평안도로 출장 갔을 때 몸져누우면서 '더 이상 못 일어날 것 같다'고 말하고 눈을 감았어."

"그 소식을 들은 율곡의 마음이 어땠을까? 어머니 사임당을 생각하 는 효심이 특히 지극했을 텐데. 세상이 무너지는 기분 아니었을까?"

"사임당은 4남 3녀 자식들 모두에게 인자한 엄마였잖아. 사임당은 자식들에게는 어진 엄마였고, 남편에게도 좋은 아내였던 것 같아. 어쩌면 남편 입장에서는 사사건건 이래라저래라 하는 성가신 아내로 비쳤을 수도 있지만, 그건 남편의 우유부단하고 태만한 행동에 제동을 걸려고 그랬을 것이거든."

"딸은 남자를 배울 때 할아버지나 아버지를 보고 배워. 조선 시대에는 특히 더 그랬겠지."

"그런데 사임당이 보기엔 남편 이원수가 과거 공부를 등한시한 채 주막을 자주 찾고 첩생활을 하고 그러는 모습이 자신이 알던 외할아버지나 친정아버지의 모습과는 너무 달라 한심하게 보였을 거야. 물론 이원수는 이원수대로 입장이 있었겠지만."

"그렇지. 어쨌든 사임당은 우리나라 역사상 위대한 인물이었던 것만은 분명해. 여성의 사회 진출이 불가능했던 시대인데도 환경을 탓하지 않고 스스로 큰 뜻을 품었던 여성이었어. 그리고 남편의 행실과는 상관없이 아들딸에게 교육을 게을리 하지 않으면서 끝까지 사랑으로 키웠고, 후대에 남을 만한 예술적 재능을 꽃피웠거든."

김 박사는 벽걸이 시계를 쳐다보더니 자리에서 일어섰다. 처갓집 식구들과 함께 저녁을 먹기로 선약이 잡혀 있어서 저녁을 함께 못해 미안하다고 했다.

"뭐 괜찮아. 덕분에 좋은 자료도 얻었고, 신선한 의견들을 많이 들어서 좋아."

"그렇게 생각해주면 고맙고. 어쨌든 사임당 책 나오면 나한테 연락 줘. 서점에서 내 것이랑 아이들 줄 거, 주위 사람들 선물할 거랑 여러 권 살게. 나 알지? 작가 친구 됐다고 책 그냥 받는 거 원하지 않아. 글을 쓴다는 게 얼마나 힘든데 남의 수고를 공짜로 받으면 되나? 남의 것 공짜로 받으면 내 것도 공짜로 줘야 하는 게 세상 이치거든. 그럼 나 먼저 갈게."

제4부

사임당을 기록하다

사임당은 또 고려 개국공신 가문 출신이었잖아요? 아들들의 한자 이름 옆에다 '임금 왕(王)'의 의미를 모두 넣은 것만 봐도 그 원대한 포부가 그려져요. 조선 땅에서 자신의 아들들이 주나라의 문왕과 무왕과 같이 당당한 인물로 성장하여 자기 뜻을 펼치길 기원했던 것으로 볼 수 있죠. 그래서 사임당을 가리켜 시대의 여걸이라고 봐야 한다는 생각이에요.

이율곡, 어머니 '사임당'의 행적을 적다
사임당을 기록한 가족의 유일한 이야기

申

師

任

堂

　　사임당의 자녀들에 대해서는 기록들마다 조금씩 차이가 있는데, 4
남 3녀나 5남 3녀로 알려져 있다. 그래서 여러 기록들을 찾아보고 덕수
이씨 대종회에 문의를 하여 확인을 한 바 4남 3녀로 정리하게 되었다.

　　사임당은 21세에 맏아들 이선李璿, 1524~1570[60]을 낳고, 26세에 장녀
이매창李梅窓, 1529~1592을 낳는다. 그리고 둘째 아들 이번李璠과 둘째 딸[61]

60　한국고전번역원, 고전용어 시소러스
　　thesaurus.itkc.or.kr/dir/viewIf;jsessionid=5C5FADC0647B7C946CF005141081CCB4?&dataId=15287&cate
　　Type=area&cateCode=
61　조선의 여성들, 부자유한 시대에 너무나 비범했던, 박무영 김경미 조혜란 저, 돌베개, 2004. 7. 6.

에 이어, 33세에 이이李珥를 낳은 후, 셋째 딸에 이어 넷째 아들 이우李瑀를 낳는다.

다만, 일부 기록에서 거론하는 다섯째 아들(또는 맏형) 이준李埈이라는 인물은 없는 것으로 확인되었다. 그리고 국사편찬위원회의 자료에도 4남 3녀[62]를 둔 것으로 기록되어 있고, 이준은 빠져 있다. 또한, 1566년 5월 20일 이율곡의 형제자매들이 작성한 율곡선생남매분재기(건국대박물관 소장)[63]에 기록된 이름들에서도 이준은 빠져 있었다. 재산상속을 의논할 때 서로 합의하여 분배하고 작성하는 문서를 뜻하는 이러한 화회문기和會文記는 자녀 수대로 각자 한 부씩 보관하는 것이므로 명확한 기록이라고 볼 수 있다.

그리고 셋째 아들 이율곡의 경우엔 어머니 사임당에 대한 손경이 남달랐던 것으로 보이는 이유가 바로 '선비행장先妣行狀'의 존재 덕분이다. 아들 이율곡이 어머니 사임당을 그리워하며 기록한 내용을 원문과 함께 저자의 국역으로 소개한다. (국역을 하면서 현시대에 맞게 풀어 옮긴 의역이 일부 존재함을 미리 밝혀둔다.)

어머니의 휘諱[64]는 모某[65]이고 신명화의 둘째 딸이다.

어려서부터 경전을 읽었고 글도 잘하고 바느질과 자수 역시 뛰어났다. 또한, 성품도 온화하고 지조가 깨끗하고 행실이 조용했으며 일을

62 국사편찬위원회, 한국사 콘텐츠, 김영두 글, contents.koreanhistory.or.kr/id/N0050
63 조선 여성의 일생 (규장각 교양총서03), 규장각한국학연구원, 글항아리, 2010. 8. 2
64 돌아가신 분의 이름을 말할 때 붙여 사용하는 경의의 표현
65 누구인지 굳이 밝히려고 하지 않을 때 사용하는 단어

竟不従乃以同姓爲嗣爲親厭棄數奇不第　嘉靖辛酉四月戊申以疾

終享年三十四是年八月庚申窆于驪州趙氏翼山下娶內禁衛金龜之女

生二男一女皆幼銘曰

氣之粹者鮮厚捨司命令將誰咎有溫其容兮有確其守蘊斯美而何施

栽不培兮耕不穡驪興之皐襄山之麓有寧一宮千秋是宅

行狀

先妣行狀

慈堂諱某進士申公第二女也幼時通經傳能屬文善彛翰又工於針縫

乃至刺繡無不得其精妙加以天資溫雅志操貞潔舉度閑靜處事安詳

寡言愼行又自謙遜以此申公愛且重之性又純孝父母有疾顏色必戚

疾已復初旣適家君進士語家君曰吾多女息他女則雖辭家適人吾不

戀也若子之妻則不使離我側矣新婦未久進士卒笄星以新婦之禮見

姑洪氏一日漢城身不妄動言不妄發一日宗族會宴女客皆談笑慈堂默

處其中洪氏指之曰新婦盍言乃跪曰女子不出門外一無所見尚何言

十九

慈堂疾病綿二三日便語息曰吾不能起矣至夜半安寢如常諸息慮

其姊在病及十七日甲辰曉硜然而卒享年四十八其日家君至西江陪至

行裝申鍮器品皆赤人皆怪之俄而聞喪慈堂平日墨迹異常自七歲時倣

安堅所畫遂作山水圖極玅又畫葡萄皆世無能擬者所模屛簇盛傳子

世

外祖考進士申公行狀

進士申公諱命和字李欽天質淳慈志操有定自必讀書時便以善惡為

己勸戒及長篤于學行非禮不動燕山朝丁父憂時短袋法酷進士竟不

嚴禮衰經廬墓歠粥毀瘁親戚以爲盡哀三年以此時論多之　中廟朝

尹相公殷輔南公孝義等欲薦以賢良進士固辭遂不能強之也進士生

于　成化丙申進士于　正德丙子　嘉靖壬午仲冬初七日乙巳卒享

年四十七葬于砥平赤頭山麓其後遷葬于臨瀛助山進士娶李氏生女

五人長適張俟仁次卽師任堂次適洪生貢次適權君和次適李君

胄男進士平日與子姪談笑時皆不失度動有規範一日李氏如厠還時

就一座皆軒後慈堂臨寧子臨瀛遷時晤慈親泣別行至大嶺牟程堂北

坪不勝白雲之思停驂良久樓然下淚有詩曰慈親鶴髮在臨瀛身向長

安獨去情回首北邨時一望白雲飛下暮山青到漢城居于壽進坊時洪

氏年老[時辛卅歲]不能顧家事慈堂乃執家婦之道家君性倜儻不事治產家

頗不給慈堂能以節用供上養下凡事無所自擅必告于姑於洪氏前未

嘗叱姬妾[名婢妾]言必以溫色必以和家君辛有所失則必規諫子女有

過則戒之左右有罪則責之藏獲皆敬戴之得其歡心慈堂平日常戀

瀛中夜人靜時必涕泣或達曙不眠一日有戚長沈公待彈琴慈堂臨

聞琴下淚曰琴聲感有懷之人舉座愀然而異曉其意久嘗有思親詩其

句曰夜夜新同月願得見生前蓋其孝心出於天也慈堂以　弘治甲子

冬十月二十九日生于臨瀛　嘉靖壬午適家君拜水運判官辛亥春遷于三

臨瀛或居蓬坪[地名]辛丑還漢城庚戌夏家君以漕運事向關西子瑭珆陪行是時慈堂送簡子水

清洞寓舍其賓家君以遭運事向關西子瑭珆陪行是時慈堂送簡子水

店也必涕泣而書人皆周知其憲五月漕運旣畢家君來帖向京未到而

할 때에도 다른 이들에게 자상하게 처리했다. 말수가 적고 겸손한 덕에 친정아버지(신명화)로부터도 사랑을 받았다.

효성이 깊은 성품으로 부모가 아프면 안색이 슬펐다가 부모의 병이 나은 뒤에 다시 밝아졌다. 남편(이원수)과 혼인하면서 친정아버지가 남편에게 이르기를 "내가 딸이 많은데 다른 딸과 다르게 둘째 딸(신인선)만은 곁에서 머물게 하고 싶네"라고 하였다.

혼인하고 나서 얼마 지나지 않아 아버지가 돌아가시자 상을 마치고 나서 시어머니를 한성漢城에서 인사드렸는데 몸가짐이나 말을 예의에 맞게 행동하였다.

어느 날 가족들이 모인 자리에서 여자들이 이야기하고 있는데 사임당만 조용히 있자 시어머니가 사임당에게 "새 며느리는 말이 없구나?" 하였고, 사임당은 무릎을 꿇고 말하기를 "문밖에 나가본 적이 없어서 본 것이 없어 그렇습니다."라고 대답했다. 그러자 그곳의 다른 사람들이 아무 말도 하지 못하였다.

어느 날 사임당이 강릉으로 친정어머니를 뵈러 갔는데 돌아오는 길에 친정어머니와 울면서 헤어지고 대관령고개에 이르러 고향 땅북평北坪을 바라보며 어머니를 생각하는 마음백운白雲: 당나라 적인걸이 태행산에 올라 흰 구름을 볼 때 저 아래에 아버지가 계신다고 하여 구름을 보고 섰다가 구름이 지나간 뒤에야 그 자리를 떠났다는 고사에서 비롯된 것으로 어버이를 생각하는 효심을 의미[66]을 가눌 수 없어서 가마를

66 출처- 唐書(당서) 狄仁傑傳(적인걸전)

멈추게 한 후에 눈물을 지으며 시구를 지었다.

踰大關嶺 望親庭 대관령을 넘으며 친정을 그리워하다
유 대 관 령 망 친 정

慈親鶴髮 在臨瀛 머리가 하얗게 센 어머니를 강릉에 두고
자 친 학 발 재 임 영

身向長安 獨去情 한양으로 향하는 이 몸은 홀로 외로움이 깊어가네
신 향 장 안 독 거 정

回首北村 時一望 북촌을 돌아보며 언제 다시 또 올까?
회 수 북 촌 시 일 망

白雲飛下 暮山靑 흰 구름도 사라지고 해 저문 산만 푸르네
백 운 비 하 모 산 청

한성에 도착해서는 수진방壽進坊: 서울 종로구 수송동 지역에 살았는데, 시어머니 홍씨가 나이가 들어(1541년 신축년) 어머니(사임당)가 가사를 도맡게 되었다. 남편(이원수)의 성격이 집안 살림살이에는 관심이 없었기에 가정 형편이 가난하였지만 어머니가 아껴 쓰고 아랫사람을 부리면서 모든 일은 시어머니에게 상의하였다.

그리고 남편의 첩(희첩姬妾)이 실수를 하더라도 시어머니 앞에서 질책하지 않았고 말을 할 때는 자상하고 온화하게 이야기했다. 남편이 실수를 할 경우엔 그냥 지나치지 않고 반드시 조언을 하였고, 자녀가 실수를 하면 훈계를 하였는데 집안의 종들이 존경하고 받들게 되었다.
어머니는 항상 강릉 친정을 그리워하였는데, 밤이 되어 인기척이 없

어진 후에야 눈물로 밤을 지새우고 새벽 때까지도 잠을 못 잔 날들이 있었다. 하루는 심씨 성을 가진 친척어른이 데리고 온 첩(시희侍姬)이 거문고를 연주하였는데 사임당이 눈물을 흘리며 "거문고 소리가 그리움이 있는 사람을 울게 합니다"고 하자 다른 사람들도 같이 슬퍼하였지만 사임당의 속뜻을 알아주는 이는 없었다.

친정어머니를 그리워하는 시를 지었다.

思親
사 친

千里家山萬疊峯　천 리 먼 집, 수많은 산봉우리
천 리 가 산 만 첩 봉

歸心長在夢魂中　돌아가고 싶은 마음은 꿈속 영혼 깊이 자라는데
귀 심 장 재 몽 혼 중

寒松亭畔孤輪月　차가운 소나무 정자에 둥그런 달이 걸렸고
한 송 정 반 고 륜 월

鏡浦臺前一陣風　경포대 앞엔 바람 한무리가 머물며
경 포 대 전 일 진 풍

沙上白鷺恒聚山　모래 위 백로는 산 위에 늘 모이고
사 상 백 오 항 취 산

波頭漁艇各西東　파도 머리는 고깃배도 이리저리 옮기는데
파 두 어 정 각 서 동

何時重踏臨瀛路　언제쯤이라야 강릉 길 다시 밟아
하 시 중 답 임 영 로

更着斑衣膝下縫　색동옷 다시 입고 어머니 무릎 아래에서 바느질할까
갱 착 반 의 슬 하 봉

落句 끝구절
낙구

夜夜祈向月　매일 밤 달을 향해 기도를 드리오니
야 야 기 향 월

願得見生前　살아생전에 뵐 수 있기를 바라옵니다
원 득 견 생 전

이러한 어머니의 효심은 타고난 것이었다.

어머니는 1504년(갑자년) 10월 29일 강릉에서 태어나 1522년(임오년)에 남편과 혼인하였으며 1524년에 한성으로 왔다. 그 후에 강릉으로 친정어머니를 뵈러 가셨기도 하고 봉평에도 사시다가 1541년에 다시 한성으로 오셨다.

1550년(경술년) 여름, 남편이 수운판관水運判官이 되었고, 1551년(신해년) 봄에는 삼청동三淸洞에서 임시 거주하였다. 같은 해에 남편이 조세 운송을 하러 평안도와 황해도 북부지역관서關西으로 갔는데 이선과 이이가 동행하였다.

그러자 사임당은 손수 편지를 보내면서 눈물을 흘렸는데 그 이유를 아는 사람들이 없었다.

같은 해 5월에 일을 마무리하고 남편이 배편으로 한성으로 오는데, 집에 도착하기 전에 사임당이 병이 나고 2~3일 지나자 자녀들에게 말하기를 "내가 이제 일어나지 못하겠다"고 하고 밤이 되어 평소처럼 잠을 잤기에 자녀들은 병이 다 나은 줄 알았다. 그리고 1551년 5월 17일(갑진년) 새벽에 운명하게 되었는데 나이가 48세였다.

이 날은 남편이 서쪽 강에 도착하였는데 이이도 같이 있었다. 짐 속에 유기 그릇이 빨갛게 변해 있어서 사람들이 보고 이상하다고 하였는데, 조금 뒤에 소식이 전해오기를 사임당이 운명하였다고 하였다.

사임당은 글이나 그림 실력이 뛰어났는데, 7세가 되던 무렵 안견의 그림을 따라 산수도山水圖를 그려낸 것이 놀라웠다. 포도 그림은 사임당을 따를 자가 세상에 없었고, 그 글씨와 그림을 베낀 병풍과 족자가 세상에 많이 전해진다.

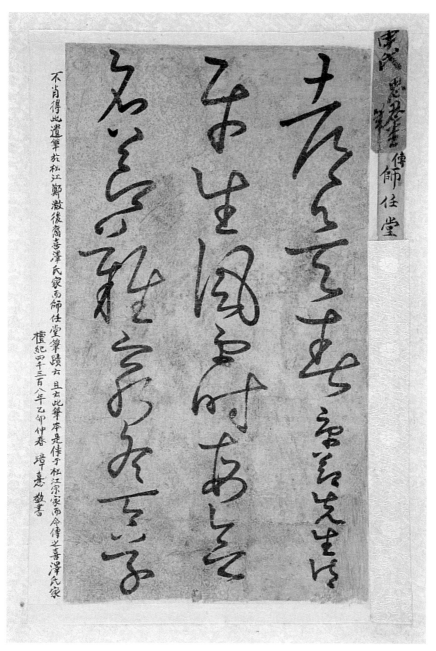

사임당의 초서

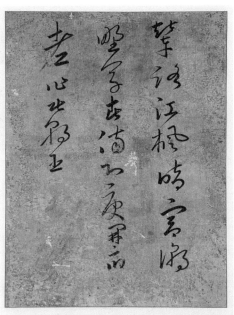

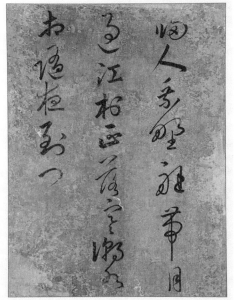

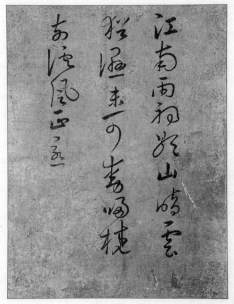

사임당의 초서병풍

오죽헌시립박물관 소장

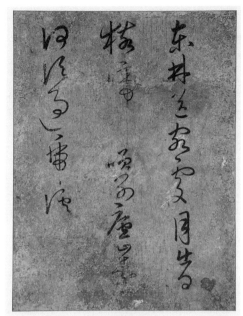

사임당의 초서병풍

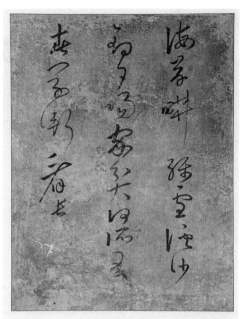

오죽헌시립박물관 소장

사임당의 전서 '리(履)'
　　　　　　오죽헌시립박물관 소장

사임당의 전서 '보(保)'
　　　　　　오죽헌시립박물관 소장

송시열, 사임당을 기억하다
신사임당 기록에서 처음 드러나는 이야기

申

師

任

堂

"사임당 글은 잘 진행되시죠?"

"거의 마무리하는 중입니다."

지하철 2호선 합정역 인근의 출판사 사무실.

이 날은 새로운 기획안인 송시열에 대해 이야기를 나누기로 한 날이
다.

오늘 자리는 모처럼 마련했다. 지난 몇 달간 사임당 글을 준비하고
다듬고 관련 자료들을 훑어보고 사진자료 등을 준비하느라 통 만날 기
회가 없었다. 약속을 정해놓고도 차일피일 미루다가 지난 몇 주는 다
리 안쪽에 종기가 나서 또 약속을 미루던 상황, 송시열 기획안에 대해

의견을 나누고자 출판사 기획자와 만난 자리다.

"송시열은 사회적으로 여성이 억압받던 시기에 여성에게도 글을 가르치며 여성 편에 선 남자예요. 당리당략과 당파싸움에만 혈안이 되어 있던 조선의 관료들 틈에서도 올곧은 가치관을 세우고, 후학 양성과 학문적 이념 정립을 게을리 하지 않은 대학자 '송시열'에 대한 이야기는 어쩌면 현대를 살아가는 우리들에게는 꼭 읽어볼 만한 귀감이 되지 않을까요?"

"저로서는 이제 알게 된 이야기라서. 조금 더 자료를 챙겨보고 검토하려고요."

"사임당에 대해 생각을 정리하다가 알게 된 인물이 바로 송시열이에요. 사임당이 이율곡의 어머니로서, 현모양처 이미지를 얻게 된 게 누구 덕분인지 아세요? 바로 송시열 덕분이에요."

출판사 기획자는 송시열에 대한 이야기를 들으면서 아직 독자들의 반응, 그러니까 시장성을 체크하지 못했다며 난처해한다.

출판사 내부에서도 검토를 하지 못했고 담당자 선에서 기획을 해야 한다는 의미다. 물론 상관은 없었다. 기획자에게 이야기한 것처럼 나로서도 송시열의 전반적인 업적에 대해서는 사실 이번 기획안, 그러니까 사임당에 대한 이야기를 정리하면서 알게 되었다.

조선왕조실록에 3천 회 이상이나 그 이름이 거론되었으며 조선 성리학에서 이름을 빼놓을 수 없는 대학자 송시열. 그런데 지금까지 드라마나 영화, 어디에서도 송시열이 주인공인 작품이 없었다니?

게다가 사임당과 이원수의 묘소에 묘표를 달아주자며 처음 제안한 데다 큰 스승 율곡 선생의 어머니, 예술과 학문에 조예 깊은 여성 문인으로서 사임당의 이미지를 각인시켰던 송시열. 이쯤 되면 뭔가 감이 올 법도 한데 기획자는 아직 망설인다.

지난밤의 숙취가 참신한 아이디어 발상을 방해하는 모양이다.

"이 작가님 커피도 제 것이랑 같은 거로 했습니다. 아이스 아메리카노."

어젯밤 과음을 했다며 시원한 아이스커피를 쟁반에 들고 온 기획자가 내 앞 자리에 앉았다. 얼굴이 푸석푸석하고 기운이 없어 보이는 게 지난밤에 잠을 제대로 못 잔 모습이긴 했다. 출판계 지인의 부고를 듣고 조문을 다녀왔는데, 출판계 사람들이 문상을 많이 와서 본의 아니게 과음을 했다고 했다. 기획자 앞에 놓인 아이스 아메리카노의 컵이 금세 비워졌다. 갈증이 심했던 모양이다. 얼음이 녹기를 기다려 이따금 얼음물을 마시는 그에게 커피를 더 갖다 줄지를 물어보자 괜찮다고 한다.

"그러면 송시열에 대해 출판사에서 검토만이라도 해주세요."

내 생각을 전달해두는 것에 그친다 해도 오늘 미팅에 충분한 의의가 있었다.

기록하지 않으면 기억되지 않는 세상이다. 드라마나 영화에서도 제대로 다뤄지지 않은 '송시열'에 대한 이야기는 더 이상 미루면 안 되는 역사 재평가 작업으로 여겨졌다. 그동안 송시열이 널리 알려질 기회가 없었다는 건, 역설적으로 수많은 사람들에게 송시열을 알릴 수 있는 기회가 열려 있다는 것 아닐까?

기획안을 기획자에게 건넸다.

"인간의 도리와 예禮를 강조하며 이에 어긋날 경우 직언직설을 서슴지 않던 송시열이에요. 이율곡과 그의 어머니 신사임당의 업적을 기릴 수 있는 유일한 권위자였고요!"

자신의 스승이던 대학자 율곡, 그리고 율곡의 어머니 사임당의 생애를 기록하여 후대에 남긴 일만 하더라도 대단한 업적으로 평가해줘야 하지 않을까?

이율곡과 사임당을 기억할 수 있는 이유가 송시열 덕분이기도 해서였다.

조선 시대에 자주적 북벌론을 주창한 몇 안 되는 인물이면서 효종과 현종의 스승이기도 했던 송시열에 대해서는 반드시 짚고 넘어갈 필요가 있었다.

기획자에게 말했다.

"송시열은 자신의 맏딸이 출가할 때, 너무 이른 나이에 시집을 보내는 게 걱정되었지요. 그래서 아녀자가 꼭 지켜나가야 할 예와 행실을 손수 지은 '계녀서戒女書'를 품에 지니고 가게 했어요. 송시열의 사회적 위치와는 별개로 자녀를 걱정하는 아버지의 마음은 다른 아버지들과 별반 다르지 않았던 거 아닐까요? 신명화와 사임당의 관계도 마찬가지잖아요?"

조선 전기의 혼례 풍습은 사위가 처가에서 혼례를 치른 후 친가로 돌아가지 않고 처가에서 살았는데, 고려 시대의 이른바 데릴사위 풍습이 그대로 이어지고 있었다. 반면에 조선 중후기로 넘어가면서는 '가문'을 중시하는 분위기의 영향으로 며느리가 시댁에 들어가 생활하는 방식(친영례)으로 바뀌게 된 게 아닌가?

자기 딸을 사돈집으로 보내야 한다는 상황에서 송시열의 마음도 이해할 수 있는 경우다. 대학자이자 사회적으로 칭송받는 입장이었지만 변해가는 세상의 흐름 앞에선 솔선수범해야 하는 지도자이기도 했던 이유다.

하지만 유교적 이념이 차츰 보수화되면서 남녀를 이야기할 때, 남자는 하늘이고 여자는 땅이며 남자가 임금이라면 여자는 신하라는 구도가 점차 굳어져 가는 시대상황이었다. 여성에 대한 신분적 차별이 당연한 것으로 받아들여지는 분위기였다는 의미다.

평소에 송시열은 여자들도 인간답게 살아야 하고 그러려면 예의를 알아야 할 의무가 있다고 강조하면서, 사서육경을 한글로 번역한 책을 만들어 여성들에게 가르치기도 했다. 그 일환으로 맏손자 며느리에게 준 글도 전해지고 있으며, 맏딸이 시집갈 때 한글로 손수 지은 계녀서를 들려 보내기까지 할 정도였으니, 송시열이 여성들에게 글과 유교를 가르치면서 아녀자가 지켜야 할 도리와 예를 강조했던 것만은 사실이다.

'어? 사임당하고 비슷하네. 신명화하고도 비슷하고.'

송시열에 대해 살펴보면 볼수록 신명화와 사임당, 이율곡에 대한 이해가 쉬워진다. 이율곡의 사상을 계승한 제자가 송시열이라면 이야기가 더욱더 분명해지지 않는가?

"송시열은 대학자이면서 효종의 절대적인 신임을 받아 당대에 좌의정까지 오른 권세가였다는 사실이 다행이었어요. 사실 뭐, 조선 시대에도 여자들에게 왜 글을 가르치는지 이해하지 못하는 무리들이 없던 게 아니었거든요. 그런데 다른 사람도 아니고 대학자인 송시열이 솔선수범하는 일이니까 아무 반대도 하지 못하던 상황이었죠."

맹자의 이야기를 빌려, 남자가 갓을 쓰면 아버지에게 절하고 여자가 시집을 가게 되면 어머니에게 절한다고 하여 딸이 시집을 갈 때 아버지가 이러쿵저러쿵 말하는 건 도리에 어긋난다고 생각하던 송시열이었다.

그렇지만 송시열로서도 아직 이른 나이에 시집을 가게 되는 딸이 걱정스러워 여자로서 행해야 할 도리를 적어줬다는 게 '계녀서'다.

그 내용을 대략 살펴보면 부모 섬기는 도리, 남편 섬기는 도리, 시부모님 섬기는 도리, 형제끼리 화목하게 지내는 도리, 친척들과 화목하게 지내는 도리, 자식 가르치는 도리, 제사 받드는 도리, 손님 대접하는 도리, 다투고 질투하지 말라는 도리, 말을 가려 하는 도리, 재물을 아끼고 절약하는 도리, 일 부지런히 하는 도리, 병 수발드는 도리, 의복과 음식을 짓는 도리, 하인 부리는 도리, 빌려주고 받는 도리, 팔고 사는 도리, 헛되이 기도하지 말라, 그 외에 지켜야 할 도리, 옛 사람의 착한 행실을 본받을 것 등이었다.

"송시열이 그랬어요. '신사임당이 이율곡을 낳으실 만하다'[67]라고요. 자신의 스승인 이율곡을 세우면서 현모양처 사임당의 이미지를 더욱 극대화시킨 거죠."

"만약 그랬다면 말이죠. 저는 아직 잘 모르겠습니다만, 그냥 지금 떠오른 생각이에요. 송시열이 그렇게 했던 건 당시의 시대적인 필요에 따라 그랬던 것 아닐까요? 정치세력들 사이에 다툼과 혼란이 가중되

67 출처: 사임당화란발師任堂畵蘭跋」(송자대전宋子大全)

면서 뭔가 구심점이 필요했을 거잖아요?"

"그런 가정도 틀린 건 아니에요. 지금도 사임당에 대해선 현모양처
가 맞다, 아니다를 놓고 일부에선 논쟁을 벌이기도 하거든요."

"사임당은 이율곡의 어머니다. 이율곡을 낳은 어머니로서 현모양처
다. 이런 사실만 주입식으로 교육된 게 아닌가 해서요. 만약 그렇다면
송시열은 그런 이미지를 구체화시킨 최초의 사람이니까, 책으로 내기
엔 좀 거북하지 않을까요? 혹시라도 부정적인 의견을 지닌 독자들이
많지 않을까 하는 우려에서 드리는 말입니다."

기획자의 지적도 사실 크게 잘못된 점은 없었다.

"그런 우려라면…… 송시열의 당시 평가나 우리들이 현재에 평가하
는 사임당을 떠나서 이것 하나만 생각해보면 어떨까요? 사임당이라는
당호에 대해서요."

"그게 왜요?"

"사임당이라는 그 당호 안에는 신인선, 그러니까 신사임당으로 불리
는 여성의 모든 것이 담겨 있다고 봐도 과언이 아니니까요."

"사임당. 사임당이라……."

"사람들은 신사임당을 이젠 그냥 실제 이름처럼 생각하고들 있잖아
요? 그런데 본명은 신인선이었어요."

"아, 그렇죠. 신사임당이 본명은 아니죠."

"그럼 사임당이라고 당호를 지은 이유를 알아야 하잖아요?"

"그건, 뭐라고 하더라……? 아, 맞다. 중국의 현모양처 태임을 본받
겠다고 해서 사임당이라는 당호를 지었다고 들었어요."

"그게 아니라면요?"

"그게 아니라면, 그럼 어떤 의미가 있을까요?"

그에 앞서 현모양처 사임당이라는 이미지가 만들어지게 된 사정을 설명할 필요가 있었다. 전후 관계를 정확히 하려면 송시열에 대해 잠깐 짚고 넘어가야 한다고 생각했다.

"송시열은 1607년부터 1689년까지 살았던 사람이에요. 당시에 서인 계열의 유학자들 중에서는 최고봉이었죠. 반대쪽은 남인들이었고요. 그런데 숙종 임금 때부터는 서인들의 세력이 약해져요. 자칫하다간 서인 세력이 축소되거나 사라질 위험성도 없지 않았죠. 그렇다면 송시열의 입장에서는 서인 세력을 한데 결집시켜서 남인들을 상대로 우위를 잡아야 할 필요가 있지 않았겠어요? 그러려면 어떤 전략이 필요했을까요? 이율곡을 대학자로 떠받드는 거예요. 이율곡은 조선 유학의 큰 스승이고, 당시 서인이 이율곡의 직계 후배들이니 서인이 더 정통성을 갖는다는 논리를 폈을 것 같아요. 어떤가요?"

"아."

"그런데 이율곡을 중심으로 세우려면 그의 부모가 중요했을 거예요. 왜 그럴까요? 누가 낳았는지, 어떤 부모들이었는지가 매우 중요하거든요. 가문의 정통성을 따져야 하는데 부모 세대를 봐야 하는 거죠.

유교에서 남자의 권위를 내세운 건, 어떻게 보면 고려사회에서 남녀평등이 어느 정도 인정되던 그 뿌리를 잘라내고 남성 중심 사회를 만들기 위한 방편으로 이해할 수도 있잖아요? 하지만 당시엔 노비들 사이에서도 종모법이란 게 있을 정도로, 모계사회가 중심이었어요. 결국 이율곡의 어머니 사임당의 이미지가 중요했던 거죠."

"아, 그러면 이율곡은 조선 유학의 큰 스승이고, 사임당은 그런 이율곡의 어머니로서 현모양처다? 송시열이 생각해낸 게 바로 그것 아닌가요?"

"거기까지가 이율곡과 송시열을 기억하는 사람들이 만든 논리예요."

기획자의 얼굴 표정이 다시 복잡해졌다. 송시열에서 이율곡, 사임당에서 송시열. 뭐가 뭔지 모르겠다는 표정이었다.

"논리를 세우는 출발점을 다르게 바꿔봐야죠. 송시열에서 시작하게 되면 이율곡에서 멈추고, 사임당을 부각시키는 것은 이율곡을 띄우기 위한 도구 역할밖에 할 수 없어요. 사임당은 큰 스승 이율곡의 어머니다, 이런 테두리 안에서 맴돌게 되는 거죠. 그렇게 되면 사임당이 실제로는 현모양처가 아니었다 하면서 사임당의 이미지를 깎아내리려는 사람들에게 좋은 구실만 만들어주는 셈이 되죠."

"그럼 출발점을 어떻게 잡아야 할까요?"

"신사임당부터 시작해야 해요."

"신사임당. 아니, 아까 말씀하신 사임당이라는 당호부터요?"

"네, 바로 그것입니다."

나는 기획자에게 고개를 끄덕여 보였다.

사실이었다.

'사임당의 이미지는 왜곡되어왔다, 사임당의 이미지는 덧칠된 것이고 실제로 그녀는 현모양처가 아니었다'고 주장하는 사람들은 송시열을 거론하면서, 사임당의 이미지는 시대적 필요성에 의해 송시열이 만들어낸 허구에 불과하다고 지적한다.

하지만 과연 그럴까?

"사임당이라는 당호에서 주 문왕의 어머니 태임을 거론한 건 태임이 현모양처였다는 점에 중점을 둔 게 아니라, 태임이 희계력의 아내로서 은나라와 대립하던 주 문왕의 어머니였다는 점에 중점을 두었을 거예요. 그런 면에서 태임이 아들을 어떻게 교육시켰는가를 살펴보게 되면, 태임에 대한 그동안의 이미지가 완전히 뒤바뀌게 돼요. 가문의 영광을 위해서 남편의 유지를 받들어 아들을 제대로 교육시킨, 제왕을 키워내기 위해 리더십을 발휘한, 그런 강인한 어머니가 되는 거지요."

"아!"

"그리고 사임당이 살던 시대, 더 거슬러 올라가 신명화와 이사온이 살던 시대의 조선 정세를 살펴봐야죠. 유교를 중시하는 조선에서 온갖 악조건을 이겨내고 한 시대를 풍미했던 여성들을 들자면 문정왕후와 정난정, 황진이, 장녹수 등이 있어요. 그에 앞서 세조 임금 때의 정희왕후도 있고요."

"그런데요?"

"정희왕후와 문정왕후는 대비로 수렴청정을 하면서 조선을 다스린 여성들이라고 볼 수 있죠. 정난정은 비록 부정적인 방법으로 권세를 농단하긴 했지만, 서자 출신에게도 벼슬길을 열어주는 등 신분철폐에 앞장섰고요. 황진이와 장녹수는 비록 기생들이었지만 춤과 노래 실력을 갖춘 재능과 학문적 지식으로 양반 사대부들과 어울리고 연산군을 휘어잡은 여성들이었어요."

"그렇죠."

"이런 조선의 상황에서 사임당은 고려 개국공신 가문의 후손으로서 글과 그림, 그리고 학문도 익혔어요. 신명화는 조선 왕실에서 왕비를 간택하는 제도인 가례를 사임당에게 가르쳤죠. 어때요? 황진이나 장녹수, 정난정과는 길이 전혀 다른, 신사임당이라는 여성이 추구했던 진정한 목표는 무엇이었을까요? 신사임당이 된 신인선이 여성의 사회 진출이 억압된 상황이라고 해서 그저 남편 뒷바라지나 하고 자식들 잘 키우는 데 일생을 바친 여성에 지나지 않는다고 할 수 있을까요?"

"아니요. 단순한 현모양처가 아니라, 그 이상의 여성으로 생각되는데요?"

현실에 순응하면서 남편 잘되기만을 바라고 자식들을 잘 키우는 데만 전념하며 조용히 살던 여성은 아니라는 이야기다. 이율곡의 '선비행장' 속에 묘사된 사임당의 모습도 단순한 현모양처가 아니다. 어릴 적 7세 때부터 당시엔 남성들의 전유물이었던 산수화를 배우기 위해 안견의 산수도를 보며 공부한 사임당이다.

"송시열이 사임당에 대해 기록하게 된 건 단지 이율곡을 띄우기 위해 그의 어머니를 미화시키기 위해서였다? 이런 구도로 볼 수는 없고요. 송시열이 사임당의 실제 모습을 간파했기 때문이라고 여겨져요. 특히 당쟁이 심하던 그 시기에 어느 한쪽에서 이율곡과 사임당의 이미지를 억지로 만들어냈다고 하면 반대편 세력들이 가만히 있었겠습니까? 이율곡이 어머니의 3년 상을 치르고 난 후에 금강산에 들어가 불교 공부를, 그것도 불과 1년쯤 하다가 바로 나왔는데도 그것을 유교에 반하는 행위라며 장구한 세월 동안 물고 늘어졌는데요? 이율곡이 조금이라도 허점을 보일라치면 그걸 기회 삼아 들고일어나던 상황이에요."

"네, 당쟁이 극심했죠."

"그래서 송시열이 대단하다는 거죠. 자칫 잊힐 수 있었던 한 여성의 위대함을 올바른 시각에서 기록하고 후대에 전해준 인물이잖아요?"

조선에서 송시열이 주도하는 서인 그리고 노론으로 이어지는 세력이 권력을 주도했던 시기에 송시열이 원했던 것은 단지 이율곡을 띄우기 위한 한 방편으로 그 어머니를 현모양처로 치장하는 것이 아니었다는 얘기다.

"그럼 신사임당에 대해 기록하면서 송시열이 목표했던 바는 무엇이었을까요?"

"신사임당 묘갈에 나오죠? 사임당이라는 당호, 그뿐 아니죠? 이율곡 형제들의 이름에 모두 '임금 왕王' 의미가 들어갔다면요? 송시열이 간파한 것은 신사임당의 무엇이었을까요?"

출판 기획자는 또다시 머릿속이 복잡해진 모양이었다. 오늘은 여기까지. 송시열에 대해 모든 이야기를 풀어낼 필요는 없었다. 하나하나 얽힌 실타래가 많지 않은가? 천천히 차근차근 풀어내면 될 일이었다.

"송시열은 1607년에 태어나 1689년에 사약을 받고 세상을 떠나죠. 그리고 신사임당 묘갈은 현종 11년, 1670년에 제작된 걸로 기록되어 있는데요. 1674년 현종이 세상을 떠나고 그의 아들 숙종이 왕이 되거든요? 이후 숙종의 후궁이 아들(훗날의 경종)을 낳자 원자元子 : 세자 예정자의 호칭을 부여하는 문제가 대두되었죠. 결국 송시열은 세자 책봉에 반대하는 소를 올렸다가 제주도로 유배되었고, 한양으로 압송되어 오던 도중 정읍에서 사약을 받고 죽었는데요. 송시열이 보수 세력의 리더로서 사임당을 기록하고 기억하도록 한 것은 이율곡을 통해서 알게 된 사임당의 진면목이 주효하지 않았을까 싶어요. 사람은 기억해주는 사람이 있어야 기록되는 거잖아요?"

"그렇죠."

"그런 점에서 사임당에 대해 새로운 시각으로 바라보는 도서가 출간되는 건데요, 더불어서 송시열에 대한 기록도 남겨야 할 시점이 아닌가 싶어요. 사임당이란 인물의 생애와 업적을 통찰하고, 또 그것을 당대에 기록으로 남긴 송시열의 위대함, 그런 이야기로요. 기록해야 기억하죠. 송시열의 기록이 사임당을 태임으로 인정했다는 건 둘째 문제예요. 가장 중요한 건 송시열이 사임당을 생각할 때 현모양처를 넘어 시대가 요구하는 그 이상의 존재로 본 것이죠. 신인선이 실제 신사임당이라는 것을 인정한 사람이면서, 주나라 문왕의 어머니 태임을 본받겠다고 사임당이 된 신인선의 크나큰 목표를 간파하고 기록으로 남겨준 기록자이기도 한 거죠."

"아….."

"그래서 우리가 알던 사임당에 대해 새로운 시각으로 조망할 시기가 되었다는 생각이 들어요. 현모양처 사임당? 맞아요. 하지만 그뿐이었을까요? 조금 더 크게 봐야 해요. 사임당은 나라의 큰 인물을 키워내고자 평생을 바친 진정한 어머니라고 할 수 있고요, 삶의 모든 면에서 자식들에게 자신부터 모범을 보이며 자녀들은 부모로부터 배운다는 도리를 몸소 실천한 이 시대의 어머니인 것이죠.

사임당은 또 고려 개국공신 가문 출신이었잖아요? 아들들의 한자 이름 옆에다 '임금 왕王'의 의미를 모두 넣은 것만 봐도 그 원대한 포부가 그려져요. 조선 땅에서 자신의 아들들이 주나라의 문왕과 무왕과 같이 당당한 인물로 성장하여 자기 뜻을 펼치길 기원했던 것으로 볼 수 있죠. 그래서 사임당을 가리켜 시대의 여걸이라고 봐야 한다는 생각이에요."

"네. 일리가 있게 들리네요."

"멋지잖아요? 우리 역사에서도 사임당 같은 시대의 여걸이 존재한다는 것이요. 1만 원 권 지폐에는 세종대왕이 있지요? 그럼 5만 원 권 지폐에 사임당이 있다고 해도 전혀 이상할 게 없다는 것이죠. 사임당은 이 시대의 어머니이자 여걸이니까요."

마무리를 하며

신사임당 초상화에 대한 의문

申

師

任

堂

"사임당이 어느 시기의 인물이지? 1500년대, 16세기 사람이야. 그렇지?"

"네."

"그리고 사임당이 살던 곳은 경기도 파주 파평면이고."

"네, 거기가 시댁이었으니까요."

"그러면 혹시 신사임당 초상화 본 적 있어? 제대로 기억나?"

"봤죠. 한국 사람이라면 누구나 다 알고 있고요. 또 5만 원 권 지폐에는 다른 초상화가 도안되어 있잖아요? 저는 주머니 사정이 안 좋아서 자주 보지 못하는 형편이지만 암튼 5만 원 권 지폐에도 있죠."

"5만 원 권 지폐의 도안 문제는 좀 다르니까 일단 제쳐두고 말이지. 신사임당 표준영정의 초상화(본문 230쪽에 수록)를 다음엔 좀 더 자세히 살펴봐. 16세기 조선 여성의 복식이랑 신사임당 초상화에 그려진 옷차림을 비교해보면 내 말뜻을 이해할 거야."

"네? 왜요? 뭐가 다른데요?"

김영수가 눈을 동그랗게 뜨고 반문했다.

아무래도 뭔가 사임당 관련 영화를 준비하는 낌새이므로, 김영수에게는 신사임당 초상화에 대한 의문점들을 자세히 짚어주는 게 영화 준비에 참고가 될 것이라는 생각이 들었다. 나는 차근차근히 설명해주기로 마음먹었다.

"신사임당 초상화에 그려진 옷차림을 16세기 사임당이 살던 시기의 복식이라고 보기에는 아무래도 차이점이 있거든. 저고리가 너무 짧고 속저고리 매듭끈이 밖으로 나와 있다는 점이 우선 이해가 안 돼."

"네? 에이, 그건 좀 억측 아니에요? 당시에 경기도 파주 파평면 하면 시골이었을 텐데 의복 치장에 신경 쓸 겨를이나 있었겠어요? 사임당이 아이들을 돌볼 때 입었던 옷일 수도 있고, 아니면 집에서 편하게 입었던 평상복들 중의 하나였을 수도 있잖아요?"

"이런! 김 감독은 요즘 사람 맞네."

"네?"

"요즘 사람들의 편리한 생각 그대로라는 이야기야. 생각해봐. 16세기의 조선은 노비 천민이 존재하는 계급사회였어. 당시에는 몸종들이라면 몰라도 사대부 양반가 여성들이 옷차림을 함부로 내보일 수 있던 시기가 아니었다고. 그리고 초상화를 그리려면 격식을 차려 옷을 입어야 되는 것쯤은 상식 아니야?"

"아, 그렇겠네요."

"음… 그리고 요즘의 파주지역 교하, 다율, 와동동 일대는 파평 윤씨 가문의 터전이자, 세조 임금의 장인인 윤번1384~1448의 후손들의 묘소가 많이 모여 있는 곳이기도 하지. 그런데 지난 2002년 9월 6일, 묘소이장 작업을 하던 도중 무연고 무덤 하나를 발굴[68]하게 되었어. 그런데 그 무덤은 비석도 없고 근거도 없고 해서 당시 이장작업을 하던 파평 윤씨 가문 사람들이 무연고 무덤으로 추정할 수밖에 없었던 실정이었거든. 그래서 그 참에 그 자리를 파내다 보니까 파평 윤씨 가문의 한 여성의 묘였던 거야. 여러 일간지에도 보도된 적이 있으니까 쉽게 자료를 찾을 수 있을 거야."

"아, 네. 근데 그게 신사임당 초상화와 무슨 관계가 있나요?"

"내 말을 좀 더 들어봐. 그 시체는 사망 당시의 모습 그대로 미라 상태로 발굴되었는데, 그 시대에 입던 옷가지 50여 종이 함께 발견되었다는 게 중요하지. 그리고 더 놀라운 건 묘 안에서 매장 시기를 알려줄 단서가 발견된 건데, 병인윤시월이라고 한글로 적힌 기록이야. 병인년에서 시월이 윤달이 되는 시기는 흔하지 않으니까 그 묘는 1566년에 만들어졌다고 보는 이유지."

"네? 그럼 가만있어 보자. 16세기 양반가 여성의 무덤이 발굴되었다? 그런데 그 안에 당시 사대부 여성의 복식을 알 수 있는 옷가지 수

68 "파평윤씨 母子 미라 중간조사결과 발표", 연합뉴스, 2002-11-15 12:26

326 사임당

십여 점이 들어 있었다?"

"그래. 16세기 조선 양반가 여성들의 옷차림을 알 수 있는 확실한 자료인 셈이야."

"그 분석 결과는요? 어떤 옷 스타일이었나요?"

"우선 저고리 길이가 여성의 허리선에 와 닿을 정도로 길어. 소매단도 넓고 저고리 앞섶은 여밈 스타일로 가장자리에 단을 주어 배 부분에서 매듭[69]을 짓게 했지. 속저고리나 치맛단 매듭이 옷 밖으로 보이거나 나올 일이 없어."

"네? 그럼 뭐예요? 그냥 상상만 해보더라도 초상화의 옷차림새와는 확연히 다르네요?"

김영수는 고개를 절레절레 내저었다.

초상화에서 눈여겨봐야 할 점은 하나 더 있었다.

"그리고 초상화 속 신사임당의 손 모습이 어떤지 기억나?"

"아, 아니요. 주의 깊게 안 봐서 기억이 나질 않아요. 근데 왜요?"

"초상화 속 손 모양을 자세히 보면 양반가 여성 치고는, 아니 사임당처럼 유학 교육을 받은 여성 치고는 어색해 보이거든. 앞으로 다소곳하게 모은 손이 아니야. 입가에 주름진 부분도 그렇고…. 그건 마치 뭐랄까? 물론 자료를 조금 더 찾아봐야 하겠지만 내가 생각하기엔…, 그러니까 그게 진짜 사임당의 모습이 맞다면 말이지…. 그러니까……."

"아이, 왜 우물쭈물하세요? 빨리 말씀 좀 해보세요. 궁금해 미치겠

69 파평윤씨 모자 미라 종합 연구 논문집 (전2권), 출판사 고려대학교 박물관, 발행일 2003년
고려대박물관 제40회 특별전 파평윤씨 모자 미라 종합연구 논문집, 85쪽, 101~102쪽, 215쪽, 271쪽, 318쪽

네."

　오래 전부터 가진 의문이었다. 하지만 명확한 기록이 없어서 섣부르게 입 밖으로 꺼낼 주장도 아니라고 생각했다. 하지만 지금 이 순간, 그러니까 사임당에 대한 책을 내놓는 시기라면 저자로서 의견 제시 정도는 할 수 있겠다는 생각이 들었다.

　"두 손을 앞으로 다소곳하게 모으지 않았다는 건 두 가지 경우야. 그 초상화가 사임당의 것이 아니거나, 아니면⋯."

　"아니면요?"

　"사임당이 맞다면 당시 사임당의 손이 아팠다거나. 모름지기 양반가 여성답게 자세의 흐트러짐이 없어야 하거든. 어려서부터 유학교육을 제대로 받은 사임당인데 더 그렇지 않겠어? 그래서 자세히 살펴봤는데, 초상화 속 사임당의 입가 주름도 좌우 대칭이 아니고 좌측 주름이 더 깊어. 그리고 손 모양은 우측 손의 손바닥이 위로, 좌측 손은 손등이 앞으로 보이게 되어 있지. 이건 순전히 내 의견에 지나지 않지만 몸의 한쪽 어느 부분이 아픈 상태가 아닐까 싶거든."

　"네? 아팠다고요?"

　김영수는 한동안 말이 없었다.

　신사임당 초상화 속의 인물이 사임당 본인이 아니다? 그럼 누구인가? 아마 이런 의문의 늪에 빠진 것 같았다.

　"그리고 초상화에 의심쩍은 점은 또 있어."

　"⋯⋯. 아, 네⋯. 뭔데요?"

　김영수는 아직도 혼란에서 벗어나지 못한 모양이었다. 대답을 하다가도 중간중간 말이 끊기곤 했다.

"사임당은 어려서부터 그림 재능 면에서는 천재성을 타고났어. 산수화는 물론이고 포도도, 초충도를 잘 그렸지. 한번은 벌레 그림을 그렸더니 마당의 닭들이 진짜 벌레인 줄 알고 쪼더라는 이야기도 전해지잖아? 그런데 자기 초상화를 남에게 그려달라고 한다? 어딘지 모르게 이게 납득이 되질 않아. 최소한 사임당이 손이 아프지 않았다면, 손이 아파서 그림을 그리지 못할 경우가 아니었다면, 자기 초상화는 자기가 직접 그렸을 것 같거든."

"그럼 우리가 알고 있는…, 그러니까 그 신사임당 초상화는 누가 그린 건가요?"

"아, 그거? 그건 1965년에 이당 김은호金殷鎬, 1892~1979 화백이 그렸어. 그리고 1986년에 표준영정으로 지정되었지."

"아, 표준영정이요? 그럼 그게 진짜라는 거 아니에요?"

"응? 아니야. 의미가 다르지. 표준영정이란 건 정부에서 지정하는 건데, 역사적으로 위인들의 영정에 대해 이런저런 그림들이 난무하는 걸 막으려고 하나를 표준으로 정하는 거야. 표준영정이라고 해서 실제 그 인물 얼굴이라고 보는 건 아니야. 같은 화백이 그린 이율곡 초상화도 표준영정으로 지정되었는데, 표준영정이라고 해서 그 모습이 실제 이율곡의 모습이라고 인증받은 건 아니거든."

"그럼, 그럼요. 아, 이거 복잡해지네. 그럼 신사임당 초상화가 실제 모습이 아니었다면요, 지금까지 우리가 기록해온 사임당 이야기는 어떻게 되는 건가요? 혹시 그림을 그린 분이요, 실제 사임당 초상화를 보고 그린 건 아닐까요?"

"그건 아닌 것 같아. 그 화백이 사임당 초상화를 그리게 된 동기에 대해서는 이런저런 이야기들이 전해지는데 확인된 바는 없고. 아무튼 실제 사임당의 얼굴을 아는 사람은 없거든. 그래도 사임당이란 분이 계셨고 이율곡의 어머니라는 것, 그리고 우리가 지금까지 이야기한 관련 기록들은 사실이잖아? 1500년대에 살던 분을 4백여 년이나 지난 1965년에 초상화를 그렸다는 것과 이 책에서 우리가 이야기한 사임당과는 아무 상관이 없어. 우리는 최대한 역사적 사실 기록, 관련자들의 증언 등에 근거하여 모은 자료들을 바탕으로 한 거니까."

"……."

김영수는 다시 말이 없었다.

그가 머릿속으로 무엇을 그리든 간에, 어느 정도 구체적인 줄거리가 완성되어가는 게 느껴졌다.

글 나오며
사임당, 새로운 시각으로
봐야하는 이유

申

師

任

堂

그동안 우리는 사임당을 어떻게 생각해왔는가?

1504년 강원도 강릉에서 신명화와 용인 이씨 사이의 다섯 자매들 중 둘째 딸로 태어난 여성, 대학자 이율곡을 비롯하여 4남 3녀의 자녀들을 잘 키워낸 훌륭한 어머니이자 남편 이원수를 뒷바라지하며 살다 간 여성으로만 기억하는가?

그렇다면 이제는 그동안의 기억을 모두 지우고 처음부터 다시 시작하는 시각을 가져야 할 때다. 사임당은 현모양처 그 이상으로 한 시대를 풍미한 여걸이었기 때문이다.

여성의 사회진출이 금지되어 있던 조선 사회에서 그림과 글씨로 명성을 얻었고, 남편과 아이들 뒷바라지와 교육에 온 정성을 쏟은 것은 맞다. 하지만 여기서 끝이 아니다. 사임당에게는 원대한 목표가 있었는데, 자신의 꿈인 동시에 어려서부터 부모에게 교육을 받으면서 갖게 된 목표이기도 했다. 이 같은 목표야말로 사임당이 나라의 개혁 방향을 바라본 여걸이라고 생각되는 이유다.

저자는 사임당 이야기를 써나가기 전에 우선 몇 가지 궁금증들부터 정리해야만 했다. 그래야만 사임당의 실체에 더 가까이 다가갈 수 있다고 생각했기 때문이다.

첫째, 외할아버지 이사온, 아버지 신명화, 어머니 용인 이씨는 어떤 사람들인가? 신명화부터 이원수까지, 처가에서 사위들의 과거시험 공부를 지원한 이유는 무엇인가?

둘째, 신인선이라는 소녀가 사임당이라는 당호를 지은 이유는 무엇인가? 중국의 태임은 누구인가? 사임당이 읽은 태임의 실제 삶은 어떠했는가? 사임당의 본명이 신인선이 맞는가? 거기에 대한 명확한 기록은 어디에 있는가?

셋째, 현존하는 초충도들에는 낙관이 없는데, 그렇다면 사임당의 작품들이 맞는가? 또, 낙관이 없는 이유는 무엇인가? 그림 작품 그 자체보다는 자수를 뜨기 위한 밑그림일 가능성도 있는가?

넷째, 사임당과 동시대를 살다 간 특출한 여성들은 누구인가? 신명화와 이사온 시대에 살던 비범한 여성들은 누구이며, 그들로부터 신명화나 이사온이 영향을 받은 점은 없는가? 사임당을 어떻게 키워야 하겠다는 교육관에 영향을 끼친 사례들은 무엇인가? 사임당 스스로 나는 태임처럼 살아야 하겠다고 마음먹게 된 동기가 있는가?

다섯째, 자운서원이 율곡선생유적지가 된 이유는 무엇인가? 이율곡, 이원수, 사임당이 살던 파평면 율곡리의 정확한 주소는 어디인가?

여섯째, 사임당 시댁의 주소를 모른다면, 현존하는 기록들 중에 그 근거는 없는가? 송시열의 신사임당 묘갈에서 신사임당 묘의 위치를 명확히 기록한 '두문리斗文里'라는 지명은 현재 어디인가? 현재의 자운서원 위치가 맞는가?

일곱째, 사임당과 이원수가 아들들의 이름에 '임금 왕王'자를 넣은 이유는 무엇일까? 이율곡 및 형제들의 후손들은 어디에 있는가?

여덟째, 사임당 초상은 실제 모습인가? 그린 사람은 누구이며 언제 그렸는가? 사임당 초상을 그린 사람은 사임당의 실제 모습을 알고 그렸는가? 사대부 교육을 받은 사임당인데 초상화 속에선 왜 손이 다소곳하지 않은가? 파평 윤씨의 복식에서 발견되는 16세기 당시 양반가 여성의 옷과 초상화 속의 사임당의 옷은 같은가?

사임당에 대한 이 같은 궁금증들을 염두에 둔 채 이야기를 풀어나가는 동안 새로운 사실들이 하나 둘씩 드러나기 시작했다. 지금까지 우리가 알던 사임당은 극히 일부분에 지나지 않고, 어쩌면 사임당은 우리가 생각하던 현모양처 이상의, 시대를 내다보고 미래를 준비한, 우리나라 역사 속에서 기억해야 할 여걸일 수도 있겠다는 느낌이 새록새록 피어났다. 사임당에 대해 알면 알수록 그러한 경외감 내지는 깊은 숭고함에 대한 존경심은 이루 말할 것도 없었다. 이 책의 부제를 '우리가 알지 못했던 신사임당의 모든 것'이라고 달게 된 이유다.

어쩌면 이 책은 사임당의 나머지 이야기를 다시 제대로 쌓기 위한 머릿돌에 지나지 않을 수도 있다. 아직 발견하지 못한 자료들이 없지 않아서다. 사임당의 산수화들이 그렇고, 서울 수진방에 살았다던 주소지 확인도 불가능해서다. 이 책에서 다루지 못한 자료들이 발견되고 그에 대한 이야기들이 다시 서술된다면 사임당 이야기는 다시 굳건하게 쌓아 올려질 것이며 더욱더 명확한 실체가 드러날 것이라고 기대하는 이유다.

그러나 저자로서 이 책에 담긴 이야기가 드라마나 영화는 물론이고, 다른 그 어떤 도서들보다도 더 사임당의 본 모습에 가깝다고 주장할 수 있는 이유는 오랜 시간 관련 기관의 협조를 얻어가며 확보한 자료들을 바탕으로 풀어낸 역사라는 이유에서다. 현장에서 인터뷰를 하고 실존하는 자료를 근거로 하여 지나간 역사의 고리를 꿰어 논리적으로 맞추는, 심도 깊은 과정을 거쳤기 때문이다.

그래서 '사임당, 우리가 알지 못했던 신사임당의 모든 것'이 궁금하다는 독자들 앞에 이 책을 내놓게 되었다. 나머지는 독자들 몫이다. 사임당을 현실에서 만날지 못 만날지는 말이다. 현실에서 사임당을 만나고자 한다면 단언컨대, 이 책을 당신 앞에 두고 펼치기를 추천하는 바이다.

이번 『사임당, 우리가 알지 못했던 신사임당의 모든 것』이 책으로 나오기까지 모든 과정을 주관하신 하나님께 감사드리고, 지금 이 순간에도 우리들 곁에 살아 계시는 예수님께 감사드린다.

지난한 시간 동안 자료 찾기와 역사적 기록에 근거한 원고정리를 거쳐 세상에 선보인 초안에 대해서 도서출간을 기꺼이 결정하여 주신 도서출판 씽크뱅크의 '파평 윤씨' 윤세민 대표님과 원고 행간의 맥을 적확하게 짚어주신 강경수 편집장님의 세세하고 애정 깊은 편집에 깊은 감사를 드린다.

또한, 사임당 도서 출간에 맞춰 사임당 작품선을 제공해주시고 여러 모로 협조해주신 오죽헌시립박물관 정호희 선생님, 주재옥 선생님, 국립중앙박물관 유물관리부 정지은 선생님, 한국학중앙연구원 장서각 임지은 선생님, 임수정 님께도 심심한 감사의 말씀 드린다(순서 무순). 율곡선생유적지 이종산 소장님의 애정어린 인터뷰에도 더없이 소중한 감사의 말씀을 남기고자 하며, 폭염주의보가 전국을 강타한 삼복더위를 무릅쓰고 강릉과 파주 율곡리, 자운서원 그리고 평창과 대관령고갯길을 함께 오르내리며 사임당의 발자취를 생동감 넘치는 화보로 남길 수 있게 해주신 정창곤 작가님에게도 지면을 빌려 감사의 인사를 대신한다.

그리고 오죽헌시립박물관 문화해설사 김혜영 님의 정성 담긴 해설과 역사정보 답변에 감사드리고, 청풍당에서 아직까지도 꿋꿋이 역사를 이어가고 있는 권씨 후손의 세 자매님에게, 특히 맏언니 권용자 선생님에게 오죽헌과 청풍당의 역사에 관한 세세한 인터뷰에 대해서도 감사의 말씀을 드린다.